嵩夜あや 著
のり太 画
処女はお姉さまに恋してる
3つのきら星
ぷちぱら文庫
キャラメルBOX

結城 密
hisoka yuuki
幼い頃から庇護してくれた恩人である風早幸敬の依頼によって、聖セラール女学院へと潜入することになった青年。任務は織女の護衛だが、女性ばかりの学院生活の中で様々な困難を体験することになってしまった。目立たず暮らすはずが、優秀な成績と活躍から生徒たちの尊敬を集め、女学院の代表者たる照星（エルダー）候補に選ばれる。
正樹 美玲衣
mirei masaki
織女にライバル心を燃やしているが及ばず、2年間ずっと次席に甘んじてきた少女。成績などで密にも実力差を見せつけられてしまい、ますますふたりに対抗心を燃やし始める。しかし、次第に密の穏やかさや強さに影響を受けて惹かれることで、学院内での行動も変わっていく。

登場人物

風早 織女
kazahaya orihime

世界的な企業グループ「尽星コーポレーション」の創業者一族のお嬢さま。当主である幸敬から、次期後継者として帝王学を仕込まれている。女学院では「姫」とも呼ばれ、生徒たちから慕われている。密の正体や任務は知らされておらず、友人として接することになる。

茨 鏡子
kyouko ibara

密と同じ任務を受け、一年前からすでに学院に通っていた同僚の女性。毒舌家であり密にも容赦ない評価を下すが、男性である彼の寮生活のフォローもこなしてくれて、時には姉のような優しさを見せることも。

迫水 すみれ
sumire sakomizu
伊澄 花
isumi hana
迫水 あやめ
ayame sakomizu
成神 月子
tsukiko narukami
仲邑 茉理
nakamura matsuri
畑中 美海
mimi hatanaka

一章

「これは……罰なのかも知れない」


古式ゆかしい煉瓦造りの学び舎すら、彼にはさながらファンタジー世界の牢獄に見えていた。まあ、それも仕方のないこと。何しろ女子の制服を着て、女学院の入口に立っているのだから。

「は？　何クソ雑魚的な発想をしているのですか。これは仕事、ビジネスです。引き受けたのは貴方なのです。その点に思いを致して欲しいものですね」

その隣には、同じ制服を着た女の子。彼女はクールで、なおかつ毒舌だった。しかし女の子──とわざわざ云う以上、対義語がある。それは「男」だ。

「そのつもりでしたが、実際に女子校に来てしまうと、その……」

彼というくらいだから、つまり「男」なのだった……外見は、これ以上ないくらいに容姿の整った、お淑やかな女性の姿をしてはいるのだけれど。

「密《ひそか》さん、そんなことは最初から解っていた筈です。確認済みの現状をわざわざ再確認するために、私にも無駄な時間を使わせる気なのですか」

「いえ……そうですよね、すみません鏡子《きょうこ》さん。行きましょう」

密と呼ばれた彼は、まだ色々と覚悟が足りていない風ではあったが、同僚に迷惑を掛けられないと思ったのだろう。呼吸を整え、背筋をしゃんと伸ばした。

「大丈夫。あれだけ特訓したのです……無事にこの任務を達成出来る素地は十分なはず」

「そうですね。まあ、時間を戻せない以上は」

――前に進むしかない。意を決して百合の苑へとその一歩を踏み出そうとする。

「とは云え、一歩前に進めば、密さんは犯罪者なのですが」

「ちょっと！　鏡子さんっ!!」

口調に感情は乗っていない。けれど、どう聞いてもそのタイミングはちょっと意地が悪かった。密の噛みつくような抗議を、鏡子は一笑に付した。

「良いですか。その犯罪予備軍になる心構えの為に、ちゃんと放課後の時間を選んで来てあげたのです。感謝して欲しいのです――今のうちに雰囲気に慣れておいて下さいね」

「……解りました」

密は、深く深く、一度だけ息を吸うと――そのまま、未踏の学び舎へと足を踏み入れたのだ。

†

少し控えめな陽射しが、美しい並木を縫って、湿った煉瓦畳を優しく照らしている。

気まぐれな初夏の風が、青葉をさらさらと踊らせ、新緑の隙間から木洩れ陽が揺れる――そんな学び舎までの桜並木に、少女たちの黄色い笑い声と軽い靴音が、弾むように響いている。

その光景はとても清純で美しく、清々しい。

——ここは、聖《セント》セラール女学院。

明治八年に創設した由緒ある女学院で、米国から来日した宣教師によって私塾として創立された。のちに国内の篤志家《とくしか》に引き継がれ、学制改革に及んで女学院となる。

基督教的なシステムを取り入れた教育様式が現在まで連綿と受け継がれている、いわゆる『お嬢さま学校』であり、受け入れる生徒の質は変遷しているものの、その基本的なスタイルは現在も変わらない。

『寛容・慈愛・奉仕』を教育方針とし、年間行事にはボランティア活動や基督教礼拝など、宗教色も濃い。それに加えて日本的な礼節・情緒教育も行われているため、普通の義務教育機関とはいささか趣が異なる点が多い。

生徒の自主性を尊重しているため、校内には生徒による自治組織が存在する。これによる生徒内自治がある程度効果を上げており、大幅な校則違反はあまりない。

しかし、世相がもたらす生徒の質の変容が、近年ではやや問題になってきている感もある。

そんな、雛鳥たちの園で、この物語は幕を開けるのだ——。

「どうぞ、お嬢さま」

「ありがとう、真垣《まがき》」

黒塗りの高級車から、ひとりの少女が降り立つ——その途端、周囲が女生徒たちから、わぁっ、きゃあ、といった黄色い声が溢れ返る。

運転手はそんな様子にも慣れたものか、丁寧に会釈し、車を音もなく滑らせて消える。

「姫さま、おはようございます！」

後輩たちが取り囲むが、すぐそばまで駆け寄ったりしない。それが、学院の生徒たちが受けた淑女教育の賜物なのか、それとも『姫』のオーラによるものなのかは判らない。

「――おはようございます、皆さん」

投げかけられる挨拶に、『姫』が優雅に微笑みを返す――すると、まるで大輪の花が開いたかのように周囲が輝きに包まれた。背中で生まれた風が、近くで咲いている夾竹桃の花びらを運ぶと、その姿はまるで映画のワンシーンを切り取ったかのようだ。

「おはようございます、姫さま！」

「ええ、ご機嫌よう。今日も一日お励みなさい」

柔らかな風に乗ってなびく彼女のたおやかな髪と、その合間からこぼれる微笑み。

――彼女の名は、風早織女《かざはやおりひめ》と云う。

この聖セラール女学院に於いて『姫』の異名を持つ。学院創立者一族の娘だ。

多くのグループ企業を抱える大会社社長の娘にして、眉目秀麗、才色兼備。入学当初から学年首席を守り続ける才媛でもある。

数多くの令嬢、淑女たちを擁するこの女学院に於いてすら、一目置かれ、異色と見なされる――そんな存在なのだった。

「今日は、朝からついてない」

──そんな中、ひとりその様子を苦々しそうにして、横目で通り過ぎる女生徒が。

(学院に着いた早々、彼女に遭うなんて。電車を一本ずらしたのがいけなかったかしら。いや、相手は車での通学なのだし、日々渋滞事情の異なるこの東京《まち》で、彼女が毎日同じ時間に校門に到着するなんて──そんなことを考えるの自体が無駄というものね)

頭の中で、そんな由ない考えをもてあそんでいると、後輩たちが声を掛けてくる。

「ご機嫌よう！　美玲衣《みれい》お姉さま」

「おはようございます！」

「……ご機嫌よう」

朗らかな下級生たちに、最低限の微笑で返す──すると、こちらも周囲から黄色い声が沸く。

(私のような山師の娘にまで好意を向けてくれるなんて。ありがたいことね)

皮肉とも困惑とも取れるような、そんな感情を心に抱えたままで、彼女は桜並木をやや早足で通り抜ける。

一刻も早く、キラキラと輝いているあの集団から、遠離ってしまいたかった。


「はぁ……」

美玲衣──そう呼ばれていた女生徒は、織女たちよりも一足先に辿り着いたマリア像の前で、ひとつ溜息を落とした。

(──いつからだろう。もう、忘れてしまったけれど)

美玲衣は、そんな織女のことが好きではない……いや。

もっと端的に云うなら、彼女のことが気に入らなかった。

(たとえ形式とは云え、今の私は神に感謝の祈りを捧げる気分じゃない。朝から逢いたくない顔を見てしまったばかりだというのに)

神の前には人は平等だと云うけれど、神は人をわざわざ比較なんかしない。神にとっては、人などは十把ひと絡げの存在なのだ。そう、美玲衣は心中でうそぶいた。

「……アーメン」

象が蟻を眺めるようなもので——それぞれの個体差など神さまはいちいち見てやしないのだから、それが等しく平等だというのは嘘ではないのだろうけれど……。

そんなことを頭の中で考えながら、「斯く在れかし《アーメン》」とだけつぶやいていた。


けれど、実際には人間には様々な差異が存在するのだ。

人種、性別、体格、門地、貧富——無数の差異を前にして、それでも神から見たら全て砂粒だから平等なのだと云う。誰もがみな、神の試しの中で日々を生きているのだから、と。

単純な話、誰かを嫌い——というのは、自分じゃないから嫌い、ということ。

自分の中身すら、自分の思い通りにならなかったら嫌いになれるのだから、他人なんてもっと簡単に嫌いになれるはず。そう美玲衣は思う。

(きっと、その『差』が総てなのだろう。相手と、自分との……)

「あらご機嫌よう、美玲衣さん」

「ご機嫌よう」

彼女は正樹《まさき》美玲衣という。織女と同じ最上級生だ。
当人の柄ではないが、親の見栄や世間体のために、この聖セラール女学院に通わされている
……彼女自身は、そういう気持ちでこの学び舎に通っていた。
「そうそう、昨夜《ゆうべ》美玲衣さんのお父さま、テレビで観ましたよ。相変わらず歯に衣着せぬ快刀
っぷりでしたわ」
「そうですか。相変わらずのようですね」
美玲衣は、やや営業スマイル的な、割り切った笑顔を級友に覗かせる。
彼女の父は正樹孝太郎《こうたろう》という。投資家だが、タレントの真似事もしている。
コメンテータやご意見番としてテレビに出演しては、他の人が柵に囚われて口に出来ないよ
うなことを、舌鋒鋭く、進んで口にして点を稼ぐ——いわゆる毒舌家として人気を博している。
美玲衣も一度、何故そんなタレント紛いなことをしているのか、と直に父親に聞いてみたこ
とがあるが、「テレビに顔を出すと社会的な信用が上がるんだ」と云う答が返ってきた。
美玲衣としては世間からの評判を見るに、正直『道化』なのではと思うのだが、その収入で
食べさせて貰っている身だから、そこに何かを云おうとは思わなかった。
けれど当然、彼女には『正樹孝太郎の娘』というレッテルが貼られることになる。
テレビの父親が造られたキャラクターだとしても、その毒舌家の娘だ、という評価は彼女に
降り掛かる現実だ——そこは、誰が助けてくれるものでもなくて。
「美玲衣さんは、本当にお父さまに興味がなさそうです。そういうところ、逆にお父さまに似
ていらっしゃるのでは」

——そうだ、こんな風に。

「親子ですからね。そこは仕方がないでしょうか」

「ふふっ、そうですわよね」

彼女が無関心なのは、単にそんな父親の姿は見たくもないからなのだが。

父親が知った風な口で、冷血に何ごとも言葉で斬って捨てること。それに反発を感じて父親から背を向けている自分——正直なところ、そもそも何もかもが違うと美玲衣としては思うのだけれど、父親のイメージが、それを同じように見せているのだろう。

「そう云えば、編入生が一組に入るそうですよ」

「編入生ですか？　こんな時期に」

「何でも、かなり優秀な成績で編入試験を突破したという話で……まあ、美玲衣さんと姫に敵うものではないでしょうけれど」

「えっ、編入生って三年生なのですか？　それは確かに珍しいですね」

編入生なんて、こんな時期では生徒たちの好奇の種になるだけではないだろうか。

ここは表面上お淑やかな少女たちの苑だけれど、表に出ないが故の陰湿さもそれなりに備えた場所。少なくとも、美玲衣はそう思っている。

「私にはともかく、織女さんには確かに敵わないでしょうね」

「えっ、いやですわ……そんな意味で云ったんじゃありませんのに！」

美玲衣は、『織女が嫌い』というのを常々公言している。

何故、と云われても困るのだが、一年でこの学院に入学してから、ことある毎に、いわゆる

『姫』といわれる彼女の一挙手一投足が話題《トピックス》として挙がるので、興味のない彼女には正直それが鼻についたのだった。

　それで美玲衣は、ついそのことをみんなの前で口にしてしまったのだが……不思議なことに特に敬遠もされず、ただ彼女の前では誰も織女の話をしなくなった。

　しばらくして、美玲衣と同じ意見の人間がそれなりの数、学内にいる――というのが判明したのだが、結果として、彼女はそういう人たちの旗印にされてしまったのだった。

　嫉妬、疑念、不快――まあ、色々な理由があるのだろうけれど、彼女が芸能人の娘だというのも悪かった。『姫』を拒絶する理由付けとして、『有名人の娘がそう云うのだから』と、みんなが美玲衣を盾にするようになっていた。

『姫』の敵対者《ライバル》……それが、結果として作り上げられた、美玲衣の今の立ち位置だった。

「――美玲衣さんは、編入生の噂も興味なし？」

「……島崎《しまざき》さん」

　島崎真紗絵《まさえ》は級友だ。良く絡まれるがあまり会話はしない。何故かと云えば、それは彼女がゴシップの化身だからだ。

『セラール新報』とかいう、学校新聞をスポーツ紙か何かと勘違いしているような色もの新聞を発行する新聞部の部長と、芸能人の娘ではどう考えても相性は最悪と云えた。

「貴女に何を云っても、面白おかしい記事に化けるだけだから」

「ふふん、否定はしないけどね」

　美玲衣のあしらいにへこたれもせず、真紗絵はにやにや笑いを崩さない。

「その編入生とやらも、面白おかしく記事にするつもり？」

「今のところはないかな。だって、遅れてやって来たただの生徒だからね……今のところは」

ことさらに、二回目の『今のところ』を強調するあたり、自分でも悪役記者という風情に酔っているところが、真紗絵にはあるのかも知れない。

「……そのまま、哀れな子羊が犠牲の祭壇に上らないことを祈るわ」

「私は、そうなってくれる方が嬉しいけどね」

「はいはい」

その編入生とやらも可哀想に──美玲衣は、まだ見ぬその転入生とやらに微かな同情を覚えたが、けれどそれきり、すぐにそのことを忘れてしまったのだった。


「──それで、美玲衣お姉さまはどうなさいますの」

カツン、と細く優雅な指が、駒を動かす快い音を立てた。

「そうね……どうしようかしら」

──昼休み。昼食も済ませて、美玲衣は後輩と約束していた西洋将棋《チェス》の勝負に興じていた。

「チェスの話ではありませんでしてよ、美玲衣お姉さま」

柔らかなソバージュの髪、その奥でお嬢さま然とした理知的な瞳が揺れている。

美玲衣の相手は高城本深夕《たきもとみゆ》という──去年の図書委員会で知り合った、彼女の後輩だ。美玲衣が委員長、深夕が副委員長。美玲衣はクラスのお仕着せで決まったものだったけれど、深夕は本が好きで立候補したらしい。

そのお陰で、委員の仕事も大分助けられたし、こうして知り合えたのだが……。

「こんな難しい手を指しておいて、私にチェス以外のことを考えさせるつもりなの。なかなかの策士じゃない？」

「いえ、そういうつもりではなかったのですが……」

盤上は終盤戦。美玲衣が虎の子の城《ルーク》を戦場に投入すると、深夕は三、四手先を見越したのか、王《キング》を味方の傍へと遁《に》がした。後輩ながらにそつがない。

「ただ、美玲衣お姉さまが、照星《エルダー》になられるご意志があるのかどうか――それをお伺いしているだけなのですが」

「照星《エルダー》ねえ……」

美玲衣は、彼女の王《キング》を追うように城《ルーク》を敵陣深くに送り込む。

「あれは、なるとかならないとか――そういうものでもないんじゃない？」

照星《エルダー》というのは、平たく云えばこの学院の生徒会長のようなものだ。基本的には全校投票で選ばれるものであって、なろうと思って、自薦や他薦でなれるものではない。

「……解っていて話を逸らされるのですね、お姉さまは」

カツン――双方の王《キング》と城《ルーク》が刺し合いを繰り返し、盤面の様相が微妙に変化する。そこに深夕の別の思惑が見える気もする美玲衣だったけれど、セオリーに沿って戦いを進めていく。

「わたくしは、美玲衣お姉さまが指名された時、照星《エルダー》の座をお受けになる気があるのかどうか――そう聞いているのですが」

カツン。

「っ……!!」

美玲衣の逃げ回っていた王《キング》への追っ手と、逃げ回っていた質問が同時に放たれて……彼女の動きは止まってしまった。

「……いっそ、深夕が照星《エルダー》になればいいのに。少し長考させて頂戴」

「お忘れということもないかと思いますが、わたくしは二年生ですから」

「ああ云えばこう云う、ってやつよね……」

まったく、深夕は才媛だ——同じ学年であったなら、きっと私は彼女に敵わないだろうに。盤面を眺めながら、美玲衣は頬杖をついた。

そんな深夕が、どうして自分なんかを好いてくれるのか……そこが美玲衣には良く解らなかった。現に、盤上では美玲衣の可愛い駒たちが身動きも出来ずに固まっている。何処に動かそうと、深夕の歩兵《ポーン》と城《ルーク》が睨みを利かせていた。

照星《エルダー》というのは、独りではない。最終学年から三人が選ばれて合議制で生徒会を運営するシステムだ。

別に、美玲衣も照星《エルダー》に選ばれること自体は嫌ではない。しかし彼女が選ばれるということは、恐らく、その三人の中には当然——。

「そんなに、『姫』と同じ場所の空気を吸うのがお嫌なのですか、お姉さまは」

「あのね。私は今、チェスの次の一手で頭がいっぱいなの。静かにして頂戴」

「……仰せのままに」

解っているなら聞かなければ良いのに。美玲衣はそう思うが、いくら深夕が才媛だからと云って、聞かずに美玲衣の気持ちを読めるものではない。超能力者という訳ではないのだから。

「はぁ……」

けれど、当の美玲衣にも正直解らないのだ。きっと、万が一照星《エルダー》に選出されたなら、その場になってようやく自分の気持ちが判る……そういうものなのではないだろうか。

——手詰まりだった。盤上も、自分の気持ちも。


「……チェスですか、珍しいですね」

そんな時に声を掛けられ——美玲衣は驚いて、声の方を振り向いた。

「すみません、驚かせてしまったでしょうか……あまりにもいい勝負をされていらっしゃったので、つい声を掛けてしまいました」

濡れ羽色の長い髪を優雅になびかせるその女生徒の美しい容《かんばせ》に、美玲衣はほんのひと時、息を潜めて眺め入ってしまった。その微笑みに気付いて、はっと我に返る。

「い、いい勝負というほどでは……今まさに沈み掛かった船、というところでしょうか」

打つ手がすっかり思い付かなくなった美玲衣は、見知らぬ彼女に向かって、素直に弱音を吐いていた——実際、このままでは展開的に千日手《パーペチュアル・チェック》に持ち込まれてしまいそうに見える。

「そうなのですか？　とてもいい戦いをされていると思うのですが」

しかし、見知らぬ彼女はそう云って、楽しそうに盤面を見詰めている——特に社交辞令ということもないとするなら、もしかして、本当に何処かに勝機があるのだろうか？　必死に盤面を睨むものの、それらしき解答は美玲衣には導き出せなかった。

「……そう思われるなら、次の一手をご指南頂いても宜しいかしら」

やがて美玲衣は、深夕に対する少々の悪戯心と、この突然現れた観戦者への興味から、ついそんなことを口走ってしまった。

「いえ、それは……対戦相手の彼女に失礼かと思うのですが」

「構いません。元々深夕は、私よりも上手《うわて》の指し手なのですから……いいかしら、深夕？」

「わたくしは、お姉さまがそう仰有るなら否やはございません」

深夕はクールだった。いずれにしろ、自分の勝利は揺るがない——そう考えているのだろう。

そこは美玲衣も同意見だ。

「……だ、そうですよ。如何ですか」

「そうですね……では、一手だけ」

観念したのか、見知らぬ彼女ははにかんで、盤上中央に置かれた美玲衣の僧正《ビショップ》に指を掛けた。

（えっ、僧正《ビショップ》……!?）

「僧正《ビショップ》を——b7《ビーセブン》へ」

——カツン。

鈴が鳴るような爽やかな声と共に、美玲衣の僧正《ビショップ》が斜めに移動する。

「……………あっ!?」

美玲衣には、その指し手の意味が判らなかったけれど……先に、深夕の顔色が変わった。それで、慌てて盤上の関係性を眺め直してみる。

「え……えっ……？」

――それは、驚きの一手だった。

まるで、行き止まりばかりの迷路から、一瞬で開けて光の下に出てしまったような。美玲衣はそんな感覚に襲われていた。

(城《ルーク》で王手《チェック》、あるいは千日手《パーペチュアル・チェック》にもつれ込んでの引き分け……そればかりを気にしていたけれど、この人の一手はそれを総て粉砕してしまった!)

「これは……」

たった一手で、盤上隅で睨みを利かせていた深夕の城《ルーク》が封殺され、しかも牽制されていた美玲衣の歩兵《ポーン》がパスポーン――敵の駒が正面と両隣りの列からなくなって、有利な状況へと変わってしまったのだ!

この僧正《ビショップ》を倒そうとすれば、その隙に自由を得た美玲衣の歩兵《ポーン》が前進して成り《プロモーション》に成功してしまうということ――つまり間接的に、この僧正《ビショップ》にはもう手が出せないということになるのだ。

「どうでしょう。この手は」

女生徒の一言に、美玲衣は感嘆の眼差しを返した。

「正直、驚きました……確かに、私は互角の勝負を演じていたのですね。悲しいかな、私自身は気付いていませんでしたが」

美玲衣も、深夕も、その後はまるで運命に絡め取られるかのように手を動かした――二人とも、自分が勝ったことを、そして負けたことを悟らざるを得なかったからだ。

「『希望は、永遠に人の胸に湧き続ける』と云いたいところですが。これは投了《リザイン》ですわね」

深夕の二つの城《ルーク》が、逆転した包囲をさらにもう一度覆そうと良く粘ったが、隙を見て彼女の陣地《バックランク》に突入した美玲衣の歩兵《ポーン》が女王に成《プロモーション》ったのを見て、さすがに諦めて両手を挙げた。

その結末を眺めていた見知らぬ生徒は、控えめな拍手で二人の健闘を讃えてくれた。

「お二人とも素晴らしい健闘だったと思います。いいものを拝見出来ました」

けれど実際は、彼女が美玲衣を勝たせてくれたようなものだ。

「あ、あの……！」

名前を尋ねようと思ったのに、振り返ると彼女はもうそこにない。ただほんのりと、その長い黒髪の隙間から、ベルガモットの香りを微かに残しただけだった。

それは爽やかな、けれどまるで夜に積もる雪を思わせるような……それは不思議な香りで。

「ごめんなさい、深夕。まさか勝つとは思わなかったから……」

「いえ、負けは負けですわ……あの手は予想外でしたから。何者なのでしょうね、あの方は」

「そうね。名前だけでも聞いておけば良かったかしら」

——深夕と二人、彼女が去って行った書棚の向こうをただ黙って見詰める。

けれど、あれだけ目立つ容姿をした生徒だ。また何かの機会に逢うこともあるのではないか。

美玲衣は、不思議とそんな予感を覚えてしまうのだった。

†

「……どうです。さすがにそろそろ慣れてきましたか」

「何にです？　違和感に、罪悪感に？　それとも女性の振りをすることに、ですか」

「全部です」

非難がましい密の言葉を、一言で鏡子が全部スパッと切って落とすと、身体を支える糸が全部切れたかのように、密はベッドに倒れ込んだ。

「つらい。つらいです……」

ぐったりとして、密の瞳は焦点を失っている。いわゆる死んだ魚の目、という状態だろうか。普段の理路整然とした話し方は何処へやら。どうやら、女装して学院に潜入するという生活に、すでに限界が訪れつつあるのは間違いなかった。


——ここは、聖セラールの学生寮、通称『キミリア館』の一室だ。

結城《ゆうき》密はここで一年間女生徒に扮して、正体を知られないように秘密裏に活動するように、という指示を受けていた。

その任務内容は、尽星《じんせい》コーポレーション社長、風早幸敬《ゆきたか》の一人娘である織女の護衛。彼女に気付かれぬよう秘密裏に一年間護り切れ、というものであった。

「やっぱり、男の僕にこの任務が回って来たのは何かの間違いだと思うんです」

「そうですね。しかし、その割に密さんはよくやっていると思いますが」

茨《いばら》鏡子もまた、同じく任務としてセラールに潜入している先輩従事者だ。彼女は情報収集と事前準備のために去年から学院入りしており、この寮で過ごすのは今年で二年目だ。

「であれば、です。社長に依頼された時、断ればよかったのでは」

「あの時は、社長と大輔《だいすけ》さんに今までの借りが少しでも返せるならって、そう思っていたんですが。正直、こんなに大変だとは……」

　密の生い立ちはやや特殊だった。彼の母親が死の床にあった折、母親の大学時代の友人を名乗る風早幸敬に引き取られた。以降、社長室長、結城大輔の養子として育てられたのだった。

「初めて、二人に恩が返せると思っていたのですが……考えが甘かった気がします」

「まあ、考えが甘かったという点については、私も否やはありませんが」

　しかし実際、密はとてもよくやっていた。

　いくら元々、母親譲りの『女勝り』な容姿を持っているとは云え、現実に女の振りをするとなるとまったく話は別だ。並みの男なら一日と保たずに正体を見抜かれてしまうだろう。

　ここに来るまでの間、密は数ヶ月にも渡って女を装う訓練を繰り返して来た。淑女としての仕草や嗜み、マナー、化粧法といった、あらゆるものを叩き込まれた。

　しかしそれでも、思春期真っ只中の青年が、女の園で生活すること自体そもそも無理のあることで、それは当然のことだ。

「お姉さま方、お茶をお持ちしました」

　ドアノックの音に、密はベッドから起き上がるとすっと背筋を伸ばす――鏡で髪の乱れを確かめると、今までのぐったりした様子が嘘のように『淑女の結城密』へと立ち戻っていた。

「どうぞ。入って下さい、花《はな》さん」

　密と目線で合図をすると鏡子が部屋の扉を開ける。寮の下級生で世話係をしている伊澄《いすみ》花が、紅茶をトレイに載せて、部屋へと入ってくる。

「お二人とも、わたくしもご相伴に与ってもよろしいかしら」

花の後ろから、織女が顔を覗かせていた。

「ふふっ、よろしいも何も、花ちゃんと一緒にいらしたということは、最初から四人分のお茶が用意してあるということでしょう？　織女さん」

「だって、花さんにわざわざキッチンとここの間をもう一往復させるなんて、そんな可哀想なことは出来ませんもの」

そんな密の苦笑いに織女は小さく舌を出して、屈託のない笑顔で応える。

密にとって目下の問題は、護衛対象である織女にすっかり気に入られてしまった、という予想外の事態にあった……。

一体どういうことか――という話は、少しばかり長くなる。事の起こりは、新学期開始の前日へと遡らなくてはならない。

「――済まなかった。お前にわざわざ持って来て貰うなんてな」

それは織女が、父・幸敬の忘れた書類を、習いごとに出るついでにとオフィスへと届けた、その時のことだ。

「いいえ。たまたま手が空いている者がなかっただけですからお気になさらず、お父さま」

「未だに紙の書類というのもどうかとは思うんだが、こういうのは形式が大事だという取引先もまだまだ多くてな。まったく、形式というのは肩が凝るものさ」

――風早幸敬。

グループ企業百二十社を擁する、国内最大級の企業体、尽星グループの総帥として君臨している人物だ。織女にとっては、厳しくも優しい父親である。

「ああそうだ、丁度いい……お前にちょっと話があるんだ」

「わたくしに、ですか？　何でしょうか」

まるでことのついでに——という気軽さで話を切り出されたので、織女は次の幸敬の言葉に、思わずその場で凍り付いてしまった。

「今年一年——お前は自分のやりたいことをやっていい。何なら、会社の力を使っても構わない。可能な限りのことは僕が保証しよう」

「…………は？」

『やりたいことをやっていい』というのがあまりにも抽象的だったのもそうだが、織女をもっと混乱させたのは、その後の言葉だった。

『会社の力を使っても構わない。可能な限りのことは保証する』

——それはまったくに、出鱈目な話だった。

小さな中小企業などとは訳が違う。尽星グループと云えば、総資産二〇〇兆円を優に超える、日本有数の巨大企業体なのだ。その力を好きに使えとはどういう意味か。

「お前には今まで随分と無理を云って、色々とやらせて来たからな……まあ、ささやかだが、僕からの感謝みたいなものだと思ってくれ」

織女はまるで目が眩んだかのように、頭の中で光がチカチカと明滅していた。話のスケールがあまりにも大きすぎるのだ。

「お父さま……」

これは完全に器の違いだった。真意を理解することが出来ず、織女は困惑する。

だが、彼女に理解出来たこともある。それは幸敬が『本気』だということだ。


そんな訳で、織女にとって、新学期は波乱の幕開けとなった。

「ごきげんよう、姫さま！」

「おはようございます、姫」

「ご機嫌よう、皆さん」

そんな織女の内心の苦労――もちろん、顔に出さないようにしている織女が悪いのだが――も知らずに、級友たちが黄色い声で出迎えてくれる。

織女も嬉しいし感謝もしているのだが、しかし彼女たちは自分の級友ではないのだろうか？

もちろん、織女を疎外しようと思ってやっている訳ではないのだろう――だが、そういった敬愛の示し方が、少しだけ織女を寂しい気持ちにさせているのは厳然とした事実だった。

「あー。おはよう、姫」

そんな中、ひとりだけトーンの低い、いかにも眠そうな声。

「おはようございます、美海《みみ》さん……今朝は早いのですね」

織女の隣の席で、ウェーブのかかった髪に埋もれるように、机に突っ伏してまどろんでいる。

最上級生とは思えないくらいに小柄な女生徒。

彼女は畑中《はたなか》美海。織女にとって、唯一の『対等の』友人だ。もっとも、美海の方ではそんなつもりもないのかも知れないが。

「寝オチしたから。お陰で今日は体調がいいんだ」

セラールの子女とは思えない言葉が飛び出す。美海は奨学助成金制度を利用して、家柄無視でこの学院に転がり込んできた、異色の経歴の持ち主だった。

成績も優秀で、いつも学年十位以内には収まっているし、昨年は寮監督生や生徒会のまとめ役である奉仕会会長も務めた逸材なのだが、その華々しい経歴とは真逆に、普段はまったくやる気のない、昼行灯を気取っているかのような生活態度をしている。

「いつも思うのですけれど、美海さんは寮でどういう生活を送っているのかしら」

織女の問いに、美海は少しシニカルな感じで笑う。

「まあ、姫よりは楽しい生活なんじゃない。誰に何を云われる訳でもないしね」

美海は織女を特別視しない。それだけで、織女の心は安らいだ。

「……楽しい生活、ですか」

そう云われて、織女は少し考え込んだ。

「ん？　何か引っ掛かることでも」

「いえ、そんなこともないのですが……」

そこまで口にして、織女は固まってしまった——続く言葉が出て来なかった。

織女はゾッとした。自分にとって、『楽しい』とはどんなものだった？

頭が真っ白になった。自分は楽しいということを知っているはずなのに。

「……大丈夫？」

「えっ、どうかしましたか」

——気が付くと、目の前には美海が立っていた。

「それはこっちの科白。姫が話の途中で上の空に考えごとなんて、珍しいからね」

「あら、『このわたくし』にそんなことを云うのは美海さんくらいのものですよ」

「あはは、そりゃそうか」

ちょっと挑戦的な言葉を、美海は笑い飛ばしてくれる——それで少しだけ素直になれた。

「今のわたくしにとって、楽しいことって何かしらって……そんなことをちょっと」

珍しい織女の弱音に、少しだけ美海が目を丸くした。

「おや、そんなことを考えるなんてね。姫はさ、『姫たる自分』であることに全精力を傾けてるのかなって思ってたから、そんな言葉が出てくるなんて正直意外だね」

「……!!」

そんな美海の言葉に、織女はまるで電流が走ったかのような衝撃を受けていた。

(わたくしは、自らが『姫』であろうとしていた……?)

織女は、その言葉を一瞬否定しようとしたが、それをすることが出来なかった。

理想とする自分の像が、結果的に自分があまり好きではない『姫』という名称と存在、そしてイメージ——そこに直結していることに気付かされたから。

「本当に……そんなことを平然とわたくしに云えるのは、美海さんくらいですわね」

「あぁれ、姫もしかして怒った？　ごめんごめん」

そんな柳に風という態度の美海を見て、織女は生まれて初めて、『友人に食事をおごりたい』

という気持ちになったのだった……。

「どういう風の吹き回し？　姫に食事をおごられるなんて、私ってば歴史に名前が残っちゃうじゃない。ま、おごって貰うことについてはやぶさかじゃないんだけど！」

昼休み、美海と二人、学生食堂へと向かっていた。

「まあ、これもわたくしの学習の一環、というところかしら。話には聞いていたけれど、初めてそういう気分になったのです……お嫌でなかったならよかったわ」

談笑しながら歩いている織女というのは珍しい――いや、そもそも織女と対等に話をするような生徒が少ないのだから当たり前なのだが――そんな二人を、みんな驚きの声と共に廊下の左右に分かれると、道を空け、珍しい光景を見るような視線と共に見送った。

「おごりはお嫌じゃないけどさ、モーゼになるのはあんまり楽しくないかな。姫、みんなを調教しすぎなんじゃない？」

それでも平然と織女をからかえる美海は、かなり気宇が大きいと云っていいだろう。

織女は苦笑しながらも、そんな美海に感謝する。

「そうね。これからは少し鞭よりも飴のほうを多くしようかしら」

対抗して、織女も軽口を叩いてみると、それが不思議と楽しいと思えてくる。

「あの、姫！　ご歓談中に失礼いたします！」

そこに、下級生の一団が申し訳なさそうな表情で現れる――昨年、織女が委員長を務めていた、環境委員会の面々だ。

「先日ご意見を頂いた件なのですが……」

もう織女は委員長ではないから、好きにすればいいと思うのだが、今年の委員には主体性が欠けているのか、自主的に案件を処理しようとか、そういう意欲が感じられない。

「ですから、わたくしはその件に関しては傍聴者《オブザーバー》に過ぎません。まずは貴女がた委員会の方で、改めて必要な資料をまとめた方がいいと思います」

「ですが姫、ここまで明確な答が出てしまっていますのに……」

明確な答などどこにも存在していない――意見を聞かれた時、織女は思い付きのアイディアを『たとえば』と開陳しただけで、問題に対しての実効性も、コストも考慮されてはいないのだ。それで『明確』と云われてしまうと、それは流石に織女としても盲信に過ぎる、と思わない訳には行かなかった。

「一見明確に思えることでも、検証作業は大切だと思いますね。そのための裏付けがなされないと云うなら、わたくしのどんな意見にも価値はありません」

人の言葉を鵜呑みにして、一足飛びに結論に飛び付こうとする……そんな風に後輩を鍛えたつもりはなかった。織女は心中、苦い気持ちをこらえていたのだが。

「良いですか？　わたくしの助力を乞いたいと云うならば、最低限、貴女がたがわたくしの理論の下支えをして下さらなければなりません。その作業を怠るというなら、わたくしは貴女がたには今後一切、何も協力出来ません。よろしくて？」

「は、はいっ……！」

織女が一転して厳しめの態度に出ると、取り巻いていた後輩たちは驚いたようにそう答えて、蜘蛛の子を散らすようにいなくなった。

「やれやれ、姫も大変だねえ」

「はあ……まったくです」

風早の娘として、学院創立者の一族として――どう振る舞うべきなのか。

いつもそんなことを考えながら、みんなが作り上げた『姫』という名の幻想を共有してきたのは、他ならない織女自身なのだ。

自分が『姫』になった訳ではない……周りが、『姫』としてこうあって欲しい。そういう幻想を自分に託しているのだろう。そう思っていたが、それだけでもなかった。

寛容さ、面倒見の良さ、利発さ――創立者の娘として恥ずかしくない姿をそこに重ねていた。だから織女には、自分の利己《エゴ》で『姫』という立場を享受しているという罪悪感があり、それが周囲への甘やかしに繋がってしまったのだろう。

「わたくしの自業自得なところもあるのでしょうね……あっ」

気持ちを落ち着かせようと、手首に巻いていたロザリオへと織女が指を這わせると、結わえ付けていた十字架《クロス》が外れて、ぱちんと、床へ弾けて落ちた。

「……恰好《かっこう》いいですね」

跳ねた十字架を眼で追って、まず織女の視界に入ったのはその細い指。

拾い上げた所作も優雅に、ゆっくりと立ち上がり――その姿に、思わず息を呑む。

流れるような黒髪に、古拙《アルカイック》な微笑を浮かべた、柔らかな面立ち。

心持ち顔を傾けると、少し憂いを含んだ微笑みを添えて、織女の手を取り——拾った十字架をそっと手のひらに乗せた。

「あれ、密さんもお昼？」

「ええ、美海さんもですか」

突然、自分の世界にまったく見知らぬ美人が現れて、友人である美海と旧知のように会話している——それだけで異世界に紛れ込んでしまったような心持ちを、織女は味わった。

「あの、美海さん……こちらの方は」

「ああ、紹介するよ。新しく寮に入った、転入生の結城密さん」

「初めまして」

改めて眼を合わせると、不思議と織女の心臓が断奏《スタッカート》のように、ポン、と跳ねた。

「密さん、ですか。わたくしは……」

「風早織女さん、ですね。美海さんからは『姫』と呼ばれていらっしゃると。けれど、聞いていたよりも、もっと凜々しい印象です」

「いえ、あの……お、お恥ずかしいところをお目に掛けてしまいました」

出逢ったばかりだというのに、選りに選って後輩を叱りつけるなどという粗野なところを見せるなんて……そう、織女は慌てるけれど。

「そんなことはありません。下級生をしっかりと指導されているところは、如何にも『姫』という感じだと思いました」

「あっ、あの……」

「そっ、そう云って頂けると……」

出ばなを挫かれたというだけではない。織女は理由の解らない自分のうろたえように、彼女自身が困惑していた。

「どうしたの。今日は珍しい姫がいっぱい見られるね、ちょっと面白い」

「か、からかわないで下さい。美海さん……」

本当にどうしたというのだろう。自分で、自分に戸惑ってしまう。けれどその一方で、目の前の密に強く惹かれる自分を実感する。

「――よろしければ、密さんも昼食をご一緒にいかがですか」

織女が発したその言葉に、今度は周囲がざわめき始める。

美海と二人で歩いただけで耳目を集めてしまうような織女なのだ。それが人前で逢ったばかりの人間を食事に誘うなんて、まさに前代未聞の出来事であった。

「わたくしも、ですか？　構わないのですか、美海さん」

しかし、そこは転入し立ての密だ。周囲のざわめきの意味は理解出来ていない。

「私は逆に助かる、かな……くくっ」

「？　助かる、というのは……」

美海の悪戯っぽい笑いに首を傾げるけれど、密としては断る理由も見出せない。

「わかりました。よろしければご一緒させて下さい」

そう答えると、何故だか周囲が大きくざわつく――今度は密にもそれが感じられた。

「じゃぁ食べよう——父よ。貴方の慈しみに感謝して、この糧を頂きます。どうかこれを祝福し、我らの心と身体の支えとして下さい。アーメン」

美海は心持ち早口で食前の祈りを済ませると、早々に食事を開始した。

「アーメン……もう、美海さんはいつも食事の時は気が急いていますね」

「ふふっ……アーメン。いただきます」

密は楽しそうに、織女は苦笑交じりに、それぞれの皿に手を付ける。

「密さん、それは何をお選びになったのですか」

「鶏肉の煮込み《フューナー・ラグー》だそうです。話に聞いていた、海外姉妹校の郷土料理みたいですね」

聖セラールには、姉妹校として提携している学園《ギムナジウム》があり、学食のメニューのおよそ三割ほどが、オーストリアやハンガリーなどの料理で構成されていた。

「ああ、それ結構美味しいよ。寒い時に食べたい感じだけど」

美海のツッコミに、密は困ったように笑う。

「季節を間違えたかしら。ふふっ、まぁ美味しければ、わたくしにはそれで十分ですけれど」

初めて食べる料理なのか、密はそう云って楽しそうにスープを口にする。不思議と、さっきまでのクールさが身を潜めて、少しだけ近づきやすいイメージが生まれた。

「どうかした、姫？」

「えっ、いいえ……」

それにしても、密の所作は美しかった。もしかしたら、家でかなり厳しい教育を受けているのではないだろうか——自分のマナーに自信を持っている織女から見ても、それくらい密の食事の仕方は美しいもので、思わず見とれてしまうくらいだった。

「密さんは、楽しそうにお食事をされるのですね」

しかしそれにもまして、織女は密が楽しそうに食事をしていることに惹かれていた。

ここセラールはお嬢さま学校で、マナーには他の場所よりかなりうるさい。初等中等ではマナーの授業があるくらいだ。学院側で指導されなかったとしても、家で厳しく躾けられている子たちがかなりの数を占める。

織女はそこまで気にしないが、旧家出身の子などになると、クラブハウスサンドですら、齧らずにナイフとフォークを使ったりするくらいの世界なのだ。

そこへ、普通の進学校から突然やって来たというのに、このマナーの完璧さ……密とは一体どういった人物なのか。俄然興味が湧いてくる。

「わたくしのことを凜々しいと評して下さいましたけれど、そっくりそのままお返ししたいくらい、先ほどまでは凜乎とされていらっしゃったから」

「えっ、そう……でしょうか……」

云われた密は困惑している。こちらはこちらで、内心いつ正体がバレないかと気を張っているので、織女の反応に戸惑いを隠せない。

「あー。そういや密さん、学院ではクールな感じ出してるもんね。寮じゃもう二日目にしてお母さんのポジションに付こうとしてるんだけど」

「いいえ、別にそういう訳では……」

美海は、織女の言葉から連想したのか、別の話題を持ち出してくる。

「お、お母さんポジション……ですの？」

目の前のクールな様子の密と『お母さん』という単語はあまりにミスマッチだ。びっくりする織女に、美海がここぞと楽しそうに語り出す。

「昨日、寮母さんが出先で大渋滞に巻き込まれてさ……寮生みんなの夕食の支度が絶望的って事態になったんだけど、そこに入寮初日だった密さんが颯爽と現れて……！」

「や、やめて下さい美海さん……」

密がそれを受けて顔を朱くする。聞けば、寮生たちは全員料理が不得手なところに来て、寮にも学生食堂と同じく海外提携校の郷土料理を提供する日があり、運悪くその日の冷蔵庫には見たこともないような海外の野菜ばかり。みんなが困り果てていたところで、事情を聞いた密が、手早く全員分の料理を作ってくれたのだと云う。

「まあ……では、密さんは見たこともなかった材料で、みなさんのお夕食を？」

「そうなんだよ。しかもこれがびっくりするくらいに美味しくてさ！　寮生全員に衝撃が走ったからね。一体どこのレストランだって、みんな眼がキラキラ輝いてた」

「それはすごいですわね……」

やや大仰な身振りで美海が話すところ、織女も目を輝かせて聞き入っている。

「いえ、そんな大層なものでは……ずっと実家で家事を担っていたというだけですから」

「いやあ、けど正直みんな尊敬してたよ。あんな使い方も判らない野菜で、煮物と炒め物とサラダまで作ってたし。あれってあの場で考えたってことでしょ？」

「見た目が変だと云っても、野菜の調理法には限りがありますから。経験の蓄積さえあれば、ちょっと生で食べてみるだけで、使い方はすぐに判るものなんですよ」

「ま、あの料理を食べた私に対して、何を謙遜するだけ無駄ってものだけど」

「そんなに美味しかったのですね……」

人は見掛けによらないものだ。こんなにクールそうな人が、そんなにきめ細やかな美味しい料理を作るなんて。織女は美海の話を聞いて、ますます密に対して興味が湧くのを感じていた。

「ああ、それからもうひとつ、姫が興味を持つ話題が密さんにはあったっけ」

「えっ、これ以上にまだあるのですか」

驚く織女に、美海がくすりと笑う。

「駈場《くじょう》からの転入生として評判なんだ……編入試験の成績がほぼ満点に近かったってさ」

「……!!」

普通の生徒なら、驚くだけで終わるのだが、織女にとってはそれだけでは済まない話題だった。何故なら彼女は、入学からずっと学年首位を守り続けていたのだから。

「その話はどこから流れてきたのですか？　確かに駈場にいましたが、わたくしの成績はだいたい真ん中くらいだったのですが……」

駈場学園は、都内でも屈指の名門進学校だ。学力をさほど重要視していないお嬢さま学校である聖セラールとは、求められる成績に天と地ほどの差があるのだろう。密は謙遜するが、それが意味するところを織女は正確に理解していた。

「ついにわたくしの張り子の虎が破られる日が来た、ということかしらね」

そう云いながらも、織女の眼には小さな闘志の炎が灯った。

「ま、そこは中間考査《テスト》をお楽しみにってところかな」

自身も学年上位だというのに、美海にとっては他人事なのだろう、楽しそうに笑っていた。

密はと云えば、美海などよりもよほど困った顔になっている……不思議と、織女にはそれが好ましいと思える。

「密さんって……本当に謎めいた方ですわね。びっくり箱のよう」

「いえ、そうでしょうか……は、はは……」

何故か密はそこで少し乾いた笑いを浮かべる。彼には『実は男』という最大のびっくりも隠されている訳で、そういう意味では苦笑いを浮かべるしかない。

「そうですわね。であれば、わたくしにも少しくらいびっくり箱があってもいいですわよね……？　お二人とも、このあとお時間を頂けまして？」

織女は、そこで何かを思いついたのか、密と美海に笑い掛けた。

「ご興味ないかも知れませんけれど。少し、わたくしの話を聞いて頂いても宜しいかしら。このところ、ずっと悩んでいることがありますの」

場所を人気のない中庭の四阿《あずまや》に移し、織女が一言目に放った言葉はそれだった。

「それは……美海さんはともかく、わたくしで宜しいのですか？」

密からは気遣うような素振りが窺える。何しろ逢ったばかりだ、それはそうだろう。

「密さんに聞いて頂くのがいい。不思議とそんな直感があったのです」

「なんだ、私はおまけかー」

「ふふっ、美海さん相手にはそんな直感は不要でしょう？　信頼していますからね」

そうして織女は、この昨日来悩んでいた、父親との約束のことを、二人に打ち明けることにしたのだった……。

「父は『好きにしていい』と云いましたが、わたくしは父の後継者候補。言外にわたくしを試している――いいえ、わたくしという人間を見極めようとしているのだと、そう直感しました」

密も美海も、織女の相談内容に驚かされたようで、話を聞いた二人はまず黙り込んだ。心の中で云われたことを整理しているのかも知れない。

「……それにしても、面白いお父さまですね」

密は穏やかにそれだけ答えると、再び黙り込んだ……答を考えているのだろう。そこに、密たちと織女が暮らしている世界の大きな隔たりがあるのだ。

「……それで？　姫としちゃ、特にしたいことがないってことか」

「ええ。お恥ずかしながら」

美海の探るような質問に、織女も苦笑交じりに応じる。

「それなら、何もせずにお茶を濁すって手もあるんじゃないかな」

「そうですね」

美海は頭の後ろで手を組み、ぶっきらぼうに答える。それに対して密も同意した――が、それが織女に望まれている答ではないということは、二人ともなんとなく理解しているようだ。

「――してみると、織女さんはお父さまがお好きなのですね」

やがて、何らかの解を見付けたのか、密は織女を見詰めながらそう聞いた。

「え？　ええ……確かに父は好きですが」

その質問に何か意味があるのか、それが読めず、織女は答えながら首を傾げる。

「これはただの想像ですから、吟味は織女さんにお願いしたいのですが……いま悩んでいるのは、織女さんご自身の為ではなくて、恐らくはお父さまの為ではないでしょうか」

「密さん……」

云われてみて驚く――何となれば、確かにその意味が織女にも理解出来たから。

「お父さまにどう思われるのか気にしなければ、お父さまのご下命《かめい》には、特にしなければいけない『何か』がありません。つまり美海さんが云ったように、何もしなくても問題はなさそうです。が、先ほど納得された様子はありませんでした」

織女の反応を確かめながら、密は言葉を続ける。

「ですから、織女さんが本当に気に掛けているのは『何をすればいいのか思い浮かばない』ではなくて、『何かをしなければいけないけれど、どうしよう』ということ――つまり本当の質問の内容は、『お父さまに喜んで貰う為に、何をすればいいのか』ということなのではないか。そう、わたくしには思えたのですが」

「――確かにそうですわね」

織女も、密の推測を認めた。

『好きにしていい』ということは、つまり『何もしなくてもいい』ということ――けれど、織女の頭にはその選択が何故か最初から存在していなかったのだ。

『父親からの評価をどう受けるか』という、隠された目標が、織女の眼を最初から覆っていた

——彼女は、父親に嫌われるような行動を最初から除外して考えていた。密によって、そこに彼女自身が気付いていないことが明らかにされたのだ。

「密さんは、明晰な方ですのね」

目から鱗、というのはこういうことなのだろう——そう織女が感心していると、当の密は困ったように笑った。

「いいえ、そういう大層な話ではなくてですね。何もしなくて済むなら、その方が楽かしらって……それだけなのですが」

「そうだね。姫の中にしかない条件設定は私たちには見えなかったから、それなら『何もしなければいい』って答になるのが自然だ。ま、私だったら評価なんてほっぽり出して闇の力に目覚めるけどな！」

「ふふっ、何ですの、闇の力って……」

美海がそんなことを自信満々に云うものだから、織女はつい笑ってしまった。

「いいですね。闇の力で二千万円くらい貯金が増えれば、老後も安泰です」

「ええっ、もっとガッツリいかない？　五億円くらいにしておこうよ、姫んトコならそれくらい余裕だって！」

「そうなのですか？　すみません、わたくしは庶民なので、その辺はちょっと経済感覚が解らないものですから……ふふっ」

美海と密がそんな話を始めるものだから、織姫も笑ってしまう。

「駄目です。『金の切れ目が縁の切れ目』と云いますから。差し上げる訳には参りませんわ」

ひと頻り笑った後で、織女は二人に感謝を述べた。

「お二人のお陰で、良く解りました――わたくしは、口では自分に素直にと云いながら、心の奥では父にとってのいい子を演じていたかったのですわね」

いや、もしかしたらそれが素直な自分と云うことなのかも知れない。織女は思った。

「ですが、それもわたくしが飼い慣らされた証なのかも知れませんね……うん！」

織女は何かを決めたのか、少し力強く肯いていた。

「わたくしは、少し我が儘になってみようと思います……庶民ではありませんから」

「ああ、いいんじゃない。姫もとうとう反抗期かー」

「これは、反抗期とは少し違うのでは……？」

美海のボケに、密が苦笑いで応える。二人は、織女の中の嵐をまだ知らなかった。

「まずはわたくし、お二人と同じ目線に立ってみたいですわ」

「えっ……それどういうこと？」

嫌な予感がしたのだろう、美海が怪訝そうな声を上げる。

「わたくしも、今年一年、キミリア館で暮らしてみようと思うのです」

「ええっ⁉」

予想もしていなかったのだろう。美海も、そして密も目を丸くする。

「だ、大丈夫なのですか？　お父さまがご心配なさるのでは……」

密の少しうろたえの混じる声。『彼』の立場からすれば、それは当然だろう。

「父にとっては、きっと織り込み済みであろうと思います……でなければ、あの人がこんなことを許す筈もないでしょうし」

「織女さん……」

あまりにも破天荒だったからか、唖然とする密の隣で、美海は笑い出していた。

「ははっ、いいね。最後の一年に相応しい、波乱に満ちた年になりそうだ」

こうして、遠くから離れて見守る予定であったはずの護衛対象、風早織女がひとつ屋根の下に身を寄せることになってしまった、
密としては、翔んだ任務開始になってしまった。という訳なのだが……。

「それで、いかがですか？　寮での生活は」

そんな内心の不安をおくびにも出さずに、密は織女と話を弾ませる。

「ええ、とても楽しいですわ！　皆さんわたくしのことを気に掛けて下さいますし」

もちろん、織女は密たちの正体にはまったく気が付いてはいない。密と鏡子にとっては冷や汗の連続なのだが、こうなっては腹をくくるしかない。

「何よりも、一般的な生活の尺度を知ることが出来る。これはとても有意義ですね」

企業グループ総帥の家ともなれば、お抱えの料理人やハウスメイド——料理も掃除洗濯も、そう云った家事一切に関して、自分の手を煩わせることはなかったのだろう。

「昨日は洗濯に失敗して、シャツをひとつダメにしてしまいましたが、正直それすら楽しいものですから、困ってしまいますわね」

寮にいる間、織女は学院では見せない無邪気な笑い方をするようになった。同世代と打ち解

けたことが今までになかったのだろう。自分の任務が困難になることは置くとして、それはいことのように密には思えた。

「お二人の方は、何の話をしていたのですか？」

「……中間考査《テスト》の話、でしょうか」

織女の問いに、鏡子が無難そうな答を返す。まさか『女装生活には慣れたか』という話をしていたとは云えない。

「あら、わたくしを打ち負かす相談ですわね。混ぜて頂いてもよろしいのかしら」

云われて、密は苦笑する——密にとって、自身の成績は問題ではない。織女との関係を守るため、自分の成績を落とすことくらいはやぶさかではないのだが。

「そうですね。敵に塩を贈ることについては、わたくしも否やはないのですが……どうせお友だちと話すなら、もう少し楽しい話題がいい気もしますけれどね」

「あら、好敵手《ライバル》の勉強法を知れるなんて、それはとても楽しい話題でしてよ？」

「ま、有り体に云うなら、私もちょっと興味があります」

「鏡子さんまで……えっ、わたくしが一方的に教える側なのですか⁉」

こうなった以上、今は織女との友人関係を築くことに注力しなくては——密も、鏡子もその点では見解の一致を見ていた。

ジョーカーである密が、自身をどの位置に置くべきなのか。その判断で、どうやらギリギリまで頭を抱える破目になりそうだった……。

†

「ご返却、承りました。美玲衣さま」

「遅くなってごめんなさいね。試験が近くなったから、借りていたことを忘れてしまっていたの——元図書委員長としては、ちょっと失態よね」

一方、チェスでの出逢いからしばらく——美玲衣は『彼女』のことを忘れていた。

直ぐに逢えると高をくくっていたからなのか、廊下ですれ違うことすらなかったからだ。

そうこうするうちに中間考査《テスト》に突入してしまい、気付けば勉強に明け暮れる日々。

「あはは、大丈夫ですよ。ありますよね、そういうこと」

「ふふっ、ありがとう。そう云って貰えると、少しだけ許された気持ちになるわね」

カウンターを離れると、借りる当てもないのに、息抜きに図書館を見て回りたくなった。

「というか、この新しい本は……」

そこへ、奥の書棚から困り果てたような声が——その声には聞き覚えがある。

「……何か、お探し物かしら」

背中から声を掛ける。覚えのあるベルガモットの香り——少しだけ、美玲衣の心は躍った。

「はい……あら、貴女は」

——ああ、やっぱりこの人だった。美玲衣は心の中で再会を喜んだ。

「覚えていらっしゃいますか？　あの時は勝たせて頂いてありがとうございました」

それは、美玲衣が深夕とチェスに興じていた時に現れた、あの女生徒だった。

「いえ、ああいう野次馬は良くないと思ったのですが、あまりにも対局が伯仲していたものですから、つい楽しそうだなと思ってしまって。申し訳ありませんでした」

「そんな。私こそ、とても貴重な体験をさせて貰いましたから……」

「貴重な体験……ですか？」

そう云われて、彼女の方はキョトンしている。彼女にとって、あの一手はさしたるアドヴァイスではなかったということらしい。美玲衣は自分が受けた感銘をどう伝えるかを考えた。

「ええ……あの貴女の一手、あれで私に見えていた世界観がガラリと変化したと云えばいいのか。蒙《もう》が啓《ひら》かれるというのは、こういう感触なのかしらって」

「ああ、なるほど。きっとわたくしの一手は引き金になっただけで、答は最初から貴女の中に眠っていたことなのだと。それは貴女の熟考が結実した結果ですね」

彼女は美玲衣の精一杯の賛辞を、冷静な分析で返してくる――その優雅なほどの落ち着きぶりに、美玲衣は不思議と惹かれるものを感じていた。

「そうでした。何かお困りだったようなので声をお掛けしたのですが……小説をお探しですか？私で良ければお手伝いしますが」

美玲衣の提案に、彼女は苦笑交じりに微笑んだ。本当に困っていたようだ。

「ええ。古いSF小説を探そうと思っているのですが、棚の多さに驚いてしまって」

こんなに怜悧そうな人でも、そんなことで困った顔になるのか……美玲衣には、それがちょっとおかしかった。

「……ああ、ありました。これですね」

美玲衣の案内で彼女が手に取ったのは、古典中の古典と云われるSF小説だった。

「SF、お好きなの？　違うわね。SF好きなら、今更そんな名作は読まないものね」

「ふふっ、まるで探偵のようですね。その通りです。友人に話を聞いてどんな作品なのかと」

「マニアックな趣味のお友だちね。じゃあ普段の貴女は、どんな本を？」

「……小説の読書経験は皆無に近い、でしょうか。まったく読んでいないということでもないのですが」

読書はしているが、小説は読んだことがない――彼女の知識量を考えると、そんなところ。若しくはネットから、というところだろうか。

「今はみんなスマートフォンを持っていますものね。読書を趣味にしている人も、そう多くはないのかも知れないわ」

「読書、お好きなのですか？　ええっと……お名前、お伺いしても？」

そこで、彼女は美玲衣の名前を知らないことに気が付いたようだ。

「私は正樹美玲衣です。貴女は？」

「わたくしは結城密と申します」

「よろしく、密さんね」

美玲衣はその名前に何故か、不思議な既視感《デジャビュ》を覚えていたが、それが何なのかは思い出せなかった。

「読書が好きかという質問だったわね。私は、携帯っ子だった自分を、ここ何年か掛けて戒めているところ、かしら」

「携帯っ子……ですか？」

密が首を傾げると、美玲衣は悪戯っぽく微笑んだ。

「私は、親が情報技術《アイティ》の専門家みたいなもので、そう云った情報機器《ガジェット》に小さい頃から親しんでいたから、逆に今になって、ちょっと本が新鮮に思えているというか、そんな感じね」

「ふふっ、そうなのですね……と、折角見つけたのです、これを借りなくてはいけませんね。ありがとうございます」

「どういたしまして」

見付けた本を携え、貸出カウンターへ向かおうとしたところで、密は何かを思い出したように、美玲衣へと振り返った。

「そうだ。今度お逢い出来たら、次は美玲衣さんの面白かった本を教えて下さいね」

そう云われて美玲衣は、前回名前も云わずにいなくなった密に対して、少しだけ意趣返しをしたくなる気持ちが湧き起こった。

「ええ。逢えたらね」

「はい、では今度逢えた時に」

密は、そんな美玲衣のちょっと意地の悪い返事を聞いても、にっこりと微笑む。

美玲衣も、密に軽く手を振ってから、その場を離れた。

「……変わった人ね」

他の生徒たちとは、明らかにリアクションが異なっている——中庭をのんびりと散策しながら、美玲衣は密のことを振り返って考えていた。

同級生であれば気安さや馴れ合い、そして芸能人の娘への好奇心が。

後輩であれば、少し甘えたような、拗ねたような――そういう、自分が『女』であることを無意識に活用するところがどこかにある。

それは美玲衣が経験から得た感触なのだが、密にはそういうところがなかった。

「それなのに不思議と、他の誰よりも女性らしいと思えるのは……何故なのかしら」

密のそんな、凛とした立ち姿が、奇妙に美玲衣の心の中に強い印象を残していた。

「貴女でも、そんな平穏な顔をすることがあるのですね」

「っ……!?」

突然の声に、美玲衣はハッとして振り返る――それが誰かなんて、見る前から判っていた。

「織女さん……」

そこには、美玲衣にとっての天敵であるところの、織女が微笑を浮かべていた。決して、嫌味も、高邁さも見受けられない。それが、余計に美玲衣の心証を悪くする。

「ごめんなさい。わたくしを見ると、貴女が不機嫌になることは判っているのですが――だからと云って、こちらも迂回する義理まではないものですから」

美玲衣の眉が吊り上がったからだろう、織女は小さく肩をすくめる。微笑しているようにも、無表情なようにも見えるが――果たしてどちらだろうか。

「加えて云うなら、わざわざ声を掛ける義理もないと思いますよ」

美玲衣が織女を嫌っている――という事実そのものは、彼女の親衛隊辺りが既にご注進に及んでいるだろう。が、声を掛けてくるのは珍しい。

「今日は貴女が、周囲に良く吠える犬をお連れではないようだから」

合点がいった。今日はお互いに取り巻きがいない……だから声を掛けてきたのだろう。

「彼女たちは私の友人。そういう云い方は嬉しくありませんね」

「それは失礼しました……ですが、わたくしへの不平の為に、貴女を盾にするような人たちですから。そういうのは友人とは云わないのではありませんか」

その物云いに、美玲衣はイラッとする。もしかしたら、美玲衣が心で隠している本音を突かれたからなのかも知れない。しかしその不快への怒りは織女へと向かう。

「それは、貴女に心配されるようなことなのかしら」

「……安易にわたくしを信用しない。それだけでも貴女は稀有な人ですから、多少の助言も罰は当たらないでしょう」

「そういうのを『上から目線』と云うのではありませんか……失礼」

本当に、それは美玲衣にとってイラッとする物云いだった。

「そうですか。ご機嫌よう……それでは」

自分の友人たちが私を盾にするように、織女だって自分の取り巻きを盾にしているのではないのか……そう、喉から出掛かるのを、ようやくぐっと抑え込んだ。

後はもう、無言ですれ違うだけだった。

「はぁ……何なの……」

遠離っていく織女の背中を見やり、溜め息と一緒に吐き棄てる。

理由は解らない。が、正直、負けた気分だった。

……何故だろう、そこで美玲衣は、不思議とさっきの密の微笑みが恋しくなった。

(私の学院生活には、安らぎが足りない——と云うことかしら)

それとも、こんな不毛な話を、自分は密に相談したいのだろうか? そうだとしたら、彼女は一体何と云うだろう? 莫迦々々しいと一笑に付されてしまうだろうか。

「それでも……こんな状態よりは、少しはマシになるのかも」

自分には、こんな気持ちを相談出来る相手が誰もいないのだと——急に、そんなことに気付かされてしまう美玲衣だった。


「あら、密さん。一昨日《おととい》の本はもう読み終わられたのですか」

「ええ。面白かったです、ありがとうございます」

それから、美玲衣は密と頻繁に出逢うようになった。

美玲衣には、試験勉強を図書館でする習慣があって、密はと云えば、あれ以来読書をするようになったとかで、足繁く本を借りに来るようになったのだった。

「そうですか。それは薦めた私としてもホッとしますね」

一昨日、美玲衣は密に乞われて、ちょっと悩んだ末にとある医師の成長物語——と云う感じの小説を薦めたのだった。

「色々、考えさせられるお話でした。ちょっと胸が詰まりましたね」

「普段、医師という職業の人が何を考えているかなんて、考える機会もなかったのですが……

この本は、その機会を与えてくれるいい本だと思ったので」

美玲衣は、自分の頬がちょっと赤くなるのが判る。実際にはそんな綺麗な理由ではなくて——まさに綺麗事だけでは済まない医師の現実と向かい合っていく、そんな登場人物たちの、何とも云えない生々しさが好きだったからなのだが。

物は云いようだと、美玲衣は心の中で小さく舌を出していた。余計なことは黙っておくのに越したことはないのだ。

「また、何かお勧めをお伺いしても……？」

「光栄ですが、ことのほか打率がいいようなので、次はいよいよ外すのではないか……と思うと、段々本を勧めるのも緊張してくるものですね」

読書家だと思われるのも悪い気はしないけれど、そういう虚飾は後で大抵はがれるもの。大家ぶるのはやめておこう。美玲衣はそんなことを考えながら、お薦めを記憶の中から引っ張り出そうとする。

「ふふっ、外れたからと云って美玲衣さんを責めるような真似をするつもりはないのですが。それなら、どんな本でも『面白かったです』と感想を云えば、問題はないのでしょうか」

「からかわないで下さい……きっと自分が失敗したくないだけなのです。これも人の性でしょうか。物事が上手く行っていると、それを続けたいという欲が出てしまう」

「ふふっ。それは、わたくしにも良く解ります」

謙虚そうな窋からの意外な答。そうなのか、と美玲衣は思う。何だかこの人は、そういう感情とは無縁そうだと思っていたのだけれど。

「ちゃんと、詰まらなかった時はそう仰有って下さいね。自分の失敗が知らされないなんて、考えただけで身震いしてしまいますから」

美玲衣はひと頻り苦笑すると書棚を眺めた。何か、この辺りに密に薦められそうな本はあっただろうか——そこに、以前読んだことのある本の背が飛び込んでくる。

「これなんていかがでしょう。一八世紀のイギリスを舞台にした解剖学を利用したミステリです。グロテスクな印象があったのですが、読んでみるととても優雅な筆致で……」

美玲衣の解説を、表紙を眺めながら密はじっと聞いている。そんな横顔をつい、美しいなんて思ってしまい、内心の動揺を必死になって押し込める。

「では、お勧めに従ってみます……ふふっ、何だか毎回違う世界に飛ばされて、時間旅行をさせられている気分になれますね。ありがとうございます」

「……駄目です、密さん」

無邪気に、読む前に礼を云われてしまい、美玲衣は密に釘を刺した。

「ああ、そうでしたね……」

「感謝の言葉は読み終わってからお願いします」

美玲衣がここで何度か口にした言葉——密に先回りされ、重ねられてしまった。覚えられるほど繰り返していたのかと思うと、何故だか猛烈に恥ずかしくなってくる。

「……もう」

「ふふっ」

顔を朱くする美玲衣に、密が楽しそうに笑い掛けた。

「ふふふっ……」

照れ臭くなった美玲衣だったけれど、密が優しく笑ってくれたので、一緒になって笑い飛ばしてしまうことにしたのだった……。


「そうですか。では、いつでも図書館にいらっしゃる……という訳ではなかったのですね」

閉館時間になったので、自然、二人で一緒に図書館を出ることになった。

「それはそうです。図書館の主、という訳ではないのですから」

ただ、試験勉強で図書館に通っていただけだ。それも、もうすぐに終わってしまう。

「そういうことなら、わたくしはとても運が良かった」

密が、美玲衣が薦めた本の表紙を眺めて、すっと、優しく微笑む。

たったそれだけのことなのに、何故か、その仕草にきゅっと――胸をつかまれてしまった。

この時間はもう終わってしまう、そんな気持ちが美玲衣の中で溢れた。

「……密さん」

「はい？　何でしょう」

――緩やかに。けれど、凜として微笑む密を見て。

美玲衣はその次に語りかけようとした言葉を飲み込んでしまった。

「いえ、何でもありません……」

その微笑みが、不思議と高い壁を作っているように……美玲衣には思えたのだ。

自分の悩みを密に聞いて欲しい——そう思うのと同時に、それは汚れた望みだと、そんな自戒に不思議と心が縛られてしまう。

(つまり私は、あの人との確執を『汚れ』だと……そう思っているのだろうか?)

そんな気付きに、美玲衣は混乱していた。

「何か、気になることでも? わたくしで良ければ、力になれることもあるかも知れません」

「密さん……いいえ、そんな大層な話ではありませんから」

云い淀んだことを、密に気遣われてしまった——不思議と、美玲衣はそれだけで心が軽くなるような、そんな気分になった。

「そうですか? ——では、わたくしはここで」

「ええ。ご機嫌よう、密さん」

ほのかな親愛を、出来る限りの笑顔に籠めて、美玲衣は密を見送った。


(優しい人だな、美玲衣さんは)

別れてから、密はそんなことを考えていた。

見ず知らずの自分にこんなに親切にしてくれる——密にとって、美玲衣というのは唯一『任務の外』で出逢う相手だった。

もちろん、美玲衣にだって迂闊な話は出来ないが、それでも寮の面々や織女と違って、そこまで気を遣わなくていい相手という意味では。

「密さん！」

「……織女さん」

密の戻る先には、織女が待っていた。

「あら。あれは、美玲衣さんでしょうか」

「そうです。お知り合いなのですか？」

密の質問に、織女はほんのりと苦笑いを返す。

「いえ、あまり良くは知らないのですが……ただ」

「ただ？」

「ただ……もしかしたら友人になれたかも知れないと、そう思っていただけです」


（もう、手遅れかも知れませんが……それでも）

織女の方は、ずっと美玲衣に興味を持っていた。

学院の生徒は皆、織女を慕うか、そうでなかったとして、嫌いだと思っていたとしても、我関せずを貫いていた――そんな中、彼女は公然と嫌いであると口にした。

もちろん、それだけなら織女が気に掛けることもないのだが。

――織女の取り巻きたちと、美玲衣の友人たちのやや品の良くないののしり合いが巻き起こる中で、織女は見た。

喧噪の中、美玲衣だけが無言で――ただ、燃えるような瞳で織女を見詰めていた。

その時、織女は気付いたのだ。友人たちとは違い、彼女が疎んじているのは自分ではなく

――自分を透《すか》して見えている何かなのだと。

それが判った後、織女は美玲衣に興味を持ったのだが……何しろ取り巻きを含めて犬猿の間柄であり、騒ぎを大きくするのも得策とは云えなかった。

もっとも、もしこのまま現状が推移するなら、自分たちはいずれ出逢うことになる――そう思うと、今は美玲衣と積極的に関わろうという気持ちにはならなかったのだが。


――三人はこの時、まだ気付いていなかった。

弧を描いて飛ぶ鳥のように、同じ場所を繰り返し回っていただけのつもりが――気付けば僅かずつその軌道を逸れて、避けていた別の軌道にゆっくりと重なろうとしていたことを。

二章

——そしてそれは、移ろいやすい初夏の薄曇りのように、不安と共に訪れた。

美玲衣は、発表されたばかりの中間考査《テスト》の順位表の掲示に愕然としていた。周囲は、結果を確認しようという女生徒たちの悲喜こもごもで賑わっている。

首席、結城密
次席、風早織女
三席、正樹美玲衣
大書された、上位順位表の先頭には三人の名が記されていた……。

「すごいですわね、密お姉さま……編入して来て、いきなり首席になられるなんて」

「美玲衣さまもお可哀想。ずっと姫から首席の座を奪おうと頑張られていましたのに……」

「しっ、聞こえますわ……」

「結城、密……」

——慌てて口をつぐむ下級生たちの声も、美玲衣の耳には届いていなかった。

それほどのショックだったのだ。今までずっと、織女が首席で、自分が次席だった。

美玲衣がどれだけ努力をしても、その結果を変えることは出来なかった……だというのに、パッと出で現れた別の人間によって、それがあっさりと覆ってしまったのだ。

（どこかで聞いた名前だとは……思っていたのだけど）

無意識に掲示から遠ざかりたくなり、足が勝手に教室へと向いていた。

「あ、おはようございます。美玲衣さん」

「……おはようございます」

呆然としながら教室にたどり着くけれど、そこで級友から声を掛けられる。

「前評判の通りでしたね、一組の結城さん。まさか、いきなり首席になるなんて」

「前評判……」

そうだ。美玲衣もどこかで、以前にその話を聞いていた筈だ。

「そう、彼女が……」

——上位《あのひと》の進学校から来た、編入試験で高成績を収めたという転入生の話を。

まさか、自分が図書館で逢っていた生徒が、その転入生本人だったなんて。

「美玲衣さん、大丈夫？」

「ええ、大丈夫です」

応えながら、美玲衣の脳裡には、何度となく言葉を交わした密の姿が思い返される。

「あの人が……」

思わずそこまで口にして——慌てて口をつぐむと、美玲衣はそのまま自分の席に着いた。

もちろん、彼女が結城密だと出逢う前に知ったとしても、美玲衣に何が出来たという訳でもない。ただこんな風に、青天の霹靂に直撃されたりはしなかったかも知れない……もしかしたら、闘いようもあったかも知れない、とは思えた。

「——全く、不甲斐ない」

そう考えると、美玲衣は自分の迂闊さ加減に、堪らない気持ちになっていた……。


「……どうですか。徒歩での通学には慣れましたか」

美玲衣よりも少し遅れて、密は織女と学院前の坂道を歩いている。

「ええ。やっぱり車の硝子に仕切られて見る景色と、実際に歩いて見る景色には、大きな隔りがあります……たかが硝子と侮るべきではありませんね」

中間考査《テスト》も終わり、順位が掲示される当日。実は、ずっと織女と密はまともに口が利けていなかった。一緒に登校するのも考査前以来のことだ。

「考査《テスト》が終わってからずっと、密さんと顔を合わせることが出来ませんでした……あることないこと、云ってしまいそうでしたから。わたくしの中にこんな嵐があるなんて、思ってもみないことでした」

「織女さん……そうですね」

——密は、鏡子と話し合って、考査《テスト》には全力で臨むと、そう決めた。

理由はいくつかあったが、最大の理由は『密が織女の友人になってしまった』ことだった。潜入者としての密とは別に、『友人としての密』のスタンスを考える必要に迫られたからだ。

「中間考査《テスト》で、わたくしと順位を競って下さいませ。密さん」

——密は、織女に成績での真っ向勝負を挑まれていた。

そこがもっとも大きな問題だったのだが、友人として振る舞うにあたって、自分のステイタスに嘘をつくと、どんなところから綻びが生まれるか解らないということだった——密は護衛としては優秀かも知れないが、潜入者としては駆け出しだ。

そして何より『現実の友人ならば忖度などしない』ということ。たとえ、自分たちには任務だったとしても、織女の人生に関わる場所に出てしまった以上、彼女とは本当の友人でいなければならないのではないか——そう鏡子から云われたところで、密も『女生徒の結城密』として手は抜かないと、そう心に決めたのだった。

「どきどき、していますか?」

「はい。織女さんは」

「しています……今にもわめき立てて走り出してしまいそう」

「そ、そんなにですか?」

やや冗談めかしてはいるが、織女としては本気なのだろう。

「ですが、そんな煩悶とした毎日もこれで終わりです。結果の如何を問わず」

「ええ」

勝っていたとしても、負けていたとしても——すでに結果は出てしまっているのだ。

「あっ、姫さま……!」

密たちが職員室の前に行くと、先に来ていた生徒たちがパッと——湖面に石を放り込んだ波紋のように、掲示板の前から離れる。

「…………………」

二人は無言で互いを見ると、開いた人波をくぐり――試験結果の前に立った。

「――――!!」

そこには、密たち二人の名前がある。一位は密、織女は――二位だった。

周りの生徒たちも、言葉を発しない……ただ、黙ってことの行く末を見守っている。

「こ……」

密にしか聞こえないような小さなつぶやきが、織女の唇から漏れた。

「これは、完敗――ですわね」

「織女さん……」

織女は見事な笑顔を見せる――けれど、それは違うのだと、密はそう直感した。

笑顔になる寸前、織女が一瞬だけ垣間見せた、苦しそうな眼差しに気付いたからだ。

「……ね、織女さん」

「何でしょう」

「何処か、二人きりになれる場所……ご存じないですか」

密は、織女にだけ聞こえるように――小さな声でささやいた。

「ああ……誰も入らないのに、こんな所まで整備されているんですね。この学院は」

密の質問に織女は少し考えてから、屋上がある――と教えてくれた。少し重い扉を開くと、今にも崩れだしそうな、初夏の空の下に出る。

「密さん……それで、どんなお話が？」

周囲の眼がなくなっても、それでも織女は優雅なままで。けれど。

「貴女が……わたくしに云いたいことがあるのではないかと。そう、思って」

「っ………!!」

織女の身体が強ばる。機嫌を損なうかも知れない、そう密は思ったけれど、互いの間がぎくしゃくしたまま、というのもつらいだろうと考えた。

「お友だち――なのでしょう？」

何より――密は、織女の友人になったのだ。だから。

友人であるならば、こうであるはず……少なくとも、密であれば。

「わたくし……は………！」

そんな密の言葉を引きがねに、織女の声は震え出すと――涙が溢れ始める。

「悔しい……悔しいのです！」

「……はい」

密がそれしか答えられずにいると、織女は握りしめた拳を弱々しく、密の胸に叩き付けた。

「確かに、こうなることを予感していたのかも知れません……けれど、悔しいのです」

「はい」

そうだ。自分がどんなに頑張っても、手に届かないことはある――もちろん密にも。

母の死に際、密は子どもで、母を治療する費用を捻出することが出来なかった。
母を助けてくれようとした幸敬たちも、それが叶わなかった。
そして密自身、以前の学校ではどんなに頑張っても、中間以上の順位にはなれなかった。

そうだ。痛いほどに感じる――その無力さは、その悔しさは。

「っく、うぅ……！」

織女はこらえようとするが、悔し涙が後から後から、あふれ出してしまう。

「うああ、ああっ……！」

自分の手が届く可能性が高ければ高いほどに、無力さが悔しさを上回る。
密にも、それはとても良く理解出来る感情だった。
密が昔、自分の無力さに絶望したように――今、彼女には身を焦がすほどの悔しさが巣喰っているのだろう。
予感があっても、そうなると知っていても、それを止めることは出来ないのだ。

密は何も云えずに……ただ、織女が泣くのを見守っていた。
織女は『自分の思い上がりを知りたい』と云っていた――だがそれはもちろん、自分が勝てるというその可能性に賭けた上での話。叶う限りの努力を自分に課していたはずだ。そうでなければ、こんな風に、自分で止められないほどの悔し涙を流したりはしないだろう。

「一度、試験の前――密さんがクラスの皆さんのお勉強を見ているところを拝見しました」

「……織女さん」

密は、自身のクラスへの浸透も兼ねて、級友たちの勉強を見ていた。それはこの学院での勉強についていくためのリサーチでもあったのだが。

「わたくしとの勝負を前に、そんな余裕があるのかと。正直目の眩む想いがいたしました」

みんな、それぞれの価値観で、それぞれ別の時間を生きている。密にとってのそれが勉強の一端であろうと、目撃した織女にとってそうとは見えないこともある。

「そうですね。貴女にそう思われるのは仕方のないところです」

痛いほど理解出来たから、そこに密も云い訳はしなかった。

「わたくしは、何に……負けたのでしょうか」

時折、互いが交わって影響を与えるけれど、本質的にはみんなそれぞれ『自分が主人公の人生』というのは揺らぐことがない。『女生徒の密』も、織女の友人だけれど、そこには彼女自身の人生がある。それが現実だから。

誰かの為に、何かをしたい――そんな気持ちや行動すら、回り回って、最後には自分への結果として、自分の人生に反映されていく。他人の所為には出来ないのだ。

「強いて云うなら……わたくしはこの二年、勉強以外のことはして来ませんでしたから」

少し考えて、密はそう答えた。

「……！」

「進学校に入って以降、わたくしはずっと学校と家を往復して、勉強することだけを繰り返していました……それでも、並みいるトップグループに近づくことすら出来なかったのです」

「そんな……」

「織女さんの努力は、勉強に留まらない、幅広いものだったことでしょう……わたくしはただ、総てを勉強にだけ振り向けていた。その差ではないでしょうか」

　それは嘘ではない。密は進学校に入ったのちの二年間、プライベートで使える時間を、総て勉強にだけ振り向けていた。育ててくれた幸敬や大輔のために。

　それでも、以前の学校では中央グループから抜け出すことも出来なかったのだ。

「ですが、それが正解だったとは思いません――織女さんと逢って、そのことを確信しました。わたくしには、色々な物が欠けているのです」

「密さん……」

　密の思う、物を知らぬ不完全さ、弱さ――それは『女生徒の密』のものであり、密自身のものでもあった。

「それでも、まだ……わたくしを、友だちだと思って下さいますか？」

　密は、苦笑いを添えてそっと手を差し出す。

「…………はい！」

　涙を浮かべたままで、織女は微笑んだ――密もまた、織女に自分をさらけ出して見せた。織女もそれを認めたということなのだろう。

「貴女は真実、わたくしがずっと求めていた、わたくしが嫉妬出来、尊崇し、そして共に歩める人――わたくしは自分の本当の感情に、ようやく出逢えたのです」

織女は、密が差し出した手をゆっくりと握り返す。

「改めて」

「ええ、改めて」

――二人とも少しだけ、照れくさそうな笑顔を見せて。

「「よろしく、お願いします」」

二人は、ようやく友人としての一歩をここに踏み出したのだった……。


「おはようございます」

織女と別れ、自分の教室に着くと、密は級友たちに取り囲まれた。

「おはようございます首席！」

元気な声。おでこを出したナチュラルな短めのボブが、その性格を良く表している。

「またそういう……やめて下さいね、円《まどか》さん」

「てへっ！　ごめんなさい。でも、まさか本当に首席だなんて、すごいじゃないですか！」

「……そうではありますけれど」

考査《テスト》の結果は張り出されているから、逃げようはない。

「ご自身の勉強も大変でしたでしょう、わたくしたち皆でご迷惑をお掛けして……」

一方こちらは少しおっとりとした淑やかな声。少し伸ばした髪を肩口で結んでいる。

「それはわたくしが好きでしたことですから……どうぞお気になさらないで。千枝理《ちえり》さん」

細井《ほそい》千枝理と棚倉《たなくら》円は、密の後ろと横の席に座っている。今のところ最も気心の知れている級友たちだ。

「いいえ。わたくしたちも密さんのお陰で良い点数が取れたのです……改めてお礼を云わせて下さい。ありがとうございます！」

四方八方から聞こえてくる、ありがとうの言葉に、さすがの密も顔を朱くする。

何やらすごく気恥ずかしい。けれどついさっき織女の泣き顔を見た身としては、ちょっとだけ身につまされるところでもあった。

「ですがこれで、密さんも照星《エルダーズ》の候補なのですわね。俄然、わたしたちも応援しなくてはなりません」

「エルダー……それは、何ですか？」

みんなが円の言葉を聞いて歓声を上げるけれど、それは密の知らない言葉だった。

「そうでした。密さんは照星《エルダースターズ》をご存知ないのでしたわね」

千枝理がそう云って、簡単な説明をしてくれた。

――照星《エルダースターズ》制度。

照星とは、実質的なこの学院の学生会会長を指す役職だ。

「この学院では学生会のことはクジャク会と云うのですが……こう書きます」

「紅鶸《べにひわ》会……ああなるほど、これを音読みにしてクジャク会なのですね」

鶸《ひわ》は基督教に於いて迷える魂、そして苦難を乗り越えさせる者、と云う二つの意味があり、
一方で孔雀には多くの目を持ち見守る者、としての意味がある。

生徒を鶸と孔雀になぞり、そして冬期制服の紅い色に掛けて、紅鶸と書いてクジャク——そう読むようになったのが由来と云われている。

「紅鶸会では奉仕会という、いわゆる学生会執行部ですね——そこを二年生以下が担うのですが、それ以外に会長が三名、最上級生から選ばれるんですよ」

「えっ、会長が三人……ですか」

そこが、このセラールの学生会システムの独自性だった。

「はい。紅鶸会員——つまり生徒全員からの直接投票で、成績優秀、眉目秀麗、賢良方正、そういった方々を推薦して自分たちの長とする制度なのです」

穏やかに話を聞いていた密だったが、ようやくさっきの言葉の意味に気づいて眉をひそめた。

「つまりわたくしが、その候補に……？」

「もちろんです！　密さんは姫を破って首席になられたのですから！」

「それに、密さんはお美しさもさることながら、いつも凜としていらっしゃって……姫と並んで、我が校の代表たるにふさわしいと思います！」

円と千枝理の言葉に、教室中からきゃあ、という黄色い悲鳴が沸き立った！

（えっ、えええっ⁉　それはちょっと、いやかなりまずいんじゃ……？）

級友一同の声援という突然の展開に、目を白黒させるばかりの密だった……。

「ふーん、なるほどねえ……」

「……美海さん、わざわざ覗きに来たのですか？」

——そんな様子を、教室の外から眺めている美海に気付いて、鏡子が声を掛けた。

「やー、転校早々の首位奪取でしょ。こりゃなんかあるかなって」

「そういう時だけマメですね」

「なんのそれほどでも……しかし、これで新たな照星候補の誕生か」

「そうですね」

愉快そうな美海の声に、けれど対する鏡子の声は素っ気ないものだった。

「お、冷静だね？　照星候補者」

「そういう美海さんも。密さんが来なければ『鈴蘭の宮』は貴女だったのではありませんか」

「それは鏡子さんだってそうだろ？　ま、私は選ばれても辞退するつもりだったから丁度良かったけどね」

「学院生として——いえ、前奉仕会会長として、それはどうなのですか？　美海さん」

美海のいつもながらの露悪趣味な発言に、鏡子は小さく肩を竦める。

「いやー、内申良くなるって話だったから引き受けただけだし」

美海は、昨年の奉仕会会長だった。だから、今年の照星就任も噂されていた。

「またそんな……まあ美海さんらしいですが」

「でも、密さんだって辞退するかも知れないよ。何しろ学院に来たばかりだ」

「そうですね。ですが……」

鏡子はそこで言葉を途切れさせると、級友たちを前にして、困っているようにも、楽しそうにも見える密の姿に眼を遣った……。

「…………はぁ」

「おや、随分と深い溜息をついていますね。食券に何か深い憤りでも感じているのですか？　入学早々学年首席に躍り出たというのに」

昼休み、食券機の前で溜め息をついていた密は、そんな鏡子の言葉に不機嫌を隠さなかった。

「……解って云ってますよね、鏡子さんは」

ボタンを押して出て来た食券を受け取ると、密は少しむくれた顔で鏡子を見ていた。

「——照星《エルダー》について、ですね」

「ええ」


「それで、聞かせて頂けますか」

鏡子も、考査《テスト》での結果が、こう云った状況を引き起こすと解っていたはずで……それは教えてくれても良かったのではないか。密はそう思っていた。

「——私が密さんに何も云わなかったのは、既に手遅れだったことと、もしこういう結果になったとしても、大勢に影響はなかっただろうと考えたからです」

鏡子は、和定食のお味噌汁に箸を付けると、一口すすってから、小さく息をついた。

「事前にこの話を聞いたとして……そうしたら、密さんは織女さんのあの信頼を、期待を裏切れたのですか？　真の友人として振る舞うと決めたのでしょう」

「……うぅっ」

最初の一言で、密は固まってしまった。

「どうなのです？」

舌鋒鋭く、鏡子が密を睨みつけた。

「まあ……確かに、出来なかったとは思いますけれど……」

対する密は、拗ねた子どものようにぶちぶちと、小さな声で答える。

「そうでしょうね。ですからその時点で手遅れだったと申し上げているのです」

「あああ……」

密は頭を抱える。

「選出は六月末ですから、一学期中間考査《テスト》での成績順が適用されます。そこで織女さんと勝負を約束した時点で、この話はするだけ無駄ということです」

織女に見付かった挙げ句、かつ気に入られてしまうというミスを犯した時点で、密に取れる選択は他にはもうなかったのだ。

「照星は、序列首席の『薔薇の宮』、次席の『百合の宮』、末席の『鈴蘭の宮』となっています。考査《テスト》で上位を占めた時点で……」

「あれ？　合議制なのに席次に序列があるんですか」

「ええ。議論が難航して、決められなかった時の為に——でしょうか。実際、選出された後の序列決めは毎回成績順のようですから」

「そうですか……って、それじゃあ」

つまり、もし密が選出された場合、織女よりも上の立場になってしまうということだ。

「どうして……それを考査《テスト》前に云ってくれなかったんです！」

感情が昂ったのか、密が席を立つと、食器ががちゃん！　と大きな音を上げ、それに驚いた食堂中の生徒たちが静まり返ってしまった。

「み、皆さん……お騒がせして申し訳ありません。どうぞお気になさらずに」

慌てて小さく咳払いをして、密は周囲に謝罪した。

「堪え性のない人ですね。こんな所で大声を上げるなんて」

（いやいや鏡子さん、そういうことはしれっと云わないで貰えると……）

密としては頭の痛い話だが、鏡子は何処吹く風で平然としていた。

「それにまあお飾りということで、就任しても業務は行う必要がないのですし」

「簡単に云いますね、鏡子さん……」

とは云え、どうしたものだろうか。密は他の可能性を探る。

「……辞退することとかは？」

「可能です。が、何か相応な理由がない限り首席の生徒は断れないかと」

「男でも……？」

小声でつぶやくと、鏡子が冷めた瞳で密のことを見た。

「まあ、それをバラす気があるならばどうぞご随意に。自動的に私たちの任務も失敗と云うことになりますが」

クールにそれだけ云い放つと、鏡子は食後のお茶に手をつけた。

「うぐっ……」

――打つ手なし。

突然降って湧いたような生徒会長候補の話に、密は頭を抱えることしか出来なかった……。

「わたくしは、図書館に寄って帰りますから」

「承知したのです。では」

昼食を済ませた密は、鏡子と別れると、借りていた本を返す為に図書館に向かう。

(はぁ……まあ、今更どうにか出来なかったのかなんて、仕方がないのは解っているんだ。けど、なぜだか段々、護衛という仕事から遠ざかっていってるような)

元々、警護というよりも、『いかに織女の我が儘に対応するか』という予防措置の側面が強い任務だったということが、密にも解ってきてはいたが。

「はい。ご返却承りました」

ばたばたとしていた嵐の考査期間《テスト》も明けて、しばらく図書館に来ていなかった密は、借りていた本と一緒に美玲衣のことを思い出していた。

美玲衣には色々と面白い本を紹介して貰った。それについて、改めてお礼を云おう……そう考えて奥の書棚に向かうと、そこには果たして美玲衣の姿があった。

「美玲衣さ……」

密が声を掛けるのと、美玲衣が睨みつけるのは、ほぼ同時だった。

「……貴女が、件《くだん》の転校生だったのですね。結城密さん」

「えっ……」

しかし美玲衣の表情が一転して険しくなり、密は突然の変貌に声を失くす。

「中間考査《テスト》前の追い込み時期に、貴女は余裕の読書をなさっていた訳ですね……こんな学校の首席《トップ》なんて舐めプレイで十分、ということですか」

「は……？　あの、何を……」

密は面食らってしまい、何を云ったら良いのか解らないまま。

「……失礼」

美玲衣は踵を返すと、そのまま密の前からいなくなってしまった。

「美玲衣さん……」

どうして急にこんなことになったのか。密はただただ困惑するしかなかった……。


(私は……何をしているの)

怒りにまかせて図書館を飛び出しながら、美玲衣の心の中はめちゃくちゃだった。

(あんなの、ただの八つ当たりでしかないわ。それは解っていたはずでしょう⁉)

それでも、密の姿を見た瞬間に、怒りが沸騰してしまった。抑えることなど考えもつかなかった……それが『悔しさ』という感情なのだということを美玲衣自身が悟るためには、少しの時間を必要とした。

——ガコン。

人気のない自動販売機を見付け、小さな缶珈琲をひとつ買うと、激情に任せてひと息に飲み干した——ここがお嬢さま学院だという気負いも、心掛けも、今この瞬間だけは綺麗に消え失せていた。

「馬鹿は……私か」

空になった缶をくず入れに投げ入れると、壁に背中を預けて大きく息をついた。今はただ、この何処から来たのか判らない身体の熱を、ただ冷ましたかった。

冴えきらない頭でひとつ解ったことと云えば、もう密には顔向け出来ないな——というそれだけのことだった……。


「……どうですか、そろそろ慣れましたか」

「な、慣れてはいけないのでしょうけれど、そんなことも云っていられませんよね」

その日の深夜、密は鏡子と一緒に風呂に入っていた。

危険だが、寮生の目もある以上は一生徒として風呂に入らない訳にもいかない。そこで、鏡子をボディガードにする形で——また、鏡子の裸で女慣れする意味合いも含めて、密は彼女と二人でいつも入浴していた。

その胸には、本物と見紛うほどの精巧な偽のおっぱいがついている。密は華奢なので、そこだけ見れば女子二人が入浴しているように見えるのだが……。

「当初の密さんは、鼻血を出したりとか、のぼせたりとか、勃起したりとか、まあお可愛いものでしたが」

「それはそうですよ。無茶を云わないで下さい……」

最近は、ようやくそういったトラブルがなりを潜めてきたところだった。

──まあ、勃起だけはどう足掻いても無理として。

「あ……そうだ鏡子さん、正樹美玲衣さんを知っていますか」

昼間のことを思い出して、密は鏡子に美玲衣のことを相談する。

「存じ上げています。彼女が何か」

密は、美玲衣に出逢った経緯と、今日彼女との間に起こった出来事を鏡子に語った。

「──まさかそんな第三種接近遭遇を密さんが行っていたとは。驚きなのです」

「な、何ですかそれは……」

「しかしその説明は簡単です。正樹孝太郎はご存じですか？　彼女はその娘です」

「え……ああ、あの投資家の⁉　テレビのコメンテーターとかで良く見る人ですね」

気が強く、云い捨てや断定の多い、野放図な人物──という印象で、美玲衣の父親として考えると、密としてはあまり噛み合うイメージではなかった。

「親が投資家というと、昔であれば山師扱いで、資格審査で入学を断られていた職業ですが、現在では富裕層に一定の割合で含まれていますから」

「なるほど……ですが、それは僕が怒られたことと、何か関係があるのですか？」

「直接、密さんが怒られた……というか。恐らくは織女さんと友人だからでしょう」

「えっ……どういうことですか」

「実際はともかくとして、織女さんはいわゆる旧弊的な『お嬢さま』の代表格です。一方で、美玲衣さんはご自身の出自によるものか、そういったことに対して懐疑的だと聞いています」

「あの美玲衣さんが、ですか……」

密には、美玲衣がそんな狭量な人間には見えなかったのだが。

「彼女の周囲には、織女さんが嫌いという人たちが集まっているようですね。芸能人の娘と云うことで、判りやすい旗印に仕立て上げられているという印象があります」

「ああ、なるほど……」

「密さんはお気付きになったかどうか解りませんが、その上で、美玲衣さんは万年次席……いつも、トップには織女さんがいました。つまり、密さんの登場によって、今回彼女は三位になってしまった訳です」

「あ……」

「彼女の心中を推し量ることは出来ませんが……何故怒ったのかについては、説明が付くような気がしますね」

「そう、ですね……」

こちらは素直に腑に落ちた。云われた言葉とも合致する。密は美玲衣が日々試験勉強に励んでいるところへ、のこのこと毎日小説を借りに行っていたことになる。それで学年トップに躍り出てしまってはもう、これは怒るのも仕方のないことだ。

「……ですが特に、密さんに落ち度のある話ではありませんが」

「それは……そうかも知れません。ただ、お礼くらいは云いたかったのですが」

密が美玲衣に今どう思われているかはともかく、色々と教えて貰ったのは事実なのだから。

「そういうものですか。まあ、いずれにせよ、お礼はそのうち云えるのでは？」

鏡子は、仕方がない人ですね、みたいな表情《かお》をする。

「えっ、どうしてですか」

「密さんがエルダーということになれば、残りの二人は当然」

「あっ……」

残りの席は、このまま行けば織女と美玲衣が占めることになる。

それはどう考えても、波乱の幕開けにしか思えない状況としか云えなかった……。

†

「ね、聞いた？　織女さんの話」

「……島崎さん。知らないわ、どうでもいいもの」

あれから一週間が過ぎた。密とも、織女ともすれ違うこともなく。二人が離れたクラスにいることを、今の美玲衣はただ感謝していた。

それなのに、周囲は織女と、そして新たにその友人の列に加わったという密の話を吹き込んでくる。皆、美玲衣が自分の代わりに腹を立ててくれることを『期待』しているのだ。美玲衣も、それがなんとなく自覚出来るようになっていた。

「そうなの？　今回はキワメツケだと思うんだけど」

真紗絵は楽しそうだ。彼女がこういう表情をする時、それはもっともロクでもない情報を運んでくる時に決まっていた。

「『姫』、自主退学直前のスポーツ少女を救う——どう？　記事のタイトルとして」

「……何をしでかしたの、あの人」

さすがに美玲衣も興味を惹かれる。それは普段の俗なゴシップとは毛色の違う話に思えた。

「藪内《やぶうち》って子知ってる？　隣のクラスなんだけどさ」

「いえ、知らないわね……有名なの？」

真紗絵は首を振る。何でも、その藪内という生徒は家庭の事情で自主的に退学する予定だったらしい。父親の事業が失敗して学費を払えなくなるのでやむなく、という話のようだ。

「でまあ、その子うちの水泳部のホープだって話でさ。それを聞いた姫が、水泳を続けられるように、自分とこの実業団を紹介して、そこに就職出来るように世話してあげたんだって」

「それはまた、ご大層なことね……」

聞いてから、世界のスケール感の違いに呆れるが、そこまでならまあいい話で済む。

――が。

「まー何て云うか、姫もやるね。エルダー選の直前にダメ押しとはこのことでしょ」

「なっ……」

それが織女の本意かどうかは知る由もない。けれど、そういう邪推に掛けては、この島崎真紗絵はまさに天才と云えた。

「さすがに、それはないでしょ」

「そうかな？　それで云うなら、こんな芝居じみた話そのものがナシでしょう。……みんなもそう云ってるよ」

真紗絵の『みんな』は、どうせ誰も指していない。この新聞部部長は、こうやって巧みに話を広げ、新聞でネタにした時に話題の火が拡がりやすいように下準備をしているだけなのだ。

けれど、その次の一言が、美玲衣の心に霜を降らせた。

「結城密、だっけ？　あの子もこの話に一枚噛んでいるらしいじゃない。姫の人気取りは必要ないかも知れないけれど、パッと出のあの子には必要なのかもね」

「…………」

美玲衣としては言葉もなかった。そんなことはない——そう云えるほどには、密と親しい訳でもない。何より、織女が父親から『何をしてもいい』などというふざけた指令を受けていることを美玲衣は知らない。だから当然、織女が急にそんなことをし始めた理由を想像することも出来なかった。

「島崎さんらしい尾ヒレの付き方だと思うけど。まあ、いずれにせよ……」

それが事実だとするならば、この噂は羽根を拡げる……それが吉と出るか凶と出るかは、美玲衣よりも寧ろ、織女と密に掛かってくることとなのだろう。そう思う美玲衣だった。

「……なるほど、飽くまでもビジネスとしての取引だと」

一方で、キミリア館では織女が質問責めに遭っていた。

「ええ。自分にとっても価値がなくてはならない——わたくしとしてはそう考えたのですが」

夕食の後、食堂に残っていた者たちの間で同じ話題が上がり、織女と密は、これまでに起きたことを、結局みんなに聞かせることになった。

織女としては、藪内明日香《あすか》の身体能力や容姿といった総合力を見て、ビジネスとして取引が成立出来る――そう思ったからこそ、グループ企業との話を進めた。実際、彼女はＣＭモデルとして活動しながら、水泳での実業団入りを目指す、そういう方向で話がまとまっていた。ただ助けたつもりは、織女にもなかった。

「そうですね。他人への施しだけでは自己満足と云われてしまいますし」

くせのある髪をふんわりとしたボブにまとめた、理知的な表情の少女がなるほど、と肯く。迫水《さこみず》すみれ――キミリア館の寮監にして、現奉仕会会長。普通の学校でいうところの生徒会長に当たる。しっかり者の二年生だ。

「あら、自己満足ではいけませんの？　だって、助けたいから手を差し伸べたのでしょう？」

迫水あやめ――現奉仕会書記。すみれの双子の妹だ。お調子者の一年生。

すみれと瓜二つだが、目つきがやや幼い。やや少女趣味のカチューシャを着けていて、それが姉とは違った雰囲気を醸し出していた。

「確かにその通りなのですが……まあ自分の力と云っても、つまりは親の会社の力とも云える訳ですし、後継者としてはただの我が儘で周囲に無能だという評価をされたくない、というところかしらね」

織女はそう素直に白状する。この辺の問答は密や美海、そして鏡子や花たちと、計画を実行する前に長々と討議し尽くしていた。

切っ掛けは、たまたま密と織女が図書館にいたところに、明日香が一睡も出来ないほどに思い悩んだ挙げ句、二人の目の前で昏倒したのが出逢いだった。その後、水泳部に詳しい美海から事情を聞き、織女は父・幸敬からの『今年は何をしても構わない』という言葉を思い出し

——そのテストケースとして助け船を出せるかどうか、という話が始まったのだった。

キミリア館へ入ったことに続く、つまりは織女の我が儘、その二つ目ということだ。

「なるほどですわ。ご自身の矜持《プライド》の為、ということですのね……けれど、その程度のことを我が儘放題に出来ないというのも、折角の大会社の総領娘《あととり》という立場を活用し切れていない、という風にも思えますわね」

妹であるあやめの方は、姉のすみれとは違って奔放な性格をしている。杓子定規のきっちりとした姉とは違って、言動もやや風変わりな趣があるが、時折鋭いことを云って周囲を驚かせることもある。

「ま、人を助けるなんて、いくらお金持ちでも気が向いた時にしか出来ないんだし、確かにそれくらい傲慢な方が良いのかもね」

「そ、そういうものなのでしょうか……」

美海の大雑把な同意に、密は苦笑する。

「結局、どれだけ頑張ってみても、個々人を救うことには限界がありますからね。例えばここで退学者が百名出たとして、いかなわたくしでも全員に救いの手を伸ばすことは出来ませんから……その命題がクリア出来ない以上は、何処まで行っても金持ちの道楽、ということですわ。それは今、学院に弘まっている噂を聞いて痛感しているところですから」

「ああ、そうですね……」

織女たちが散々悩んで出した結論だったが、学院生たちにはあまり評価は芳しくないようだ。織女を快く思わない者たちが『あんなのはいい顔をしたいだけ、所詮は金持ちの道楽だ』と焚きつけて回っている、という話も聞こえて来てはいるのだが。

「結局さ、金持ちが人助けをするのは、どんなに理由を付けても上から目線だし、自己満足って評価からは逃れられないんだってこと……だってそうだろ？　実際に立場が上なんだから」

「不思議ですよね。困っている人を手助け出来て、損をするのは姫さまと、姫さまの家や会社だけなのに——どうしてこんなことになっちゃうのでしょう」

美海の言葉に、花は困惑を隠せない。何も悪いことはしていないはずなのに、という気持ちが顔に出ていた。

「……他人がやりたくとも出来ないことを、まるで気まぐれのように実行したら、それは嫉《ねた》みも妬《そね》みも持ち上がろうというものでしょう」

「そ、そうですよね。でも、助けられるなら助けた方が絶対いい筈、なんですよね」

鏡子の結論に、花もちょっとしゅんとなってしまう。

「ふふっ、いいのです花さん。わたくしの真意は、こうして、傍にいる皆さんだけが知っていてさえ下されればそれで——元々、こうなるのは覚悟の上だったのですから」

「姫さま……はいっ！」

織女と、世話係の花も、ここひと月で大分仲良くなった。初めの頃は、話しかけられるだけでガチガチに固まっていたものだったが。

だがしかし、このままでは終わらないだろう。そういう気持ちが、織女の中にも、密たちの中にも少しだけ燻っていたのだった……。

そんな密たちの予感は、早くもその翌日には現実のものとなっていた。

「もう随分と弘まっているようですね。出所は存じませんが、噂の感じからすると、隠れて覗いていた人たちがいたようです」

次の日、教室に行くともう千枝理たちもその噂について知っていた。

「ああ……云われてみれば、確かに無人ではありませんでしたね」

密は思い返す。織女は、明日香と実業団の関係者を引き合わせるのに、学食を利用していた。だからその様子を見ていたり、聞いていたりしていた生徒もいたに違いない。

「云ってみれば、最近お目に掛からないシンデレラストーリーですもの。それは噂も羽根を拡げようというものです」

円の方は脳天気に、よかったじゃないですか、という気持ちを露にしている。

「そういう意図ではないのでしょうけれど、これで照星選挙での姫の前評判は、きっとうなぎ登りでしょうね」

千枝理はいつも大人しいけれど、理知的で、鋭い視点を持っている。

「そうですね。その辺、邪推する人も出るでしょう。織女さんにしか出来ない点数稼ぎ……と、取れなくもないですから」

千枝理の言葉を、鏡子がそうつなぐ。確かに、終わってみればそう見えないこともない――だが、実行出来る時機《タイミング》は、明日香が学院を辞めてしまう前、今しかなかったというだけの話なので、これればかりは正直どうしようもなかった。

「どっちにしても、姫にしか出来ないことですし！　それは別にいいんじゃないかって、わたしは思うのですが」

　ひとり明るく、円がそう答える。それで密も少し明るい顔になる。

「そうですね。皆さんが円さんのように考えて下さるのが、多分織女さんにとっても一番いいのでしょうけれど……」

「うちのクラスは何の問題もないのです。何しろ密さんという証人がいますから。それに、わたくしたちも姫が悩まれているところもこの目で見ていましたから」

　織女はこのことで密のところに相談に来ており、その時に千枝理や円たちからも意見を聞いたりしていたのだった。

「そうですともそうですとも！」

　円の明るい様子に背中を押され、密も気を取り直すことにした。


「どうやら、おおむね好意的……というところでしょうか」

「そうですね」

　密と鏡子も、事の顚末を気に掛けている。任務の一端とも云えるからだ。

「悩んでいたようですが、織女さんも優しいところがあるのでしょう」

　ビジネスだなんだと、色々と云い訳をしていた織女ではあったけれど、恐らくそれは、彼女の純粋な厚意からの発案なのだろう、密はそう思っていた。

「密さん」

　そんなことを考えながら学院の廊下を歩いていると、鏡子に横から小声でつつかれた。

「――密さん」

「美玲衣さん……」

　それは、突然の美玲衣との再会だった……いや、同じ学院にいるのだから、起きるべくして起きたものだろう。

「ご機嫌よう。いえ、実際ご機嫌でいらっしゃるようですね」

　美玲衣の刺さるような声。少しだけ、その声にうろたえるような怒りの成分が含まれているのを、密は感じていた。

「……どういった意味合いで仰有っているのかは図りかねますが、機嫌を悪くするようなことは、確かにこのところ起きてはいませんね」

　美玲衣の声色に対応して、密の声のトーンも落ちる。

「それはそうでしょうね。お友だちとご一緒に一躍時の人になられて」

　……やはり美玲衣は、密が織女と友人になったことを怒っているのか。その姿は、今まで密が見たこともない、トゲのあるものだ。

「全く、わざわざこんな時期を選んでこれ見よがしに人助けなんて……そんなに財力が有り余っていらっしゃるなら、姫はもっと大勢の困っている人たちを救って差し上げるべきなのではありませんか」

「本当ですわ。狙い澄ましたように照星選挙前に人助けだなんて」

そこへ、美玲衣の周囲から品のない合いの手が飛んでくる。

これが、鏡子が云っていた『いけ好かない取り巻き』か。実際に目の当たりにすると、話が本当だったのかと、そう思わざるを得ない。

(確かに、こんな云い方をする人たちは、僕も好きになれそうにない)

「──行きましょう。関わり合うだけ無駄なのです」

小声で、鏡子さんがつぶやく……密も肯いた。確かに今の彼女たちでは、何を云っても耳を貸してはくれないだろう。

密たちは無表情の美玲衣、そしてニヤニヤと嫌な笑みを湛えた女生徒たちの横をすり抜ける。

「あら……反論もないのですか。貴女も姫の人気取りだとお認めになられるのね」

「っ……」

そんな女生徒の不遠慮な一言に、密の足が止まる──スッと、彼の中で血の気が引いた。それは怒りから生じたものだ……だがそれを通り越して、まるで腹の中に氷塊を落とし込んだような気持ち。密自身、それは初めて覚える感情だった。

「──わたくしが知る限り」

気付くと、顔色が消え失せていた……心の底から、下らないことだと思えた。

「そもそも候補として名が挙がっている中では織女さんが筆頭であるはずです。今更人気取りなど必要があるのですか？」

──冷たく、見下ろすように。激さず、凛とした言葉。それは怒りを超えた侮蔑。

「な……っ⁉」

「織女さんの人気取りだというのなら、そこに名が挙がっているわたくしに手伝わせる余地など最初からないはずでしょう。そんなことも、いちいち説明されなければ解らないのですか」

「なん、ですって……」

「そもそも、織女さんが照星というものについて執着しているという話を、わたくしは彼女から聞いたことがありません。わたくしにも、特に関心はありません」

「っ…………」

美玲衣も、密をただ黙って睨み返す。そこには他の取り巻きの少女たちとは少し異なる感情が渦巻いてもいた。

「美玲衣さんにはご恩もありますし、あまりこういうことは云いたくないのですが……友人を根拠もなく貶められれば、わたくしも反論しない訳には参りませんので。失礼を致しました」

無駄なことかも知れない。けれど織女の名誉の為に、密も云わずにはいられなかったのだ。

密は踵を返すと、そのままその場を去る。

「な、何なの、あの態度……」

背中からそんな声が飛んでくるが、もう密たちは一切取り合わなかった。

「い、いったい何さまのつもりなの……」

だが、少女たちのそんな強がる言葉を吐き棄てる言葉尻は、弱く震えていた。

――彼女たちは負けたのだ。

凛然と去って行く背中を呆然と見送りながら、女生徒たちは、密が見せたまるで氷のような威厳に平静さを失っていた。

普段なら、同じ方法で他の生徒たちを云い負かすことが出来ていたのに。それが、密には通じないどころか、視線でひと薙ぎされただけで恐慌に陥らされたのだ。

見守っていた生徒たちの雰囲気で、彼女たちもそれを知る――言葉に出ていなくとも、滲み出る雰囲気で判る。自分たちは負けたのだと。

「良いのですか、美玲衣さん……あんなことを云わせたままにしておいて」

逃げ場のない居た堪れなさに、女生徒のひとりは美玲衣に救いを求める……が、美玲衣は何も答えなかった。

……ただ。

「……執着していないからこそ、黙ってはいられないのです」

誰にでもなくそうつぶやいて、美玲衣はその細い指をきゅっと握り締めていた。

――美玲衣は去っていく密の背に、ひとりだけ、自らの父親の影を見出していた。

彼女の父親にとって「権力に執着はない」「何者にも囚われない」というのは、あからさまな社会に対するポーズであって、その本音には、常に承認欲求の権化という正体が見え隠れしていた。興味がないと云いつつテレビに出演する。下らないと云いながら放言をやめることが出来ない……美玲衣にとって、父親は道化そのものだった。

ならば、同じことを云う織女や密が、そうでないとは限らないではないか。

美玲衣だけはひとり、不思議な怒りを籠めて、去って行く密を見詰めていた……。

「密さんの怒り方、中々に恐ろしいのです」

「そ、そうですか……？」

　密自身、普段あまり怒ったことがないので、彼自身にも良く解ってはいなかった。

「冷たい炎みたいでした。普通、人は怒ると激情に駆られて、辻褄の合わないことや普段口にしないことを吐き出してしまったりするものですが。あんなに冷酷に、相手に有無を云わせない正論を吐きかけるなんて……見ているこちらまで、ふふっ、ちょっとゾクゾクしてしまいました」

　普段無表情の鏡子が、少しだけ愉快そうな顔になって笑う。

「えっと……それ、絶対褒めてませんよね……」

「怒りに任せた発言は、確かに褒められたものではありませんが……まあ、発言内容自体は良く云った、と申し上げていいかと。これは状況の打開に有効です」

「そ、そうでしょうか……」

「ポイントは、周囲に他の生徒がいた――ということです」

　そう云われて、密も鏡子の言葉の真意を理解した。

「密さんの言葉には隙がなかったのです。あれだけきっぱり云い放てば、云われた方は失点でしょう。期せずして多くの証人を作ってしまいましたから、否定も簡単ではないでしょうね」

　何故か、不思議と鏡子が嬉しそうな表情を見せる。

「私は卑屈な人間が嫌いなのです。なので正直、先ほどの密さんの言葉には心の中で快哉を叫んでおりました。ハラショーです」

「ハラショーって……鏡子さん」

珍しく、鏡子に手放しで褒められてしまい、密は困惑する。

「それにしても、流石に正樹孝太郎の娘——という感じですか」

そんな鏡子の言葉で、密も我に返る。

「……美玲衣さんですか」

「ええ。父親に良く似た力の誇示の仕方と云いますか」

正樹孝太郎は、個人投資家から這い上がり、自らファンドを立ち上げた一代の大立て者だ。ただ、その活動は総会屋紛いなどと取り沙汰されていることも多い。

「ファンドの資金力をバックに脅迫紛いの企業買収を行ったり、そういった敵対行動をちらつかせて企業の相談役に食い込んだり——そんな人が父親ですからね」

「そう……なのでしょうか。美玲衣さんはあまり似ていないような気がするのですが」

密はずっと美玲衣を見ていて気が付いた。彼女は、周囲の取り巻きたちと違って、口汚く織女をののしったりはしていなかった。

「おや、密さんも美人には弱いようですね」

「いえ、そういう訳では……確かに綺麗な人だとは思いますけれど。そうじゃなくて、美玲衣さん自身は、そんなにひどい言葉を使ってはいなかったなと」

そこに密の違和感があった……もちろんそこには、密が嫌われる以前に美玲衣と親しくして貰っていた所為もあるのだろうけれど。

「でもカチンと来ているではありませんか」

「あはは、そこはわたくしの至らなさとでも申しましょうか……まあ、美玲衣さんについてはもう少し様子を見てみようかと思うのです」

「そうですね。どのみち、照星《エルダーズ》になった暁には、彼女もその一人に数えられるでしょうから」

「……藪で蛇を突つくのはやめて下さい」

照星というもの自体には、密は特に感想がない。合議制で三人いる生徒会長、というだけだ。

――問題なのは、密が織女との成績勝負に勝ってしまったということだ。

ここでその照星に選ばれてしまうと、密が織女を抑えて首席に収まることになってしまう。

それは、劇の裏方だった人間が、いきなり俳優を置いてきぼりにして主役になってしまうようなもので、裏方としてそれは避けるべきだと、ずっと密の脳内では警報が鳴り響いている。

この学院に来て日も浅く、何よりも性別そのものが異端。そんな人間が正体を隠して組織の長に収まるというのは、誰にとっても不幸なことなのではないか。

今でも十分に綱渡りを演じている。これ以上、自分が乗っている綱を細くしたくない。それが密にとって、嘘偽りのない気持ちだった……。


「セラール新報、ご覧になりまして!?」

――しかし、密のそんな気持ちとは裏腹に、事態は進んでいく。

「見ましたわ。いよいよ照星選挙が近くなってきましたわね……！」

騒ぎの翌日、学院新聞が発行され、その噂は学院中に流布されることとなる。

「美玲衣さまの取り巻きが密さまに、そんなのは姫の人気取りだと云い放ったらしいですわ」

今や、織女と一緒に明日香を助けた武勇伝から始まったその噂は羽根を拡げ、照星選挙という波に乗って、それ以外の部分も物語として語られ始めていた。

「ですが密さまは毅然と『姫はそのような人ではない』と歯牙にも掛けなかったと」

「まあ、何て凜々しい方なのでしょう……」

結果的に密が作ってしまった武勇伝が、織女に対する、そして密に対する不信感も払拭してしまったのだった。密としては、もう憮然とするしかない。

「凜々しいだけではありませんわ。妹や級友の方々に、自分の試験前の貴重な時間を割いて勉強を教えたりなさっているのです。それなのに学年首席の座に着かれて……お優しい方でもあるのでしょうね」

「素敵ですわね……！」

放課後のおしゃべりに花が咲く、少し遅めのティータイム。

「照星選挙ですか……ああ、わたくしも記事になっているのですね」

織女は、面白がってその輪の中へと入っていく。

「姫っ！　何を仰有っているのです、姫が候補の筆頭ではありませんか！」

「そうですわ！」

「密さんも載っていますわね。まあ当然でしょうけれど」

「いえ、わたくしは……」

そこで織女に誇らしげにされると、密としては苦笑しか出ない。彼の評判のほとんどの部分は、織女と一緒にいることによるものだったから。

「それにしても、こんなことまで記事になっているのですね……」

候補として密の名があり――何処で聞いたのか、色々な逸話が書かれていた。

その中には、密が花や級友たちに勉強を教えていた、などというプライベート寄りのものまであって、女子校の噂話というものの恐ろしさを改めて実感する。

「密さん、どうかなさいまして？」

真剣に記事を目で追っていた所為か、織女に不思議そうな顔をされてしまう。

「えっ……いえ、結構話というのは伝わるものなのだな、と」

「そうですね。密さんが、わたくしのいないところでわたくしの弁護をして下さっていたりとか……そういう話が知ることが出来たのはとても嬉しいですわね」

「ああ、いえ……それは」

流石に、面と向かってそんな話をされると密も恥ずかしさに顔が朱くなる。

「いつもの凜々しい密さんも素敵ですが、恥ずかしがる密さんもいいですわね？」

「か、からかわないで下さい……」

他にも候補として生徒が何人か挙げられている……その中には美玲衣や美海なども含まれていた。

（美玲衣さん、か……）

つい、密は美玲衣のことを考えてしまう。それはやはり、訣別する前の美玲衣のあの姿を覚えているからだろう。

このまま推移すれば、三人が揃って照星に就任する可能性が大いにある。そしてその時、自分たちは上手くやっていけるのだろうか？　この絡んだ糸がほぐれることはあり得るのか。

密は、晴れる様子のない曇り空を、自分の見えない未来に重ねていた。


――そして。

「それでは、今から次期紅鶸会の長である、照星を決める選挙用紙を配ります」

いよいよ、照星選挙の当日がやって来てしまった。

密の気持ちを映したものか――いや、きっと梅雨が近いだけなのだろう、陰鬱な鈍色《にびいろ》の空からは、雨の雫が降りそぼっていた。


密は、迷うこともなく、記入欄に織女の名前を書いた。

「投票は飽くまでも、自分の決めた相手を書いて下さい。組織票にならないように――と云っても、まあ無理そうな感じもありますけれど」

先生の冗句まじりの警告に、教室は軽い笑い声に包まれる――その声が、密にとっては安らぎとも、責めるものとも聞こえていて。

級友たちの、女生徒『結城密』への信頼と、そしてそれを裏切り続ける、男としての自分。

考えても仕方ないと、密も解ってはいた。

その矛盾を受け容れることこそが任務の内容であったし、ある程度はそんな悩みも振り捨ててはいる――けれど、生徒会長とも云うべき厳粛な立場に、自分のような『偽装生徒』が立ってしまってもいいものなのか。

どうしても、そのことを考えずにはいられなかった。

「では、投票用紙を配りますよ……ほら、静かにしなさい」

――同じ頃、織女も投票用紙を受け取っていた。

(神さまに感謝です。わたくしがここに書くことの出来る名前を与えて下さって)

その時、織女も考えていた。

自分の名前を書こうとしているこのクラスの友人たちに、自分は一体、どんな風に見えているのだろう――と。

「わたくしのこの気持ちは……密さんへの尊崇の気持ちは、他の人たちと同じものなのかしら？」

違うはずだ。そう思いたいという気持ちの裏で、それも傲慢なのではないか――そんな考えが不意に頭をもたげる。

それぞれの想いは総て違っていて、そこには優劣も尊卑もない……そんなことにも気が回らないくらいには、織女も昂揚し、緊張しているのだった。

織女も、照星自体に興味はない。けれど、密が選ばれると云うのなら、その横に立ちたい――。

そんなことを夢想する織女だった。

「……はぁ」

そんな中、美玲衣はひときわ陰鬱だった。

目の前には照星候補の投票用紙——だが、そこに誰の名を書くのかというところに思考が行くと、美玲衣の指先はことさらに重くなる。

自分の名を書く気にはなれなかった。自薦を禁じられてはいないが、美玲衣にとって、照星という存在は他薦によって選ばれるべきだと思っているからだ。

「だからと云って、誰の名前をここに……」

下馬評から考えれば、既に勝敗は決まっているのかも知れない——そうであるならば、誰の名を書いても同じなのではないか。そんな考えが頭を過《よ》ぎる。

「っ……！」

そんな美玲衣の脳裏に、一瞬浮かんだその姿に、手が固まった。

（……結城、密。密さん）

知らなかったとはいえ、二週間もの間普通に振る舞っていた……美玲衣にしても、その密の素直さと云うか、善良さには不思議と絆されるものがあった。

——だからこそ、自分の方が図書館へ行くことが出来なくなってしまった。

あんな素の自分を見せてなお、自分はあの人に憎まれ口を叩くことが出来るのだろうか？

そんな風にも思う——美玲衣の不信は、飽くまで織女の上に注がれているのであって、密にではなかった。

だが、そんな密が織女を庇って見せた所為で、その関係は一層拗れたものになってしまった。

「書き入れた者から、二つ折りにして教卓の投票箱に入れて下さい」

「……私は」

いつの間にか置いていたシャープペンシルを取り直す。

そして、美玲衣は――。


「それでは、開票結果を発表します」

外の雨の冷たさを跳ね返すように、少女たちの熱気が講堂の中に溢れ始めていた。

放課後、いよいよ全校生徒の前で、投票結果の発表が行われる。

(……こんなに純粋で、無垢なみんなの期待に、僕は嘘で応えるのか)

そんな気持ちが、急激に密の心の中で嵐のように荒れ狂い始める。

「……大丈夫ですか、密さん」

密の異変に気が付いたのか、鏡子が労いの言葉を掛けてくれる。

「この期待を背に受ければ、確かに不安にもなるでしょう……私でもそう思えるくらいです。以前にも云いましたが、密さんのしたいようにすると良いです」

「……鏡子さん」

――鏡子の言葉は一緒だが、以前とは意味が少しだけ違っていた。

今までの『好きにすればいい』というのは『関知しない』という意味だった。だが、今度はそうではなかった。

「ただ一言だけ――装っている貴女も、また貴方自身なのです。それを忘れないで」

密は、その言葉に驚くけれど、鏡子はその後、もう一言も発しなかった。

「投票総数六二八票、うち有効数六二五票でした。これより、上位三名の名前を読み上げますから、呼ばれた人は舞台に上がって来て下さい」

皆が一様に息を呑み、講堂の中は張り詰めた緊張で満たされる。

「ではまず――三年四組、風早織女さん」

――拍手と、大歓声の渦。

その中へ、最初に織女が呼ばれる――胸を張って、優雅に壇上へと上がっていく。

「次に……三年一組、結城密さん」

万雷の拍手に包まれて、密も立ち上がる――どうしたらいいのか。逃げ出したい気持ちを抑えつけながら、せめて胸だけは張って歩こうと努める。

「――最後に。三年五組、正樹美玲衣さん」

最後は、やはり美玲衣だった。周囲の声援に応えてから、こちらも悠然と舞台にやって来る。

「それでは皆さま、改めまして、本年度の照星となられたお姉さま方に、拍手をお願い致します……！」

壇上に三人が揃うと、奉仕会の会長であるすみれが、そう高らかに告げる。

わあっ、と。

一瞬、耳がおかしくなってしまったのか――そう錯覚するほどの、拍手と歓声。

密も……いや、密だけではない。織女も、美玲衣すらもその声援に圧倒された。

全校生徒の歓喜と期待が、いま、自分たちたった三人に向けて送られている。

その事実に戦慄しない者は誰ひとり、この舞台にはいなかったのだから。

（この期待を……僕は）

そんな経験は、『結城密』には無縁だった。男でも、女だったとしても、恐らくは。

(僕という存在が、任務が、どちらにしても、誰かを悲しませるというのなら)

今は自分が、その総てを引き受けるべきだ。それが覚悟なのだと——例え、それが嘘をつき続けることになるのだとしても。密はその歓声を前にして、そう決めたのだ。

「わたくしは、この場所に密さんと立てて、とても嬉しいです」

「織女さん——」

そう、密は知らないうちに、織女の希望までもその背中に負っていたのだ。彼女の泣きそうな言葉で、密もそれを知った。

「…………」

そして美玲衣は、清濁を併せ呑んだような表情で、それを黙って見詰めている。

いずれにせよ、この三人が照星《エルダースターズ》となることが衆議によって決められた。

——この先に、如何なる物語が待ち構えていようとも。

それが、どんな星の導きによるものなのか——知る者はまだ、誰もいない。

講堂の中は、鳴り止まぬ歓声と拍手に、いつまでも包まれていた……。

三章

「ようこそ、新照星《エルダーズ》の皆さま方……改めまして、お世話をさせて頂きます紅鶸奉仕会会長、二年の迫水すみれです。本年一年間、どうぞよろしくお願いいたします」

　週も改まって七月――密たちは照星《エルダーズ》としての初会合ということで、放課後に図書館棟の三階、紅鶸会関連の部屋が集まっている、通称『象牙の塔』へと集まっていた。

「さて、投票の票数の如何に関わらず、照星《エルダーズ》の位階は一学期中間考査《テスト》の成績順と決まっております。この慣例に従い、これより皆さまをそれぞれ――」

　すみれは、ひとりずつの顔を見ながら話し掛ける。

「薔薇の宮、結城密さま」

「百合の宮、風早織女さま」

「鈴蘭の宮、正樹美玲衣さま――以上のようにお呼びさせて頂きます。三人の照星《エルダーズ》には序列がございますが、お三方は同格でいらっしゃいます。それはお忘れにならぬよう」

　キリストの生誕の折、それを祝うために訪れたという、ベツレヘムの星に導かれた三人の博士――この役職は、その故事に倣って三人とされた。

「但し、その役割には異なるものがございます……薔薇の宮さまには博士メルキオルに倣って王権を。即ち仲裁、三人の間で議論に決着が付かなかった時の最終決定権を担って頂きます」

「つまり、議論が百出してどうにもならなくなった時には、その判断を密さんに一任する……ということですわね」

「……責任重大ですね」

織女の言葉に、密は小さく溜め息をつき、苦笑いする。

「百合の宮さまには博士バルタザルに倣って神性を。総ての可能性を吟味頂き、まずは肯定を、そしてかなうならば救いの手を」

「……大雑把ですね。まあ議論に於いての主体であれ、ということだと考えることにしましょうか」

すみれの説明に、織女自身もまた、肩をすくめて笑った。

「そして鈴蘭の宮さまには博士カスパーに倣い受難を。総ての課題に対し、理性的な疑義を与えて論理的な転回をお与え頂きたいのです」

「まるでスフィンクスのよう……それは、私にぴったりの役目ですね。何にでも注文を付けて回れということでしょうから」

――そんな美玲衣の言葉に、密と織女さんは肩をすくめるしかない。

「ではこちらへ……象牙の塔をご案内させて頂きます」

そう云って、すみれは奥へと密たちを案内する。

「――こちらが照星にお使い頂く、通称『象牙の間』と云われるお部屋です」

「これは……随分と時代がかった装飾ですね」

扉を開くと、その中は豪華な応接室になっていた。歴史のありそうな家具、そして細やかな装飾を施された絨毯が敷かれ、グランドピアノなども備えられている。

「昔、元々生徒会室のあった建物がぼや騒ぎで取り壊しになった際に、当時建設中だった図書館棟の三階に移転が決定して、火災を逃れた家具類を総て運び込んだのだと聞いています」

経緯はともかく、一介の生徒会室としては破格の豪華さだ。

「さて、この象牙の間の管理は皆さまに任せられており、利用内容の如何は問われません」

そう云って、すみれはネックレスや葉巻を入れるような豪奢な平箱を取り出すと、それを窗たち三人に向けて開いて見せた。

中には、鍵が三つ入っている――ご丁寧に、金、銀、銅で出来たプレート付きだ。

「鍵自体はまあ結構ですが……色分けされているのは少し品がないでしょうか」

織女が顔をしかめる。序列はない――そう説明されたばかりのところだ。

「それについては、卒業なさった照星《エルダーズ》のどなたかがなさったことと思いますので、必要があれば変えて頂いて結構です」

「なるほど。迂闊なルール変更を施すと、後の世代に莫迦にされてしまうということですね」

「確かに。良い例証というべきでしょうか」

美玲衣の皮肉に、窗も肯いた。

「説明せずともご理解頂けるかとは思うのですが――オリンピックのメダルを模して序列が示されています。どの鍵を誰が使うかは、皆さんでお決め下さい」

「つまり、『伝統を尊ぶ』のか、『ルールに囚われない』のかを自分たちで決めろ……ということですわね。最初から決断をしろということね」

「基本方針――ということですね。どうですか、密さん」

やや冷笑気味に美玲衣が、そして少し楽しそうに織女が……同時に密に向いた。

「……いずれにせよ、大元になっている原則を利用しましょうか」

板挟みになった密は、取りなすように軽く両手を挙げて、そう提案した。

「原則……？」

「討論《ディベート》です。わたくしたちは話し合う為の三人だそうですから」

ディベート――日本に於いては福澤諭吉によって『討論』と訳された。『ある命題について肯定側と否定側とに分かれて行う』論戦教育だ。

「まずは話し合ってみることです。それでわたくしたち三人の、互いの性質も多少は見えてくるのではないでしょうか」

云い争いと異なる点としては、肯定も否定も、立場と本人の意思とは無関係。あくまで学習の為に行われるということである。

「鈴蘭の宮は課題に際し、必ず反措定《アンチテーゼ》を提示する役を担う――でしたね。これはディベートの基本ですから」

「そうですね。私はお二人のやることなすことに反対すればいい……そう思うと楽な仕事かしら、と思っていたのですが」

美玲衣はやや挑戦的な瞳で、密と織女を見詰める。

「では命題《テーマ》は『色分けされた鍵に意義はあるか』でしょうか。否定側は美玲衣さんにお願いするとして……肯定側は」

「それはわたくしが承りましょう。百合の宮は理性を司るそうですから」

「お願いします。ではまず肯定意見から」

織女さんは肯くと、少し考え込む――どう肯定するか考えているのだろう。

「まずこの部屋はわたくしたち三人に管理を任されています。鍵が三つあること自体は必然ですから議論の外ですわね――問題なのは色分けですが、これは鍵の個体を識別すること、またその鍵の持ち主を特定する上で有用であると考えます」

織女の言葉を受けて、今度は美玲衣が口を開く。

「鍵の識別について、ことさら色を利用することにこだわる必要はないと考えます。名札でもいいですし、典雅な呼び名も頂いていることですから、花を象《かたど》った飾りなどでも構わないのではありませんか」

「確かにこだわる必要はないかも知れません。そうであるならば、それが色分けでも構わないということ。新しいものに付け替える手間を掛けてまで変える必要性が？」

美玲衣の意見に対して、織女も追撃する。

「問題の本質は、この色分けがオリンピックのメダルに準じているということ――これは暗に、私たちの間に順位付けがなされているということを示しています」

「そうですね。しかし現実的に、三人の照星には序列が存在します。それを色で表現しただけ……ということなのではありませんか」

「照星には確かに序列が存在しますが、それは役割の違いの問題であって、同時に各照星は皆同格だと説明を受けたばかり。それをことさらに鍵の色で強調する理由は、一体どの辺りにあると考えますか」

　少し語調をきつめに美玲衣がそう唱えると、織女は考え込んでしまう。

「――織女さん、何か反論が？」

　答えあぐねる織女に、密が確認を取る。

「……ありませんわね」

　織女は、そう答えて肩をすくめた。本心では織女もこういった形での鍵の順位付けは趣味の良いものではない――そう思っているのだろう。

　一応の結論が出た、と見たのか、すみれがゆっくりと三人に拍手を送る。

「つまり皆さまは『過去の伝統に囚われない』ということを選択されたのですね。照星《エルダーズ》らしいご判断かと思います」

　そう云って、すみれは鍵から三色のプレートを取り外し――どこから取り出したのか、さっき美玲衣が云ったような花を象った飾りを取り付けて、改めて三人に差し出した。

「どうぞ、こちらをお使い下さい」

　にこやかに微笑むすみれに、三人は苦笑いを浮かべていた。

「……参りましたわね。いきなり試されていたとは」

「こちらは第二十一代の照星方《エルダーズ》がご用意された試問で、執行部では以降毎年、これを使って新しい照星の皆さまを試すようにと仰せ付かっています――鶸《ひわ》たちを照らす星らしくあれ、と」

「なかなか、手厳しい先輩方ですね……」

　つまり、最初から新照星たちはこういう答を望まれていた……ということらしい。

「……何だか見透かされているようで、少々悔しいですね」

ずっと難しい顔をしていた美玲衣の表情が、そこで少しだけ緩んだ。

「毎年、序列三位である鈴蘭の宮は、劣等感を心の底に抱えてここを訪れる――それを理解しているからこそ、こんな試問が用意されていた」

「そうですね。けれど、わたくしたちは同格です……美玲衣さんが先ほど仰有ったように」

「ええ。私も頭ではそのつもりでした……ですが、心ではそう信じ切れてはいなかった。そういうことなのでしょう」

密の言葉でも、織女の言葉でも、美玲衣は意固地になってしまったのではないか――そう考えると過去の照星たちも、自分たちのそんな経験から、この儀式を考えついたということなのだろう。

「では宮さま方。改めまして、私ども奉仕会は皆さまを歓迎いたします」

すみれは一言そう挨拶すると、スカートの端をつまみ、優雅に頭を下げたのだった。


「どうぞ、宮さま方」

鍵の授与が最初の儀式だったのだろう。紅茶が振る舞われると、隣の部屋から奉仕会役員たちがやって来て、正式に挨拶が始まった。

「本年度の奉仕会副会長を務めさせて頂きます、高城本深夕と申します」

「お、同じく本年度奉仕会会計を務めさせて頂いています、堀川《ほりかわ》香苗です」

「同書記を務めます、迫水あやめと申します。宜しくお願いいたしますわ！」

この三人が、すみれと共に奉仕会を運営する。実質的な生徒会役員たちだ。

基本的に、通常業務はこの奉仕会執行部が行う。照星たちは執行部の活動に対する監視や提言を行う権限を持ち、奉仕会の活動内容は総て隠すことなく照星たちに対して開示されることになっている。

「月曜、そして木曜の放課後についてだけは、こちらに駐在して頂ければと思います。緊急の判断を要するものがない限り、執行部から呼集が掛かることはないとお考え頂いて結構です」

「——本当に、判断を委ねられるだけなのですね」

深夕のそんな説明を聞いて、この役職は意味があるのだろうか、と密は単純に疑問に思った。

「それから慣例として、照星の皆さんは各自一名ずつ補佐役を置くことが出来ます。これは投票とは関係なく、皆さんの友人関係からお選び頂いて構いませんので」

「それは、何をする役目なのですか？」

織女の疑問に、今度はすみれが答える。

「一応、名目上は照星《エルダー》の補佐、欠席時の議決権代理などを担うとされていますが——実質は、この部屋への入場権みたいなものと考えて頂ければ」

「なるほど……友だちだからって、おいそれとここを訪ねるのは難しいでしょうし」

「登録は後日、ご友人に相談の上でご一緒にお連れ下さい」

密にとって近しい人間は、今ほぼこの場所にいる。鏡子に頼むしかなさそうだ。

「在駐日には、私ども執行部からの各種決定の要請以外にも、投書箱の吟味などもして頂くことになると思います」

「投書箱ですか」

「普段、象牙の塔の入り口前に設置されています。これは、奉仕会への様々なリクエストの他に、照星《エルダーズ》の皆さまへの相談ごとなども受け付けています」

「昨日は、こんな感じのものが入っていましたー」

そう云って、あやめが何枚かのレポート用紙や、封書などを持って来る。

「『幽霊が出ます』……まぁ、そろそろ怪談が盛んになる時期ではありますが」

読み上げてから、織女が困惑した表情を見せる。

その投書には、夜、音楽室から不気味な楽器の音がする。近づくと誰もいない——というようなことが書かれていた。

「申し訳ありません。内容について制限は設けていないので、こういった信憑性の疑わしい投書や、個人的な相談などが持ち込まれることもあります」

「記名は、義務づけられていないのですか？」

「『忌憚なく意見や要望を募る』というのが前提になっていますので、記名の是非は問うていないのです」

深夕の説明を聞きながら、回されてきた投書に美玲衣も眼を通す。

「それで……その、こういったものも調査しなくてはならないの？」

「一応、お云い付け頂ければ執行部の方で人員を割いて調査致します……ですが」

香苗が云い淀む。つまり、荒唐無稽なものについては、無記名の場合は取り上げられなくともやむなし——と考えられているということだろう。

「そ、そう……それは良かったわ」

それを聞いて、何故か美玲衣はちょっと安心したような顔になる。

「ふふっ、こういうところは、ここも他の学校とあまり変わらないのですね」

幽霊とか学校の七不思議とか、ちょっと微笑ましい。密はそう思った。

「他は……なるほど、学内設備についての要望や、個人的な悩み相談などもあるようですね」

利便のいい場所に飲み物の自動販売機を増やして欲しいといった気楽なものから、友人関係の悩みのような、ちょっと重いものまで——内容は随分と多岐に渡っていた。

「執行部に任せた方がいい事務的な要望と、答えるのも難しそうな個人的な相談事。両極端な印象がありますが……」

「つまり、生徒会としての執行部に対する要望と、照星《エルダーズ》としてのわたくしたちからの答を期待されているものに分かれているということですわね」

織女の言葉に、美玲衣が渋い表情を見せる。

「正に『生徒《くじゃく》たちを照らす星』としての仕事が求められている——ということですか。いささか気が重いですね」

「確かに……自分の悩みですら、簡単に解決の出来ない未熟な身としては」

三人の表情が三様に沈むのを見て、深夕が口を開いた。

「それでも縋りたい、という対象としての照星《エルダーズ》だと思いますので、選ばれた皆さまが気に病む必要はないかと存じます」

「なるほど。私たち個人ではなく、『照星』という存在に助けを求めている、か。確かに、そう思わないとやっては行けないでしょうか」

美玲衣が苦笑する。もっともその感情は、照星三人には共通のものだったけれど。

「では本日は、これにて説明を終わりたいと思います。もし、漏れているところなどがあれば、それはまた日を改めてということで」

外はすっかり夕暮れに染まって、校舎がその大きな影を校庭に落としている。

「お手数をお掛けしましたね、執行部の皆さん——これから一年間、宜しくお願いしますわ」

「こちらこそ、宜しくお願い致します」

織女の言葉に役員たちが席を立ち、それぞれに頭を下げた。

「……では、今日のところはこれで終わりですね」

「そうですね」

照星《エルダー》の座に着き、顔を突き合わせることが決まったからか、美玲衣は普通に密と話をしてくれるようになった。ちょっとトゲが残っている感じがあるが。

「どうかしたのですか、密さん」

そこで織女は、密がテーブルの上の投書を見詰めていることに気が付いた。

「いえ、そろそろ先ほど読んだ、幽霊の出る時間帯かと思いまして……いま見に行けば、何か判るかしらと」

「「えっ⁉」」

男子として気軽さで発言した密だったが、それを聞いた織女と美玲衣は戦慄した。

「い、行くの……ですか」

「今から……？」

「え？　ええ、そうすれば懸案が片付いて、丁度いいかと思ったのですが……」

「そ、そうですか……わたくしは、もう遅いですから帰らせて頂きますわ」

珍しいことに、織女は密に付き合わず、そそくさと帰ろうとする。

「あ、はい。わたくし一人で充分ですし。一緒に帰れなくて申し訳ありません」

「いえ、そんな……で、では」

織女が申し訳なさそうな顔で帰っていくのを、密はキョトンとして見送った。

「薔薇の宮さま自ら出向かれるのですか？　ご指示頂ければこちらで調査しますが」

「いえ、これはわたくしが……すみれさんだって、莫迦々々しいと思うでしょう？」

「それは……まあ、はい。そうですね」

密の質問に、すみれもちょっと顔を朱くすると、苦笑いで口ごもった。

「ですから、そこまでする必要はありません。丁度、投書に書かれている時間に近くなったので、軽く確かめに行くだけです」

「承知しました。では、お言葉に甘えて、お願いしてしまいますね」

密が部屋を出ようとすると、そこで美玲衣と眼が合った。

「……本当に行くんですか、密さん」

「ええ、すぐ済むでしょうし」

そう答えると、美玲衣は険しい顔になって密を睨んだ。

「わ、解りました。私もご一緒します。密さんお一人では、失礼ながらその報告が虚偽だったとしても、誰も見破れませんから」

会話はしてくれるようになったが、信用はされていない、ということのようだ。

「なるほど……解りました。それならお付き合い頂けますか」

「はいはいっ！　それならわたくしも、随行させて下さいましっ!!」

すると、その遣り取りを聞いていたあやめが目を輝かせる。あやめは美玲衣のファンなのだと、以前密は教えられたことがある。

「ふふっ、そうね。あやめちゃんが一緒ならレポートの作成も早いでしょうし……じゃあ三人で行きましょうか」

ただ見回って戻ってくるつもりだった密だが、予想外に大所帯になってしまった。


外は既に陽が沈み掛けていて、時間的にも丁度いいようだ。

「音楽室は施錠されていると思うのですが、鍵がお入り用ですわね！」

云うが早いか、あやめが駆け出していく。

「あやめちゃん、廊下を走っては行けませんよ……！」

「いっけない！　お待ちになっていて下さいましね！」

あやめは早足になると、階段の下に消えた。

「…………密さん」

「はい。何でしょう？」

二人きりになると、美玲衣が、憮然として密を見詰めた。

「……何故、微笑《わら》うのですか。私は密さんを信じていないと、面と向かって云ったようなものですのに」

「そうですね。ですが美玲衣さんは理知的な方だと、そう思っていますから」

そう云われてしまうと、当惑するのは美玲衣の方だ。

「ですが、それなら一緒に来て頂かなくても、例えわたくしがどんな結果を出したとしても、それを信じなければいいだけだと思うのですが」

「それでは公正《フェア》ではありませんし、何より、本当だった時にそれを認められないというのでは、私がただの無能ということになってしまいます」

言い返す美玲衣に、不思議と密の表情は和らいでしまう。

「……やっぱり、美玲衣さんは美玲衣さんだと思います」

「なっ、どういう意味ですか……」

美玲衣は、密と織女に対してひとかたならぬ感情を抱いているようだが、それでも判断力はしっかりとしていた。その言葉だけで、美玲衣は感情だけで動いている訳ではないと――密は美玲衣のことを信じていいと、そう思えた。

「……その、母親のような穏やかな微笑みはやめて下さい。こちらの調子が狂いそうです」

そんなことを考えていると、美玲衣が少し気まずそうに顔を赤らめた。

「わ、わたくし、そんな顔をしていましたか……？」

急にそんなことを云われ、今度は密が顔を朱くする。

「いいえ美玲衣お姉さま、薔薇の宮さまはいつもこんな感じなのです」

「あ、あやめちゃん⁉」

背後から声が掛かると、いつの間にかあやめが戻って来ていた。

「こんな感じ、というのは……」

「密さまはいつも聖母《マリア》さまのような微笑みで、寮生たちを見守っているのですわ」

(ううっ、そんな顔はしてないはずなんだけど……)

密としては、ただ寮のみんなの遣り取りを微笑ましく見ているだけなのだが。

「なるほど。狙ってそういう表情をしている訳ではないということなのですね」

「はい！　薔薇の宮さまは、寮では密かに『完璧な奥さま《マダム・パーフェクション》』という異名を持っていらっしゃるのです」

「や、やめて下さい……」

「マダム・パーフェクション……かんぺきな、奥さん……？　ぷふっ……」

ずっと怪訝そうな顔をしていた美玲衣だったけれど、とうとう噴き出してしまった。

「もう、あやめちゃん……！」

「ああっ、ごめんなさいっですわ！　そ、そんなに怒らないで下さいまし……！」

頬を膨らませる密に、あやめは慌てて笑いを堪える美玲衣の背中に隠れる。

「ふ、ふふっ……そう怒らないであげて下さい。すみません、笑ってしまって……」

「美玲衣さん……」

確かに、密としても不機嫌な顔よりは、笑ってくれている方が全然いいのだが……しかし、そんな理由でというのはまったく頂けなかった。

「はあ、何だか毒気を抜かれてしまいました。行って、用事を済ませてしまいましょう……もう、そんな顔をしないで下さい。笑ったことは謝りますから」

「いえ、いいのです……どうせわたくしは寮のお母さんですから」

密は少し拗ねると、諦めて当初の目的である音楽室へと歩き出していた。

「ああ、密お姉さま！　待って下さいまし……さ、参りましょう美玲衣お姉さま」

「え、ええ……そうですね」


――階を上がる頃には、もうとっぷりと陽が暮れていた。

「……あまり、夜の学校というのは楽しいものではありませんね」

「そうですね。夏でも不思議と冷たい感じというか……」

人がいなくなるからなのだろうが、しかしそれだけではない尋常ならざる静けさが、夜の学校にはある。まるで長大な廊下の空間が、手近な音を吸い込んでいるような。

「わたくしはあまりよく解りませんが、そういうものですの？」

あやめの疑問に、密が答える。

「色々な要因があると思いますね――例えば、建物が鉄筋コンクリート造りであったりとか、天井が高く、空間の熱が失われるのが早いといった物理的な理由」

「ふむふむ……？」

「そして、都内の古い学校は、広い敷地の確保に利用されたのが廃仏毀釈によって破壊された寺院の敷地で、元々はお墓だった場所の上に立っている……といった精神的な理由ね」

「そ、そうなんですの⁉」

「あ、あの……その話は、ほ、本当なのですか……⁉」

これはもちろん、怪談話の下地として良く使われる『それっぽい嘘』というものだ。

「神仏分離令の騒動で破壊されたお墓とかを、そのまま埋め立てて建てられたりしているから、学校の敷地はお祓いもされていないようなところが結構あるんですって。だからそういう学校には霊的なトラブルが多く起きて、それが七不思議とかになって伝わっているところが多い――と云われているのです」

「なるほど……確かに、学校でしか七不思議の話はされませんわね」

密の話に、あやめは興味津々で喰い付いてくる。一方、美玲衣はというと……。

「さ、さすがに、そんな話は……」

「特に、今のように夕暮れから夜に移行する時間は『逢魔《おうま》が時《とき》』と云って、昼と夜、二つの時間の狭間にあって、異界との門が開きやすく、霊的な影響を受けやすい時間帯と云われているわ」

夕方、太陽の光が薄暗くなり、上からではなく横から射すようになると、近くにいる人の顔も判別が付きにくくなって、それがまるで悪霊に取り憑かれたようだと、昔の人は錯覚したので、そういう名前で呼ばれているのだ。

「今、わたくしたちは階段を上がって来ましたけれど――七不思議では良く、逢魔が時になると段数が一段増えていて、気付かずに登ってしまうとそのまま違う世界へ……」

そんな風に、密がちょっと語り口を盛ったその時だ。

「きゃぁあぁぁあぁぁあぁ……っ!!」

「わあっ!?」

突然悲鳴が上がり、密もあやめもびっくりする……振り返ると、美玲衣が耳を両手で塞ぐと、しゃがみ込んで震えていた。

「もしかして、美玲衣お姉さま……こういうの、苦手でいらっしゃいますか？」

「うーっ……ううーっ……！」

涙目の美玲衣に密は驚いた。何しろ、ついさっきまで全くそんな素振りを見せなかったから。

（そうか、頑張って強がってたんだ、美玲衣さん）

密は、美玲衣の変化に気付けなかった自分のことを恥じた。

「……ごめんなさい。ちょっとからかい過ぎてしまいましたね」

密も美玲衣の視線の高さに屈み込むと、その肩を、驚かさないようにそっと触れた。

「どうか落ち着いて下さい。今のは作り話で、本当の話ではありませんから。ね？」

「そっ、そうなの……ですか……？」

半泣きになって、小さな女の子のように震える美玲衣を見て、密は可愛いと思ったが、そもそも自分の所為でこうなったということを思い返してかぶりを振った。

「すみません、嫌な思いをさせてしまいましたね」

「い、いぃいえ！　そのっ、わ、私が勝手についていくと云ったのに、申し訳ありません！」

「そうですね。では、ここはお互いさま……ということで」

立ち上がって手を差し出すと、美玲衣さんは上目遣いに密を見て、ちょっとだけ逡巡してから、おずおずと手を取った。

「美玲衣さまは、怖いのが苦手なのですね」

「あまり気にしたことはなかったのですが、どうやらこれは私の弱点のようです」

「き、気にしていなかったのですね……」

ようやく、美玲衣が立ち直ったという、その刹那。

——ギュイイイ。

「ひゃい……っ⁉」

どこからともなく、低く、唸るような音が聞こえて、三人とも動きが止まった。

「な……何ですか、今の音は……⁉」

美玲衣がびっくりして密にしがみつく。

「落ち着いて下さい、美玲衣さん……何処から聞こえたのかしら？」

「何処でしょう？　ですが、投書に書かれていたのがこの音なら、出どころは音楽室——ということになるのではありませんか？」

あやめにそう云われ、密も本来の目的を思い出す。

「ああ……そうですね。行ってみましょうか」

「い、いぃ……行くのですかっ⁉」

「あっと、そうですね。美玲衣さんは怖いですよね……どうしましょうか、怖いようなら、ここで待っていても……」

「そんな！　ひ、ひとりで置き去りなんてもっと駄目です！　わ、私も一緒に行きますから……っ！」

「でしたら、手を繋いで参りましょう。さ、密お姉さまも！」

「え？　ああ、そうですね……」

機転を利かせて、あやめが右手、密が左手を差し出すと、美玲衣はおずおずと両手を差し出した。

「何だか子ども扱いな気がしますが、怖くて震えているよりはましですね……」

息を飲み込むと、美玲衣も密たちと一緒に歩き出した。


――ギュオ、ギ、ギォ、ゴ、ゴゴ……。

「……ほ、本当に音楽室のようですね」

「そのようです」

音楽室の前までやって来る。確かに奇妙な音だが、超常現象という感じではない。

――ギュイイイイイ。

「ひ……っ⁉」

「しっ、静かに……情報は正しかったようですが。ただし、幽霊かどうかは」

そっと、音楽室の扉に手を触れる――と。

「開いてる……」

ゆっくりと、音を立てずに扉を開き……入り口の照明スイッチに手を伸ばす。

――パチン。

「わ……っ」

そこには、ヴァイオリンを構えて腕を震わせている女生徒の姿があった。

「あ……密さん」

「茉理《まつり》さん……!?」

密は彼女を知っていた。仲邑《なかむら》茉理――隣のクラスの女生徒だ。

ふわふわとしたウェーブヘアに、線の細い感じのちょっとおっとりとした美少女。密のクラスとは、体育や特殊教室の授業が合同で、顔見知りの間柄だった。

「何をしているんですか。明かりも点けないで……」

さっきの音の正体は……茉理のヴァイオリンだったようだ。

「その……明かりを点けると、先生が来ちゃうから」

「一体、どういうことですか……密さんのお知り合い？」

ようやく幽霊ではないことが判ったのか、美玲衣さんも音楽室に入って来た。

「ええ。こちらは仲邑茉理さん……同じ最上級生ですよ」

「提琴《ヴィオラ》の君！　お逢いするのは初めてですの！」

「わあ、その呼び名はやめてー」

あやめは茉理を見て興奮するが、当の茉理自身は恥ずかしそうだった。

「あら、あやめちゃんは、茉理さんを知っているの？」

「わたくしも昔、ピアノをかじっておりましたから――当時有名だったのです。不世出の天才、名ヴァイオリニスト根津《ねづ》響湖《きょうこ》の再来だ、などと云われていらっしゃいました」

「うう……っ」

まくし立てられて、茉理さんは困った顔をしている。彼女は今、楽器を弾くことが出来ないのだ。だから、あまり云われて楽しいものではないのかも知れない。

茉理は、いつも体育の授業を見学している。身体が弱いのかと密が尋ねた時、茉理は腕を怪我しないように護っている、と答えた。年若い演奏家には故障をしないようにと、学校の体育の授業などを忌避する者が多いのだと云う。

けれど、茉理にはもうひとつ別の理由があった。

「弾けない、という話は聞いていましたが……手が動かない感じなのですね」

職業性ジストニア――中枢神経系の障害による、不随意で持続的な運動障害。茉理の場合は、演奏しようとすると、手に硬直や痙攣といった症状が起きるらしい。

「ヴァイオリンを手に持った時だけ、ですか……」

「うん。他の時には何も起きないんだよ……原因は良く解らないんだって」

「何故、解らないのですか？」

美玲衣も興味を惹かれた様子で、茉理に質問をする。

「えっと、ストレスとか、練習し過ぎで脳の信号の出し方がおかしくなったり、ジストニアを起こす筋肉そのものの異常だったり……とにかく、原因を突き止めるのがすごく難しいって、お医者さまには云われたの」

「なるほど、難しいものなのですね……」

さっきの軋んだような、震えるような音は、茉理が発した音だったということだ。

「ですが、どうしてこんな時間に練習をしようと思ったのですか」

「ここ、いつも聖歌部さんと吹奏楽部さんが、代わる代わる使っていて空かないでしょう……だから、遅い時間にここで練習をしていたの」

「そうだったのですね……」

家で練習をしようとすると、歪んだ音色を聞いた両親が悲しんだり、励まされたりする。それが居たたまれなくて、ここで練習している。茉理はそう答えた。

「茉理さんとしては、弾きたくない訳ではないいんですね」

「うん。わたし、ヴァイオリン好きだから」

茉理は笑顔で答える。無理に明るく振る舞っている訳ではないらしい。

「そうですか。幽霊ではないと判って安心はしましたが……しかし、これでは根本的な解決にはなりませんね」

「ゆーれい……？」

「その……夜に音楽室から何か不思議な音がすると、ちょっと騒ぎになっていたので、わたくしたちは照星《エルダー》として、それを確かめに来たのです」

「え……ああっ！　ごめんなさい……そうだよね、真っ暗の場所でこんな変な音をさせてたら、みんなお化けだって思うよね……」

密の話を聞いて、茉理はしゅんとしてしまう。当人としては、ヴァイオリンの音という認識だったのだろう。

「吹奏楽や聖歌部に、練習時間を空けて貰うように交渉してみましょうか？」

「いえ、流石に……茉理さんは個人ですから、部の方に不公平感が出るのでは」

密の提案に、美玲衣が難色を示す。

「その二つの部活動は、今でも活動時間が不足していると奉仕会に要望が来ているくらいなので、ちょっと難しいと思いますわ」

あやめも、申し訳なさそうにそう付け加えた。

「……そうですか。何かいい方法はないでしょうか」

茉理に『弾きたい』という意志があるのは間違いない。わざわざ、こんな時間帯に電気を消してまで練習をしている。どうにかしてあげたい、と密は思ったのだが。

「そうですわ！　象牙の間を使えばいいのではありませんか？　三階の各部屋には、防音が施されているのです……昔は、照星の為に小規模な音楽会なんかが行われていたっていう話を聞いたことがありますの」

「……そういえば、象牙の間にはピアノも置かれていましたね」

あんなところで演奏したらうるさいのでは……と、ピアノを見た時に密は思っていたのだが、防音がされているというならそれも納得出来る。

「……では、茉理さんを私の補佐にするということではどうかしら」

「「ええっ⁉」」

美玲衣が突然にそう発言して、密もあやめも、思わず声を上げて驚いた。

「補、佐……？」

もちろん、意味が解らない茉理はキョトンとする。

「ですが、そういうことであればわたくしの補佐ということにしてもいいのでは？」

元々、茉理と知り合いなのは密なのだから——そう考えたが。

「私は、ただ茉理さんの為というだけで補佐のことを考えた訳ではありません。私は、自分の同調者になるような人間を、補佐に置きたくないのです」

「美玲衣さん……」

「同格だと理解はしていますが、これは序列三位としての私の反骨です——茉理さんにはご迷惑かも知れませんが」

「えぇっと……？」

茉理が困惑する。話が主語抜きで進んでいるので仕方のないところだ。

「今、わたくしたちは照星の補佐役になる人を捜しているのです。もし、茉理さんが美玲衣さんの補佐を引き受けてくれれば、茉理さんも象牙の間を使えるようになるので、そこでヴァイオリンの練習も出来るのではないか……という話なのですが」

「本当!?　でも、良いの……？」

「茉理さんさえ宜しければ」

美玲衣は優しく微笑んでそう答えた。

（……美玲衣さんは、解らない人だな）

これだけ理知的な美玲衣が、織女を敵対視する理由とは何なのだろう。そんなことを、つい考えずにはいられない密だった。

「……何と云うか、新たな発見でしたわ」

美玲衣と茉理は、二人とも駅へ向かうということで、寮の前で別れた。

「ふふっ、そうね……美玲衣さんのファンとして、どうでしたか？　あやめちゃん」

「わたくし、ますます美玲衣さまのファンになってしまいましたわ。なかなか、あんな恰好の良いお姉さまはいらっしゃいませんもの」

「そうね」

「それに、あんなに怖がりで……思わず胸がキュンって、してしまいましたわ！」

「そ、そうね……でも、そこは忘れてあげた方がいいんじゃないかしらね……」

「あら、弱さを武器にするのは女性の嗜みでしてよ？　ですがお姉さまがそう仰有るなら、ここは秘密にしておこうかと思いますが」

あやめは楽しそうにくすくすと笑っている。ちょっと小悪魔な感じがある。

「それにしても、あんなにしっかりした美玲衣さんが、織女さんを嫌う理由というのは……」

「あら、密さま？　人の好き嫌いなんて、総て理性だけで解決するものではないのですわ」

「そ、それはそうかも知れないけれど……」

あやめは、たまに鋭いことを云うので、密は時折ドキリとさせられる。

確かに、何でも目の前に答が転がっている訳ではないのだろうけれど。

「ええっと……『音楽室にて幽霊が出るとの投書を頂きましたが、確認したところ居残り練習をしている生徒が発見されました。今後は現れないと思いますので、どうぞご安心下さい』ですって」

「ふふっ……照星《エルダーズ》の皆さんも大変ですわね」

「ですが、そんな投書にもちゃんと向き合って下さるなんて、今年の照星《エルダーズ》は素敵ですわね」

結果的に、就任一日目から仕事をひとつ片付けた訳で――、新照星たちの滑り出しは順調、ということになったようだ。

そしてその横には、補佐に決まった生徒の名が貼り出されている。

薔薇の宮　補佐　茨鏡子

百合の宮　補佐　畑中美海

鈴蘭の宮　補佐　仲邑茉理

これで、今年の紅霧会の陣容は、一通り出揃ったのだった。

――まあ、そんな訳で。

密たちの、照星《エルダーズ》としての日々が始まったのだった……。

「お姉さま方……！」

「宮さま方、ご機嫌よう」

密と織女が廊下を歩いているだけで、わあっと、黄色い歓声が上がる。

「ご機嫌よう、皆さん」

「ご機嫌よう、今日もお励みなさい」、

二人が挨拶に応えるだけで、まるでコンサート会場のような騒ぎになり、さすがに、織女も密も、苦笑を浮かべずにはいられなかった。

「お帰りなさい密さん、織女さんも。ここまで黄色い声が聞こえていました」

「みんな楽しそうで、まあ良いことなのでしょうけれど」

千枝理のねぎらいに、織女が小さく肩を竦めて微笑む。

「織女さん的には、あまり日々変わっていない感じでしょうか」

密の問いに、織女は少し考える。

「変わっていない……まあそうですね。ああ、ですが今は傍らに密さんがいて下さいますから。自分ひとりで悩まなくていいというのは、ありがたいことですわね」

「そ、そういうものでしょうか……」

――どうして照星の集まりがたった週に二回なのか。程なく密にも理由が解った。

校内を歩いているだけで、照星たちの周りには人が集まってくる。トラブルも、悩みも、向こうから勝手にこちらにやって来るのだ。

「生徒の悩みや相談に応えるのが照星の仕事――つまりそう決まった分だけ、生徒たちの遠慮はなくなる、ということなのでしょう」

「そうですね。けれど、織女さんは『姫』としてずっとこんな立場にいたんですよね……少しだけ、今は気持ちが解ります」

相手はみんな一方的に、しかも半ば思い込みのような形でこちらを知っている――その幻想に笑って応えなくてはならない。密もそのつらさを痛感させられた。

それを知ってみれば、今までの織女の苦労も大変だったのだろう、と理解出来る。

「……わたくしも、幾分かはきっと悪かったのです。『風早の娘』たろうとして、強がっていたところもあったのではないか――そう思う部分もあるのです。そんなことは、誰も望んではいなかったはずですのに」

密の同情的な言葉に、織女は軽い苦笑を添えてそう応えた。

「織女さん……」

「そんなわたくしの在りように、美玲衣さんあたりは苦い想いを抱いていたのではないでしょうか……薄気味が悪いというか、少なくとも一般的な生徒の姿ではありませんでした」

その言葉に、密は不思議と強い納得を感じていた。美玲衣の嫌悪を一身に受けていた織女だからこその言葉なのかも知れない。

「『姫』を周囲が望んだのです、織女さん……人は望まれる姿を演じようとするものですから。逆に云えば、演じることが出来た織女さんはすごいということです」

だがそれは、云わば『鶏が先か卵が先か』という話であって、そこで織女がひとりで落ち込む理由はないだろう。

「……そ、そういう論法で攻めてくるとは思っていませんでした」

「わたくしは織女さんのお友だち。貴女が間違っていない限り、出来る弁護は総て致します」

「ひ、密さんったら……もう」

ぱっと、織女は顔を朱くする。擁護されることに慣れていないのかも知れない。

「密さんや美海さんのお陰で、少しだけこの学院の生徒として――地に足が着いたとでも云えば良いのでしょうか。同じ高さでものが見られるようになりました。今までのわたくしが間違っていた、とまでは思いませんが――美玲衣さんという存在そのものが、わたくしに対する反措定《アンチテーゼ》なのかも知れません。彼女が許してくれるなら、歩み寄ればいいと思います」

そんな風に、きっぱりと云い切れる織女は本当に恰好いい。密は心からそう思っていた。

「だいじょうぶ？」

「大丈夫です。ありがとうございます」

一方、美玲衣と茉理は選択授業が一緒で、そのまま二人で学食にやって来た――のだけれど。美玲衣たち、『照星とその補佐』がやって来たのを見て、生徒たちが黄色い声を上げると、その周りを取り囲んだのだった。

微笑みながらどうにか取り囲む生徒たちに応対し、注文した昼食を受け取って、ようやく腰を落ち着けたところだ。

「照星《エルダーズ》って、すごい人気なんだね。驚いちゃった」

「そうですね。私も驚いています……」

思い掛けず補佐に就いた茉理が、予想外の人気に驚いていたけれど、実は当の照星である美玲衣自身も、少なからず驚いていた。

「……実は私も、なにがしかの名札に護られていたのかも知れませんね」

照星になり一転、美玲衣までもが織女と同じように、生徒たちからこぞって声を掛けられるようになってしまった。

近寄りがたい雰囲気をまとっていた美玲衣だったから、照星に選ばれたことが、逆に生徒たちのたがを外してしまったのだろう。

もしかしたら自分にも、『一般生徒』や『芸能人の娘』といった見えない名札が付けられていて、それが周囲の好奇心を阻む壁になっていたのかも知れない——ついそんなことを考えてしまう美玲衣だった。

「無原則に相手に笑顔で返すことの難しさを実感出来ますね。笑顔が張り付いてしまいそう」

「うーん、目が笑ってない笑顔は、怖いからやめた方がいいと思うけど……」

噛み合わない茉理の言葉に、けれど美玲衣は笑ってしまった。

「そうですね。気を付けなくては」

それで力が抜けたのか、美玲衣は小さく肩をすくめた。

「わたしは一年の時にこの学院に来たから、ここの仕来りは良く解っていなかったんだけど……そういえば、毎年こんな風に騒がれている先輩がいたね。思い出したよ」

「寧ろ今は逆に、それくらいの興味でいてくれる方が嬉しい——なんて思ってしまいますね」

こんな状況を、あの『姫』は何年も続けてきたのか——美玲衣はふと、そんなことに気が付いてしまった。

美玲衣にとって、織女というのは奇怪な……短い言葉で喩えるなら、『上から目線の権化』というべき存在だった。

慕って集う者たちに、まるで母であるかのように道を示し、導いてゆく。けれどその姿はあまりに独善的、傲然としているようにも見えていた。

同じ生徒同士のはずなのに――そんな憤りが、いつも美玲衣の中ではあったのだけれど。

自分も似た立場になってみたら、さして変わらないではないか……そんな遣る方ない気持ちが湧いてきてしまっていた。

「皆さんに取り囲まれてみて……不思議と、上から目線になる気持ちが理解出来てしまうのは、私にもそういう気質があるということなのでしょうか」

「うーん……難しいことは良く解らないんだけどー」

そんな美玲衣の言葉を聞いて、茉理もつぶやく。

「たくさんの人に囲まれると、聞かれたことに答えることしか出来なくなるでしょう……？あれって聞く方は楽だけど、答える方は大変だし、そういう気持ちになることはあると思う」

「えっ……ああ、なるほど。確かにそうですね」

茉理に云われて、一対多で普通の会話が成立している場面には、滅多に遭遇しないことに気が付いた。確かに囲まれた人間が質問責めに遭っている構図しか思い浮かばない――芸能人のコメントを求めて、レポーターが周囲に群がっている構図だ。

「そうか。あれは、大勢がひとりの言葉を待っているという状態なのですね」

それは云ってみれば、雛鳥たちが口を開けて、親鳥が餌をくれるまで待っているようなもの――そこまで考えて、美玲衣にもそこに立場的な優劣があることを理解した。

「……茉理さんは、すごいですね」

「すごい……わたしが？」

あれほど理解出来なかった、姫の上から目線を一言で説明してくれた――そんな茉理なのに、当人はいつものようにふんわりとしている。

「……わたし、ヴァイオリン以外ですごいって云われたの、初めてかもー」

「まあ、茉理さんったら」

茉理の言葉に、思わず美玲衣から笑顔がこぼれる。

きっと茉理は音楽で活動していた時に、囲み取材などを受けた経験があったのだろう。そう考えるとその言葉には合点がいく。

けれど、そんな鷹揚な茉理が心の病で楽器を弾けなくなるというのも、また人間の心の難しさなのかも知れない。

「そう都合良く、総ての答は転がってはいない——ということでしょうか」

自分のことも、そして織女《たにん》のことも。

そんな風に、美玲衣も思うのだった。

†

「ありがとうございました！　あのっ、薔薇の宮に聞いて頂いて、本当に良かったです！」

「わたくし程度の助言で役に立ったなら、それは嬉しい事ね。お励みなさい」

微笑んで下級生を見送った後で、密は小さく溜め息をついた。

「良いですね。このまま生徒たちに薔薇の宮派でも結成させますか」

耳元でつぶやかれる鏡子の言葉に、密はわずかに顔をしかめる。

「やめて下さい。それでなくてもいま内心でぐったりしていたところだったのに」

どうにか、照星としての学院生活にも慣れ、そろそろ一学期も終わろうとしていた。

「ま、上に立つ人間が三人ですから。派閥闘争なんて、起こるべくして起こるものでしょう」

確かに、照星選挙の前から織女派と美玲衣派というのは存在していたらしい。そういう意味で考えるなら、密の派閥というのも出来てしまうものなのかも知れないが。

「はぁ……」

密としては溜息しか出なかった。柄ではないのは、本人が一番良く解っていた。


「あっ、密さん」

「ご機嫌よう、茉理さん、美玲衣さんも」

鏡子と一緒に食堂におもむくと、そこには偶然、照星たちが勢揃いしていた。

「まあ、照星の皆さま方がお揃いに！」

「ですが、百合さまと鈴蘭さまはあまり仲がおよろしくなかったのでは……？」

「しっ、聞こえてしまいますわ……」

丸聞こえだった。美玲衣はどうするだろう、と密は少し身構える。

「皆さん、お昼、ご一緒にいかがですか」

「うん、良いよー。美玲衣さんは」

織女の言葉に、茉理がそう応えた。

「茉理さんが良いなら、私も構いません」

その美玲衣の言葉に、周囲の生徒たちがざわつく……やはり、織女と美玲衣の関係も、学院の中ではトピックスのひとつなのだろう。

一方で織女はあまり気にしていないように見える。しかし、それが冷たいのではないか、と取られる向きもあるようだが。


「お待たせしました」

みんなで学食に並んだものの、密の受け取りが一番最後になってしまった。学食では和食よりも、提携校のヨーロッパ料理の方が、出てくるのにちょっと時間が掛かる。

「大抵、密さんが一番最後ですからね。もう慣れっこですわ」

「ふふっ、申し訳ありません……」

フィレ肉の胡椒煮《ボルジョシュ・ツィントカーニ》——ハンガリーの料理で、短冊状の牛フィレ肉をじっくり炒めた刻み玉葱とパプリカ粉で味を付けて、ピーマンやきのこなんかと炒め煮にした、胡椒の効いたビーフストロガノフという感じだろうか。

「主よ。その慈しみに感謝し、この糧《かて》に祝福もて、私どもの心と身体の支えとなりますように。アーメン」

祈りを済ませ、銘々に自分の皿に箸を伸ばす。

「ああ、久し振りに食べると、やっぱりこれは美味しいです」

「ふふっ、密さんはいつも幸せそうに召し上がりますわね」

同じ料理は寮でも饗されるのだが、このところそちらの献立には上っていなかったので、密としては食べたくて我慢出来なかったものらしい。

「それ美味しそうだね、密さん」

初めて見るメニューだったのか、茉理が興味津々で覗き込んでくる。

「ええ、一口食べてみますか？」

「良いの⁉ じゃあ、あーん」

（って茉理さん、何で口を開けて……あ、ああそういうことか。女の子同士だしね）

「ええっと……じゃあ。はい、どうぞ」

「あーーんむっ！」

密が少量ずつ煮込みとご飯をスプーンによそって差し出すと、茉理がそのままかぶりついた。

「「な……っ⁉」」

しかし、その瞬間驚きの声を上げる二人の姿が——織女と美玲衣だった。

「んむんむ……わぁ、ほんとう、美味しいね！ めずらしい感じ」

マイペースに咀嚼すると、茉理は楽しそうに微笑んだ。

「ちょっと茉理さん、淑女《レディ》としてそれはどうかと……」

「密さん、茉理さんにだけずるいですわ……！」

「「えっ……⁉」」

織女と美玲衣は、二人揃って再び声を上げると、互いに意外そうな表情で相手を見た。ちなみに、最初の科白が美玲衣のもの、次が織女のものだ。

「百合の宮……今、何と仰有いましたか」

「あ、いえ……そ、そうですわね。確かに、淑女《レディ》としてはいささか品のない行為だったかも知れませんが」

こほん、と織女が小さく咳払いをして、顔を朱くする。

「ですが、こんな風にお友だちと楽しく食事をしているのです……そう、悪いものでもないのではありませんか？」

「……そういった感情を自制して、抑えることを学ぶのが、この学院の指導方針だと思っていましたが。そこを百合の宮が否定されるとは思いませんでしたね」

「ふふっ、わたくしがそういった旧弊の代表格だと思われているのは知っていますわ」

織女が楽しそうな……いや、少しだけ意地の悪い感じの笑みを浮かべる。

「折角同席したのです。少々、鈴蘭の宮とその辺の話をしましょうか……まあ、食べ終わってからですけれど」

「……受けて立ちましょうか」

けんか腰――という訳でもないようだが、密としては、少し胃がちくっとする。

「と、その前に……密さん？」

「は、はい？　何でしょう織女さん」

「わたくしも、一口頂いても……その、よろしいですかしら」

「えっ、ああ……はい。良いですよ」

何を云われるかと身構えたが、肩透かしを喰らって、密は苦笑する。一度やったことだし、二度も三度も変わらない。

「あーん」

「……はい、どうぞ」

スプーンを差し出すと、織女も嬉しそうにぱくっ、と口に入れた。

「いかがですか」

こくり、と小さく喉を動かすと……織女が、少し恥ずかしそうな顔をする。

「その……慣れないことをした所為でしょうか。緊張で味が判りませんでしたわ」

「ふ、ふふっ……もう、織女さんったら」

密もつい笑ってしまう。織女は変なところで対抗心を燃やそうとするところがある。

「わ、笑わなくともいいではありませんか……でも、何だか楽しいですわ」

今まで、こういうことに縁がなかったということなのだろう。織女も、今年一年、色々なタブーを破って楽しく過ごすことに慣れ始めていた。


「ご馳走さまでした」

食事が済むと、後輩たちがお茶を運んできてくれる。照星の威厳を示すささやかな伝統なのだけれど、今は逆にミーハー化して、生徒たちのためのイベントと化しているところがある。

「さて……続けるのですか？」

「そうですね。鈴蘭の宮とのんびり話が出来る機会もなかなかないことですし」

やや剣呑な雰囲気を孕みつつ、美玲衣と織女は笑い合う。

「とは云え、です。実はこの話について、特に衝突する部分もないかしら、と思ってはいるのです。鈴蘭の宮にしても、この学校の情操教育について、全面的に支持している訳ではないでしょうし……そうですね」

織女はそこで少し考える。討論《ディベート》と云う訳でもないのだろうけれど。

「間違っていない、とは思うのです——淑女《レディ》としての気品、そして貞淑さを身に付けるという方針そのものは」

「そうですね」

「ですが、時代に合ったものであるか——という点については疑問があります。鈴蘭の宮——いいえ、美玲衣さんにも、その点について同意頂けるのではありませんか」

そう云われて、美玲衣も織女が問うていることの意味を考える。

「生徒の質が変化している——私もそうですが、上流階級とは縁遠い生徒が増えて来ている、ということでしょうか」

「そうです。そこで、現在の学院の指導方針に対しては疑問が生じます……今の時代に合致しているのか、という点で」

「なるほど確かに。ですがそこには他の一般的な学校との差別化の意味合いがあるのでは？」

「今の時代になお希少な『深窓の令嬢』、クラシカルな淑女《レディ》という名の嗜好品を育てる——確かに付加価値ですが、ではそれを求めるのは誰でしょう？　社会でしょうか？」

「……違いますね。なるほど、『商品としての令嬢』ということですか」

美玲衣の答に、織女も静かに肯く。正解を引いたようだ。

「最近はそれでも減ったようですが、ここを卒業するとそのまま許婚《いいなずけ》の元へと嫁がされる子もまだまだ多いのです」

「親の道具、男の引き立て役としての女……と云う訳ですね。なるほど確かに、そう云われると時代に逆行しているとも感じられますね」

「鈴蘭の宮も、ここにいるのですから――それが、幾分かご両親の見栄であるということは、薄々お感じになっているのでは」

織女の言葉に、美玲衣が小さく肩をすくめる。怒るかな、と密は思ったのだが。

「こちらは親に生活させて貰っている身分ですからね。仰有る通り、親のエゴにも多少は目をつむっています」

「……対立する項目はなくなった、ということでいいのでしょうか」

小さな苦笑いを添えて、密は美玲衣にそう尋ねる。

「残念ながら」

美玲衣は詰まらなそうにそう答え、織女もまた苦笑する。

「旧弊より、女性は親というものに色々と強制されてきましたからね」

そして、からかうように付け加える。

「わたくしもそうですが、鈴蘭の宮も気を付けないと、ある日突然見知らぬ許婚が現れるかも知れませんわよ？」

「ご助言痛み入ります……精々、そうならないように祈るのみですね」

対して、美玲衣さんは複雑な表情をしている――話を聞いていると、親の考えについて、ある程度の観測はあったのだろう。

「美玲衣さんは、姫と一緒になるといつも難しい話を始めるよねー」

退屈していたのか、ティーカップを両手でもてあそびながら、茉理が少しだけふくれたような声を出した。

「そんなことを云って、茉理さんも能ある鷹ですからね……瞞されませんよ」

「それは茉理にだって脳みそくらいはあるよ！」

それを聞いて、今まで黙っていた鏡子が軽く噴き出した。

「……ちょっと字が違う気もしますが、まあ意味はそう変わりませんか」

「ふふっ、そうですね……」

子どもっぽい喋り方ではあるけれど、茉理は実際、しっかりした自分自身というものを持っている。密もそう思っていた。

（……お嬢さま学校の意味、か）

任務で潜入している密は、もちろんそんなことを考えたこともなかったのだが——女子には、男子とは異なる問題があるのだなと、改めて思わされる会話だった。

†

「夏休み前のトラブルも、総て解決というところでしょうか。清々しいですわね」

象牙の間の扉に手を掛け、開口一番。織女は嬉しそうだった。

「ご迷惑をお掛けしました……織女さんにも、それから美玲衣さんにも」

密が頭を下げると、美玲衣は少し顔を赤くした。

「やめて下さい……私としては、ちょっと云い過ぎたかと思っているところなので」

放課後、投書箱に届いていた部活動同士の揉めごとを仲裁するために、照星三人で出向き、解決して戻って来たところだ。

初めは密が一人で出向いたのだが、双方の云い分を聴き過ぎて仲裁に手間取り、美玲衣のやや強引な提案を、密が少しだけ丸くして、それを織女が説き伏せて——と、照星総がかりで一学期最後の仕事を終わらせた三人だった。

「お帰りなさいませ。一学期、お疲れさまでございました……本日は私ども奉仕会から照星の皆さまへ、ささやかながら労いになればと存じます」

明日が終業式。事前に呼ばれていた照星たち含め、奉仕会の面々が象牙の間に集合していた。ひとまず一学期が終わりということもあって、みんなの表情は和やかだ。

「これで、今期の会合も最後——ということですね？」

「実際は先日の会合が最後です。本日は、私ども奉仕会から照星の皆さまへ、お疲れさまでした——という主旨の会です」

美玲衣の疑問に、すみれが応えた。深夕が引き継ぐ。

「長期休暇の前に、奉仕会から照星の皆さまにお世話になった感謝の気持ちを込めて、お茶とお菓子をご用意させて頂きました」

「はいっ。皆さま方、ケーキをお持ちいたしましたわ！」

ちょうどそこへ、トレイに様々なケーキを載せたあやめがやって来る。

「わ、すごい。美味しそう……これ、最近テレビで取り上げられたお店だよね」

「ええ。評判を聞きまして、こちらで入手致しました。お口に合うといいのですが」

茉理が感嘆の声を挙げる。対するすみれの言葉はクールなものだった。

ケーキはどれも丁寧に仕上げられていて、一目で高級店のそれと判るものだ。

「とても素敵な出来映えですね。眺めているだけで楽しくなってくるようです……ですが、これを入手するのは大変だったのでは？」

「テレビで紹介されたお店は人が多く集まりますものね……もしかして、朝早くから並んだりしたのかしら」

織女と密の言葉に、あやめが突然に胸を張った。

「ええ。それはもう、大変でしたわ！　波瀾万丈紆余曲折でしたから。ね、香苗ちゃん⁉」

「え……？　あ、ええ、そうですね。そう、私たちにとっては壮大な大冒険でしたね！」

香苗はあやめの意図を汲んだのだが、そういうのは慣れていないのか、話を合わせたのがバレバレな感じになってしまった。

「では不肖このわたくしが、事の顛末についてご説明いたしますわっ！」

「……種明かしをしますと、このお店、わたくしの父が経営するホテルチェーンの傘下でして。本当は駄目なのですが、予約をして取って置いて頂きました」

「あーん！　深夕さまあっ‼」

名調子でまくし立てようとするあやめだったが、深夕にあっさりネタばらしをされてしまう。

「ごめんなさい。けれど、長くなりそうでしたから。お茶が冷めてしまいますし」

二人のやり取りに、美玲衣はくすくすと笑っている。

「ふふっ、蓋を開けてみれば、事の真相なんて呆気ないもの……ですが、むしろそれでよかったですわ。そんな大冒険の末に手に入れたとしたら、緊張で味が判らなくなってしまうもの」

「そうですね。そこは庶民のわたくしとしても同意見です」

密もそんな織女の意見に賛同すると、のどかな午後のお茶会が開始された。


「ね、美玲衣ちゃん、密さん……ここ、夏休みにも使っていいの？」

ケーキを食べながら、みんなが談笑していると、茉理がそんなことを云い出した。

「どうでしょうね。すみれさん、夏休み中の使用は認められているのですか」

「はい、特に問題は無いかと思います。私たち奉仕会の面々はおりませんが、いつでもご自由に利用頂いて構わないかと」

密の問いに、すみれがそう答える。

「でも、そんな事を聞いて、茉理はどうするの？」

「えっとその、出来れば夏休み中も、ここで練習がしたいなって、思ってるんだけど……」

「ああ。それなら別に構わないのではないかしら」

「……ですが、茉理さんは鍵を持っていませんわよね？　誰も居ないのなら、鍵は開いていないはずですし……」

気付いた織女がそう口にすると、すみれが肯いた。

「そうですね。代理の方が鍵を所持頂けるのは、照星が体調不良などで代理権を委託されている期間だけ、と定められていますから」

「そうなんだ。うーん……ねー美玲衣ちゃん、わたしが練習に来る時だけ病気になれない？」

「ふふっ、そんなにしょっちゅう病気になっていたら、身体が持ちませんね」

突然にそんなことを茉理が云うので、美玲衣は噴き出してしまう。

「まあ、茉理がそんなに練習したいなら、夏休み中の練習には付き合ってもいいですよ？」

「えっ、本当⁉　やっぱり、美玲衣ちゃんは優しいねー」

「そ、そういう話でもないと思いますが……それに、付き合うと云っても、私の都合のつく日だけですからね？」

「え〜？　じゃあ、二日に一回とか、無理かなぁ？」

「さすがにそれは……私にも、都合というものがありますからね、茉理⁉」

そんな二人のやり取りを、みんな微笑ましく見守っている。

鈴蘭の宮に就任当時の美玲衣は、傍目に見ても表情が硬く、取り付く島もない印象だった。

しかし、茉理という補佐を得て、そんなイメージも徐々に変わりつつある。

「ふふっ……お二人は、仲の良い姉妹のようですわね。わたくしにはそのような関係の相手がいないので、少し羨ましいです」

織女に云われて、美玲衣と茉理が互いの顔を見合わせる。

「そ、そうでしょうか？」

「失礼ながら、実は私もお二人は姉妹のようだと感じていました。美玲衣さまが姉で、茉理さまが妹と云いますか……」

すみれにそう云われて、美玲衣は困惑する。

「ええと、私たちは同じ学年なのですが……」

「あはは、そうだね。美玲衣ちゃんいっつもしっかりしてるから、お姉ちゃんみたいだなーって思ってたよー？」

「ま、茉理までそんな……その、茉理はいつもぽやっとしているから、私がちゃんとしなければとは思っていましたが……」

茉理が補佐として入ってから、美玲衣の表情はかなり柔らかくなってきていた。

「そう云えば、いつの間にかお二人はちゃん付けと呼び捨てになっていますわ。仲のおよろしいことの証明ですわね」

「それは……いえ、今は茉理の話です。とにかく、二日に一回はさすがに無理がありますよ」

「ううっ、ダメかぁ……」

残念そうにしゅんとする茉理を見て、密が少し考える。

「では、美玲衣さんが無理な日は、わたくしが代わりに……と云うことではどうでしょう」

「良いのっ⁉」

犬の耳でも付いていれば、しおれていたのがぴょんと立ったに違いない——茉理の目が輝きを取り戻す。

「ええ。本当は実家に戻る予定だったのですが、休みの間も寮に残留することになったので……そうなるとわたくしの方が、学院に近いですからね。美玲衣さん、構いませんか？」

未だ仲直りしたという関係ではないからだろう。密が美玲衣にもお伺いを立てる。

「……別に、私がどうこう云うような事でもありませんから。茉理がそれでいいのなら、何の問題もありません」

「ありがとね、密さん。助かるよー。あ、じゃあ連絡先交換しよ！」

「ああ、そうですね。解りました」

話は和やかに進み、無事に話を終わろうか、というその時だった。

「はい、おっけー。じゃあ後は、密さんと美玲衣ちゃんで、連絡先交換してね」

「「えっ？」」

茉理の言葉に、二人が同時に意外そうな声を上げた。

「……あれ、どうしたの？　なんだか二人とも、ちょっといやそう？」

「そういう訳ではないのですが……」

「そうですね。嫌と云う訳では……」

互いにそう云いながら、二人の間には微妙な空気が流れる。

「じゃあ美玲衣ちゃん、密さん、これからよろしくねー」

「ええ。でも本当に、無理のない範囲でお願いするわね？　茉理……」

「あ、あはは……」

果たして、無理のない範囲で済むのだろうか。密はぼんやりとそんなことを考えていた……。


――そんな訳で。

夏休み、密と美玲衣は持ち回りで、茉理の練習に付き合うことになった。

「え、明日……ですか？　そうですね、美玲衣さんのご都合が悪いようでしたら、わたくしが。ええ……」

美玲衣は、密に電話で連絡を取っていた。

「お願い出来ますか？　明日はちょっと、どうしても外せない用事があるもので」

そこまで何度も呼び出されることはないだろうと高をくくっていた二人だったけれど、どうやらそれは間違いだったようだ。

「承知しました。では、わたくしが明日は代わりに」

夏休みに入ってから、美玲衣は密ともう何度もこんな遣り取りをしていた。

軽い気持ちで引き受けたものの、夏休みに入ってからの茉理の練習頻度は相当に高く、密と美玲衣の間で都合の融通し合いが頻発していたのだった。

「すごい熱意ですね、茉理さん。ここのところ、ほとんど毎日ではありませんか？」

「二日も空けずに、と云われてしまうと、さすがに少し困惑してしまいますね……まあ、夏休みの課題を片付けるのにはいいのでしょうが」

「ふふっ、そうですね。嬉しいのもあるのでしょうけれど……きっと取り戻したいのでしょうね、ヴァイオリンと一緒の時間を」

茉理は、帰る時間になってもまだ弾きたそうな顔をするから、密も美玲衣も、切り上げるのをためらってしまう。それくらいの熱心さで練習に取り組んでいた。

「それでは、明日はお願いします」

「ええ、承りました……失礼しますね、美玲衣さん」

密との電話を終え、美玲衣はスマートフォンを机の上に置いた。

「ふう……」

こうして、改めて話をする間柄になると、やはり密という人間は美玲衣の興味を惹く――いや、そんなことはとうに美玲衣にも解っていた。ただ、織女とのいさかいがあって、なかなか素直になれずにいる。それだけのことだった。

「あら、おかえりなさい。早かったのね」

そんなことを考えていると、リビングから母親の声が聞こえてくる。どうやら、珍しく父親が帰ってきたのだろう。

「あんまりにも下らないことをグチグチ言われたんでな。テキトウに切り上げて来たのさ」

美玲衣がリビングに顔を出すと、父である孝太郎は、昼だというのにグラスに氷を放り込んで、ウイスキーを注いでいるところだった。

最近荒れているとか、そういう話ではない。孝太郎は昔からこうだった。人よりも酒が強く、いろいろなところに顔を出しては、他人が酔いつぶれて覚えてもいない情報を素面で持ち帰り、それをネタに稼ぐ――そういう男だった。

美玲衣はそんな孝太郎の横をすり抜けて玄関へと向かう。会話はない。美玲衣にしても孝太郎にしても、互いにかける言葉を持たなかった。

(やはり、少し変わってきている)

美玲衣自身はあまり父親の商売に対するスタンスを好きではないが、儲かっているならそれでいいと思っていた。しかし、最近は少し変化が見られていた。

昔であれば、飲むにしても、家に戻ってくると、相場師らしく情報源に張り付いて飲んでいたが、最近はそういう様子も見受けられない。

(自分が情報を提供する側に回っている——もしかしたらそういう幻想に酔っているのかも知れないけれど)

そうでなくても、容易に足元をすくわれる世界だ。当人がそれを一番よく理解しているのではないか？　いくらいけ好かないと云っても、自分の生活基盤がそこにまるごと乗っている美玲衣としては、危機感を覚えずにはいられなかった。


「あ、美玲衣ちゃーん」

「茉理、待たせたかしら？」

そんな不安を、美玲衣は茉理の練習に付き合っている間は忘れられた。

何より家にいなくて済むのがありがたいというのもあったけれど、茉理の熱心な練習姿を見ていると、自分が努力のお裾分けをされているような、そんな不思議な気分になるのが心地よかった。翳りの強い自分の家では感じることのない、それは美玲衣にとっての、陽のあたる場所だった——。


「……そういえば、今日も茉理さんは練習しているはず」

図書館に本を返しに行った帰り、密はふとそんな事を思い出した。

時刻は夕方、さすがに帰ったかとも考えたけれど。いつも通りならば……。

「やっぱり……」

扉を開けるなり、弦の音色が耳朶を撫でた。まだぎこちなさの残るその音の主は、真剣な表情でヴァイオリンに向き合っている。

「すう……すう……」

その横で、美玲衣が読みかけの本を抱いてうたた寝をしている。

部屋を夕方の柔らかな陽射しが包み込んで、一枚の絵のようだと、密は思った。

「茉理さん、ずっと練習をしていたのですか？　もうすぐ陽が暮れますけれど」

「……あ、密さん」

密に気づいた茉理は、練習の手を止めた。

「あっ……ほんと。もうすっかり夕方になっちゃってる。全然気づかなかったなぁ」

「ふふっ……時間も忘れてしまうほど、練習に没頭されていたのですね」

自分が来なければ、このまま陽が暮れていただろう。尋ねて正解だったかな、と密は思った。

「んんっ……私、いつの間に眠ってしまって……って、密さんっ⁉」

音が止んで目が覚めたのか、そこに密がいることに気が付いて、美玲衣が飛び起きた。

「ちょうど今、お邪魔したところです。図書館に用があったものですから……ですが、美玲衣さんの眠りを邪魔してしまったようですね、申し訳ありません」

「う……居眠りだなんて、恥ずかしいところを見せてしまいました……」

「そうでしょうか？　夕暮れ時にヴァイオリンを弾く茉理さんの横で、読み止しの本を片手に眠っていらっしゃる姿は、とても絵になっていたと思いますけれど」

密にそんなことを云われて、美玲衣の顔はますます朱くなった。

「え、絵になっていればいいという問題ではありませんっ……！　もう」

「ふふっ、すみません……」

居眠りくらいは誰でもするのに、と密は思ったが、男の解らない乙女心というものなのかも知れない。そう思い直した。

ぐきゅるるるる……。

「今の音は……」

「わ、私ではありませんから……！　と云うことは……」

「え、えへへ……お昼も食べないで練習してたから、お腹空いちゃって……」

寝食を忘れる、というのは正にこれなのだろう。茉理が小さく舌を出した。集中すると、他のことがどうでも良くなってしまう性質のようだ。

「それなら、寮で食べていきますか？　わたくしが作るので、人数の融通は利きますけれど」

ひと頻り苦笑すると、密がそう勧めた。

「えっ、密さんが作ってくれるの？　寮ってことは、大勢で食べるんだよね？　楽しそう！」

「その提案は有り難いですが……いいんですか？」

「ええ、構いませんよ」

「やったー」

「もう、茉理ったら……そういうことでしたら、お邪魔させてもらいましょうか」

「ええ、どうぞ」

茉理のマイペースに押される感じで、美玲衣も寮に寄ることを決めたようだ。

「夏休み中は、基本的に寮母さんはお休みなので……寮の皆さんにお願いされて、寮母さんのいない間はわたくしが料理の担当なのです」

密が休み中に実家に帰れなくなった、というのは実はここに理由がある。料理の腕に惚れ込まれて、寮生全員から引き留めを受けたのだ。

「お願いっ！　密さん！　材料費は私たちで持つし、片付けものとかは全部みんなで引き受けるからっ！　何でもしますから！」

「何でもしますわっ！　お願いします密お姉さま！」

密以外の寮生全員——どさくさに紛れて鏡子もいたようだが、とにかく全員から拝み倒された。女子に『何でもする』と云われて、密は心中穏やかならざるものがあったようだけれど。

それでやむなく、密は実家に帰るのを断念したのだった。

「へー？　じゃあ密さん、お料理得意なんだ？」

「密さんは謙遜されているようですが、きっと得意なのでしょうね。寮生たちからお願いされるなんて、余程のことでしょう」

「ああ、確かにそうだよね！　美玲衣ちゃん、めーたんてーさんだね！」

答え合わせなく勝手に進む推理に、密は笑うしかない。

「お二人は、お料理はされるのですか？」

密がさりげなく話題をすり替えると、美玲衣は少し顔を赤らめた。

「わたしはしないかなー」

「私は、まぁレトルトやフライパン一枚で簡単に済ませられる程度のものですね。料理かと云われると、ちょっと微妙でしょうか」

「そんなことはないと思いますよ。さ、着きました。ようこそキミリア館へ」

　密は二人を、寮の中へと案内した。


「ごちそうさまー。はぁ、美味しかった……」

「ごちそうさまでした。私も自炊くらいはしますけれど……こんなすごい料理を食べてしまったら、恥ずかしくてとても、自分は料理が出来るなんて云えませんね」

　密が振る舞ったのは、豚の角煮をメインに、ニンジンの細切りサラダと、夏らしいあっさりとした味付けのパスタ、といったところだった。

「角煮、お酢を使った味付けなのに、すごく美味しくてびっくりしたよ。わたし、夏だからさっぱりって云うの、よく解らない人なんだけど、刻んだみょうがと一緒に頂くと、全然食べられちゃうの！　大人の味って感じ」

「わたくしも、酸っぱいお料理というのはあまり得意ではない方なので、茉理さんにそんな風に云って貰えると、頑張った甲斐がありましたね」

「私は、このパスタが美味しかったです……これは帆立と、何の味でしょうか」

「それは帆立とゆず胡椒ですね。簡単なので、誰でも作れると思います」

　茉理と美玲衣から称賛の言葉を受けて、密が照れ臭そうに笑った。

「いやー、密さんは作り置きの料理もおしゃれだよね。このニンジンのサラダ、よくデパ地下で売ってるヤツでしょ」

「キャロット・ラペですね。見栄えもいいし、簡単に作れますし、他のメニューに合わせて調味料で味を変えられるので、すごく便利なんですよ」

美玲衣は、活き活きと美海たちと話す密を見て、新しい驚きに触れていた。新たな一面を垣間見たような気分だった。

「なるほど、『完璧な奥さま』ですね。ずっと首をひねっていましたが、こうしてまざまざと腕を見せつけられると、これはもう納得です」

「み、美玲衣さん。それは勘弁して下さい……！」

密の慌てように、食卓が笑いに包まれる。

「もう……わたくしとしては、そこまですごくもないと思うんですけれどね。ちなみに、美玲衣さんはどんな物を作られるのですか」

「それをいま聞くんですか？　意趣返しですね……この場で云うのは少々気後れするのですが。まああり合わせのパスタとか、オムライスとか。そういう簡単な物ばかりです」

「いやいや、それでも充分だって美玲衣さん。私らなんて、パスタすら作れないんだからさ。だよねー、すみれ」

「そ、そうですね。どうしても料理というと腰が引けてしまいますね……」

お堅い奉仕会長のすみれの意外な告白に、美玲衣は驚かされる。

「まあ、個人的には、少し密さんが近くなった気がします。学校では優雅でクールなところしか拝見出来ませんから。オフショットは貴重だと思いました」

「そ、そういう風に見えていますか？　そんなつもりもないのですが……」

どうしても、女装を隠す都合上で、学院では硬い印象になりがちなのだろう。これぱかりは、密自身でもどうしようもないのかも知れなかった。


「……いつの間にやら、随分仲良くなったようですね」

すっかり時間も遅くなってしまい、それに気付いた二人は慌てて帰っていった。

「そうですね。美玲衣さんと茉理さんは、このところいつも一緒にいることが多いですから……自然と仲も良くなるのでしょうね」

「私が云いたかったのは、密さんと美玲衣さんのことです」

「え、ああ……そうでしょうか」

密から見ると、美玲衣は自分と話をする時に、やや戸惑っている感じに思えていたのだが……鏡子からはそう見えているのかと驚いた。

「ま、仲良くなきゃ、人の家に来て、しかも相手の作った手料理なんて食べたりしないよね」

「ああ、そう云われると確かにそうですね」

美海に云われて、なるほどと思う。仲のよくない相手の家になんて、確かにわざわざ訪れたりはしないものだけれど。

「まあ、つつがなく終わって良かったのです」

ちなみに、織女は実家に帰っている。密が料理番として残留すると聞いて、織女も残ろうとしたのだが、父親に拝み倒されて仕方なく——と云った感じでしぶしぶ戻ったのだった。

「照星に就任する前は、冷戦中っての？　みたいな感じがあったからね。ま、トラブル好きとしてはちょーっと物足りない感があるかな」

「トラブルは勘弁して下さい……今期の奉仕会会長は美海さまではなくて、私なんですから」

「あはは、すみれさんを困らせなくて良かったです。嫌われていないというなら、それはとても嬉しいことですね」

美海たちの物云いに苦笑しつつ、無事に一学期をやりおおせた幸運に、密は心の中で感謝していた。


「はい、もしもし……こんにちは、美玲衣さん。今日は？」

そんな穏やかな日々がしばらく続き、夏休みも中盤に差し掛かった頃——。

「それなら、良かったです。実は——」

「ねえねえ密さん、映画は好きー？」

電話口、美玲衣の声に茉理の声が重なった。

「ちょっと茉理、いきなり電話に割り込んで来るのは止めて下さい……ええと、それでですね……この前ごちそう頂いた夕食のお礼に、密さんを映画にでもご招待出来ればと思いまして」

「そんな、お構いなく……そういうつもりでご馳走した訳ではありませんから」

「寧ろ、何かお返しをしなければ私の気が収まらないのです。どちらかと云えば私の問題ですから、そこはお気遣いなく」

貸しは作らない、ということかも知れない。ならば無下に断るのも失礼か。密はそう考えた。

「そういうことなら。この時間に電話ということは、今日でよろしいのですか？」

「そうですね。この後は私も茉理も特に用事はありませんので、密さんがよろしければ」

「密さんっ。取り敢えず、象牙の間に集合だよー」

「もう、茉理ったら……取りあえず、象牙の間まで来て頂けると……それでは」

慌ただしく通話が切れる。向こうで何が起きているかが想像され、思わず密も笑ってしまう。

「ふふっ、あの美玲衣さんが、こんなにも振り回されるなんてね……」

どうやら、向こうでどうするか決めるということらしい。密も着替えて出掛けることとした。


「暑い……」

いくら象牙の間には冷房があると云っても、辿り着くまで、外は熱暑の炎天下だ。

そんな中で毎日練習しようとする茉理の気合いの入りようはただ事ではない。うだるような蝉の合唱の中、そんなことを考えながら校舎への並木道を歩く。

「いらっしゃい、密さーん」

扉を開けるなり、微笑みをたたえた茉理が密を出迎えてくれる。

「それで、何の映画を観に行くのですか？」

「それがその、実はですね……」

美玲衣の方は用意周到だ、スマートフォンの画面を密に見せてくれる。が。

「これは、もしかしてホラー映画ですか？」

しかし確か、美玲衣は怖いものが苦手だったはず——顔に出たのだろう、美玲衣が苦笑する。

「茉理も私も、いざどれを観ようという話をし始めたら、いろいろ条件が厳しくて……密さんがお嫌でないなら、それでお願い出来ますか」

「……いいのですか？」

「ま、まあ、強くはないのですが……映画は作り物ですから」

密としては、以前の怖がりようを考えると、美玲衣の言葉がちょっと心配になったが、本人が大丈夫と云うのだから、無理に止めるのも違うだろう、と思い至った。

「じゃあ、行くじゅんびしよっかー」

そうしてふたりは、おもむろに制服を脱ぎ始め——。

「え、えぇぇぇっ？」

(ちょ、ちょっと待って⁉　どうして、いきなり脱ぎ始めてるの！)

密は、慌てて後ろを向いた。

「んー？　密さん、どうしたのー？」

「い、いえ……だって、急に脱ぎ始めるものですから……」

「……別に女同士、気にする程の事でもないでしょう？　そんなに、恥じらう事もないかと」

「え、ええと……そ、そうですね。あはは……」

確かに、今の密は女生徒なのだから、ここであたふたするのは筋が通らない。

「わ、わたくしも一旦寮に戻って、着替えてきますねっ……制服で来てしまいましたから」

「はい。後から追いかけますので、密さんは寮で待っていて下さい」

「わ、わかりました……！」

二人の着替え姿を見ないように、密はそそくさと部屋の外へ出る。後ろ手で扉を閉めて、ようやく胸をなで下ろした。

「はあ、参った……」

学院に来て三ヶ月、女子の着替えにもそれなりに慣れてきた――とはいうものの、唐突なハプニングともなれば、まだまだうろたえが出てしまう密だった。


「……わたくしたち以外、誰も居ませんね」

「期せずして、貸し切り状態になってしまったみたいですが……」

「でも、これなら観ながらお話ししてても へいきだね。ちょっと楽しいかも」

私服に着替えた三人がシアターの中に入ると、他に客は誰もいなかった。

「それはそうですが……逆に、映画の出来がいぶかしいということなのでは」

「ま、まあ、始まる前から心配しても仕方ありませんし、みんなで観るなら、きっと出来が悪くても楽しめるのではないでしょうか」

「あははっ、密さんいいこと云うー」

やがて上演開始のブザーが鳴り、ゆっくりと照明が落ちていく。

「……いよいよ、ですね」

隣で小さくささやく美玲衣の声が聞こえる。やっぱり、怖いのを我慢しているんじゃないだろうか、そう密は思ったのだが……。

「ぎゃあああ……っ！」

スクリーンの中では、主人公たちが降りたバスに制御を失ったタンクローリーが衝突して、大爆発を起こす。

「ひっ……！」

「わぁー」

茉理は何だか楽しそうな声を上げているが、その横では、血の気を失った美玲衣が引きつった声を発して、我知らず密の手をぎゅっとつかんでいた。

「……大丈夫ですか」

密が小声で美玲衣にささやくと、そこで我に返ったのか、美玲衣が落ち着きを取り戻した。

「すみません、び、びっくりしてしまって……」

「いきなりでしたからね。しかも、爆発したバスからご丁寧に遺体が飛び出してきたりして。ふふっ、なかなか悪趣味です」

密に微笑みを添えてそう云われると、美玲衣もなんとなくこの映画の『楽しみ方』を理解したようだ。ちょっとだけ強気な顔になった。

「ぎゃあああああぁぁぁぁぁぁぁぁ⁉」

「ひゃっ……？」

嵐の夜。女性登場人物の家の窓が破れ、吹き込んできた雨水をどうにかしようとしている所へ、切れた高圧電線が家の中に飛び込んできた……云わずもがな、彼女は感電死して消し炭になってしまう。

「わー、パズルみたいー。こういう感じの番組あったよねー……なんとかすいっち？」

「そ、そんなに可愛らしい話では……それにしても、ちょっとバチバチし過ぎでは……？」

「まあ、電流は本来可視化出来ませんから。これも演出でしょうか……」

楽しそうにしている茉理の横で、少し余裕が出てきたのか、美玲衣が楽しそうに冷静なツッコミを入れている。

（これなら、もう心配は要らないかな？）

少し安堵する密だったけれど、そこで美玲衣のつないだ手がずっと離れていないことに気が付いた。

（……まあ、それで美玲衣さんが映画を楽しめるなら）

そう思って、密もその手を無理に振りほどかずにいた。ちょっとだけ、胸をドキドキさせながら——。


「はー、面白かったー！」

ジェットコースター的な一二〇分を過ごして、茉理はご満悦な表情だ。

「……流石に、疲れてしまいました」

そんな茉理の隣で、ややふらふらになった美玲衣の姿があった。

「やはりホラー映画は辛かったですか」

「ええ、まあ……それなりに楽しかったと云えば楽しかったのですが。全く、変なところで強がるものではありませんね」

密に云われ、美玲衣はほんのりとした苦笑いを添えてそう答えた。

「わー、もうまっくらだね」

映画館の外は、すっかり陽が暮れて夏特有の淡い夜の空気に包まれていた。

「さて、どこかで夕食でもという時間ですが……わたくしは寮のみんなの夕食を作らなくてはならないので。後はどうぞお二人で楽しんで下さい」

密がそう告げると、茉理が残念そうな顔になった。

「えっ、そうなの？　ご飯しながら映画のお話がしたかったのに」

「そうね。でも、無理を云っては密さんを困らせてしまいますから、茉理」

「ううっ、残念だよ……」

「ごめんなさいね、茉理さん」

密が申し訳なさそうな顔になるけれど、美玲衣が首を横に振った。

「仕方ないわ。前もって密さんに相談しなかった私たちが悪いのだから……今日は突然にお呼び立てしたのに、お付き合い頂いてありがとうございました。密さん」

「いいえ。わたくしも楽しかったですから。それでは失礼しますね」

密もまた、少しだけ名残惜しそうに小さく手を振ると、寮への道を引き返していく。

「……聞きそびれてしまいました」

美玲衣は、遠ざかる密の背中を見て、小さくつぶやいた。

「なに？　美玲衣ちゃん」

「いいえ。何でもないわ……さて、じゃあ夕食は何にしましょうか」

——思わず、映画に驚いてつかんでしまった密の手。

けれど密は何も云わず、ただ映画が終わるまで握ったままでいてくれたのだ。

(きっと、怖がっていたのを気付いてくれたのだろうけど……)

黙って密が手を握っていてくれたお陰で、美玲衣は取り乱さずに映画を最後まで観ることが出来た。しかし映画が終わっても、密はそれには一言も触れなかったのだ。

「あっ、ピザっ！　ピザ食べたいな、美玲衣ちゃん！」

「……茉理、貴女あんな血まみれ映画の後に、よくトマトソースの食べ物なんて。ま、いいわ。そうしましょうか」

「うんっ、行こっ！」

二人は、密とは逆に駅の方へと歩き出す。

ただ美玲衣の心に、絡めた指がほんの少し——後ろ髪を引いたままで。

四章

「ああ、それにしても楽しい夏休みでした！」

二学期初日。織女は密や花たちと学院に向かう。

「はい。花も、たくさん楽しい想い出が出来ちゃいました！」

「ふふっ、花さんが楽しかったなら、わたくしも嬉しいです」

「そうですね。ちょっと頑張りすぎたような気もしますが……」

夏休み中、実家に戻っていた織女は、密が美玲衣たちと映画を観に行ったという話を聞いて子どものように憤慨した。

その後、『自分も楽しいことがしたい！』と寮の面々も巻き込んで、織女はいろいろな催しを企んだ。一番壮絶だったのは『織女の家が所有している超高層ビルの屋上から、水着着用で花火大会を見物する』という成金感丸出しのイベントで、女装を隠している密の頭を抱えさせたが、美玲衣や鏡子に呆れられながらも、盛況の中で無事幕を閉じていた。

（まあでも、そのお陰で織女さんと美玲衣さんの仲もかなり改善したというか……）

もしかしたら、単に美玲衣の中に持っていた織女へのイメージが、ギャップと共に崩壊した……という話なのかも知れないが。

そしてそれは美玲衣にだけではない。密にも同様の衝撃を与えていた。

護衛の対象として、そしてまた大切な友人として、織女の構想力や実行力というものに、改めて感心させられていたのだった。

「ご機嫌よう、鈴蘭の宮」

「――ご機嫌よう、百合の宮」

そんな訳で、少し緊張の面もちで迎える、新学期初めての照星会。

「くっ……」

「ふふっ……」

ほんの少しの沈黙、その後にはもう、織女も美玲衣も揃って笑い出していた。

「正直、織女さんにどんな顔をして逢えばいいのかと思っていましたが……逢った瞬間に、脳裏に水着姿が浮かんでしまって。これは駄目ですね」

「それはお互い様だと思います。わたくしは、ボードゲームを遊んだ時に頭を抱えていた美玲衣さんを思い出していました」

「なるほど。こうなってしまうと、なかなか憎まれ口を叩くのも難しい――考えましたね、百合の宮？」

「まさか。こういうのは無欲の勝利と云うのです。鈴蘭の宮」

二人の会話に、周囲は苦笑いを禁じ得ない。何しろキミリア館の住人、そして奉仕会の役員たちは全員、夏休みの織女イベントに、何らかの形で巻き込まれていたのだから。

「こほん。さて、照星の皆さんがご健勝で新学期を迎えられたこと、まずは嬉しく思います。

それでは今期最初の、照星会例会を始めさせて頂きます」

そんな訳で、ちょっと笑い混じりのすみれの咳払いから、今期の生徒会活動が幕を開けたのだが……。


「精査ありがとうございました、お姉さま方。それでは次に夏休みの間に投函された投書を確認したいと思いますが……」

九月には生徒総会、十月には球技大会や二年生の修学旅行、そして十一月には学院最大の催事と云って過言ではない、紅鶸祭《くじゃくさい》――つまり学院祭が開催される。二学期、奉仕会の労力は学院祭準備にほぼ充当されることになる。

照星たちはご意見番なので、奉仕会のこれらイベント試案を精査して、おかしなところや疑問点がないかどうかを確認するのが仕事なのだが、すみれ以下奉仕会の面々は高い処理能力を誇っており、窗たちもいくつかアドヴァイスをするに留まり、特に大きな問題もなくそのチェックは完了していた。

「では、次の投書を……これは聖歌部からですね」

次は恒例の投書箱の開函――自動販売機の設置要望、花壇植生の選定などの投書を経て、みんなの耳目を引いたのが次の投書だった。

『オルガンを担当している部員が、病気でしばらく入院することになってしまい、困っております。照星の皆さまより、私たちが伴奏者を探している旨、公知頂くことをお願い出来ませんでしょうか』

「なんか投書する暇があるなら、自分たちで捜した方が早そうな気もするけど」

「そう意地悪なことを仰有るものではないですわ。そうした上で、万全を期してこちらにもお願いしている……ということなのではないでしょうか」

美海の厳しい言葉に、織女がそうフォローする。

「聖歌部のオルガンはいわゆるパイプオルガン……あれはピアノとはまったく演奏方法が違うので、演奏者も簡単には見付からないのではないでしょうか」

あやめがそう答える。お嬢さま学校ならピアノ奏者は簡単に見付けられそうだが、そうなると話も変わってくる。美海もなるほど、と肯いた。

「……それでしたら、わたくしが何とか出来るかもしれません」

「ええっ⁉」

ところが、そんな言葉をいきなりひっくり返す発言が……密だった。

「その、チャリティのお手伝いで、以前教会で弾いていたことがありまして……大体の勝手はわかると思いますので、わたくしが参りましょう」

「密さんは本当に何でもお出来になるのですね……」

その場にいる全員から向けられる尊敬の眼差しに、密は苦笑いを禁じ得ない。これについては、本当にたまたま過去教会で手伝っていただけだったから。

「すごいですね……それでは、こちらの件は密さまが直接出向かれるということで、告知はせずに聖歌部の方へ伝えたいと思います」

「そうですね……さ、すみれさん、次の投書をどうぞ」

『ずっと以前から一緒だった友人に、都合でしばらく逢えなくなってしまったのですが、不思議と寂しく、胸が疼いて仕方がありません。気持ちが抑えられないのです。もしかしたら、私は友人である彼女のことを好きになってしまったのでしょうか。私は一体どうするべきなのでしょうか……』


「……これは、どういうことでしょう」

「確かに具体的にどういう状況なのかが見えてきませんね……寂しさへの対処法？」

読み上げられる投書の内容に、密と美玲衣は顔を見合わせる。単純に、二人にはその意味がよく理解出来なかった。

「友人を好きということは自然なことですし、どうするべきと云っても、そもそも同性では友人以外の関係性など無いのでは？」

織女もそうつぶやき、照星三人は要領を得ないという顔をする。

「……そのあり得ないはずの関係性が見えてしまったから、動揺して相談を持ちかけた、ということなのでは？」

「「「えっ⁉」」」

そこに、鏡子が新しい可能性を提示して、三人を驚かせた。

「きょ、鏡子さん、それはどういう意味ですの？」

「ありえないはずの関係性……と云うと、もしかして」

「ご推察の通りです。この投書の主は、友人に対して恋愛感情を持ってしまったのでは、と不安に駆られているのではないでしょうか」

　そう云われて、照星の三人は、困ったように互いの顔を見合わせた……。

「どうにも密さんにしても、織女さんにしても、恋愛というものに本質的に疎いのではありませんか」

「うっ、そう云われても……」

　夜、寮の自室に戻ってきた密は、織女と二人、鏡子に攻められてたじたじになっていた。

「まあ正直、言葉もないでしょうか。人生に於ける学びの中で、恋愛が最も欠けているというのは、わたくしも自覚のあるところなのですが」

　確かに密も、任務としては女子学生としてのメンタルを予習すべきだったのかも知れないが。

「お二人は少しそういった世界を知る必要がありそうですね。少し勉強してみるのもいいのではありませんか」

　鏡子はドン、と机の上に本を積み上げた。

「……こ、これは？」

「古今の色々な恋愛物語です。少し古いものもありますが、お二人にはこれくらいの方が良いでしょう……異性愛、同性愛、搦め手など様々です」

取り敢えず、検討内容に対して材料が不十分、という結論になったので、昼間の投書については、生徒に対する返答は一旦保留ということになっていた。

照星三人とも、女の子同士の恋愛についてはからきしなのだから、無茶を云うなというか、これはもう致し方ないと思われた。

「勉強……まあ、勉強ですね。それにしても女の子同士ですか」

密たちは積み上げられた本を見て、困惑を隠さない。

「そこについては私が語るところではありませんが、思春期特有のものとしての、女性同士の恋愛もままあると云うことです。少し研究してみては？」

「そうですね。それではありがたくお借りしますわ、鏡子さん」

本当は鏡子も、密にと用意したものなのだろうけれど、織女も一緒に履修することになったようだ。


「二人とも食堂にいないと思っていましたが、読書ですか？」

「美玲衣さん……ええ、まあそんなところです」

次の日から、織女と密は読書を始めた——まさか、照星が今さら恋愛の勉強をしていると知られる訳にもいかないので、その場所は必然、象牙の間になっていた。

「なるほど、それで鏡子さんに課題を出されたと。私にも必要かも知れませんね」

美玲衣もラインナップを確かめるけれど、元々が読書好きなので、積まれた本のだいたいは読んだものだった。

「以前読んだものが結構ありますね……私はこれらの本を、ちゃんと糧に出来ているのでしょうか」

苦笑する美玲衣も、投書に対する回答を示せなかった。そう思うのも無理はない。

「知識を応用するために読むのか、物語を楽しむために読むのか、そういう心構えの違いというのはあるかも知れませんね。けれどそういう話であるならば、邪道なのはわたくし達の方だと思いますが」

読書を続けながら、織女が笑い出す。それはその通りだと密も思う。

「……それにしても重い話です。読んでいると滅入ってきますね」

密が読んでいる小説には、女性同士に於ける様々な友愛の形が語られていた……年上や年下といった関係性だったり、時には大人の女性も出てきたりで、友情以上、恋愛未満の人間模様が描かれている。

しかし、語り口の可憐さ、純粋で儚い想いとは裏腹に、カップルの片方が発狂したり、建物が炎上したりという壮絶な掌編も含まれていて、思ったよりも刺激が強い。

何より男の密としては、女の情念という理解しにくい概念が丁寧に描かれていて、読むことそのものに体力と気力を使う感じだったから。

「つまるところ、綺麗な感情だけでは済まされない、ということなのでしょうけれど……確かに重いですわね」

異なる小説を読んでいる織女だったけれど、彼女も密の言葉に同意する。してみると、それなりにこの学習は効果があるもののようだ。

「お茶を淹れてきますから、一息入れましょうか。どうやら私に出来るのは、想像力と現実感覚に富んだ、新たな預言者の誕生を待つことだけのようですからね」

美玲衣にそんなおどけの言葉を云われて、織女と密は互いを見詰めると、苦笑いして肩をすくめることしか出来なかった。

「そういえば、聖歌部には行かなくていいのですか？」

「明日行ってみようかと。ちょうど練習日だと聞いていますから」

密にとってのもう一つの案件、それが聖歌部だった。

「先日の話では、ピアノ奏者よりも見付けにくいという話でしたね。オルガン奏者」

ピアノは弦を叩いて音を出し、オルガンは空気の流れで音を出す。鍵盤を使っているだけで、中身は全然別の楽器だ。だから、ピアノで鍵盤を操れる人間なら、オルガンも演奏出来る、という訳ではない——密はそう簡単に説明した。

「なるほど……知っているようで知らないものですね。見た目は同じ鍵盤なのに」

「特にパイプオルガンというのは、基本的に建物の一部ですからね。建物の設計に合わせて形や配置が変わってしまうのです」

だから経験者の密であっても、すぐに別の場所のオルガンに対応出来る訳ではない。そこが面倒なところなのだけれど……。


——そんな訳で。

次の日の放課後、密は聖歌部の元を尋ねていた。

「……失礼致します」

訪れた聖堂は、暗めの荘厳な室内に、午後の麗らかな陽射しを吸い込んだステンドグラスが揺らめいて、幻想的な空気を創り出していた。

「薔薇の宮さま……!?」

入ってきた密に気付いたのか、一人の女生徒が声を上げると、それに続いてきゃあっと云う黄色いざわめきが波のように押し寄せてきた。

「ご機嫌よう、聖歌部の皆さんですね。伴奏者の代役として、わたくしがお話を伺いに参りました」

「ま、まさか、薔薇の宮さまが……?」

「この学院であれば、ピアノ奏者はすぐに見付かるでしょうけれど。お聖堂《みどう》のオルガンとなると、少々難しいかしら……と思いまして」

「ありがとうございます。この上なく光栄です！」

「困っている生徒がいれば、それを導くのが照星の務め。気になさらないで下さい。それよりも、練習や演奏についての詳しい事をお聞きしたいのですが」

「は、はい！　ただいま……！」

部員達のざわめき止まぬ中、部長と副部長はバタバタと慌ただしく準備を始める。

「……何も隠れなくても、堂々と見学を申し出ればいいのでは？」

「ダメですわ！　わたくしは、素の『お姉さま』としての密さんを見たいのです」

その頃、聖堂の外では壁に張りついている織女と、それを呆れたように眺める美玲衣の姿があった。とても一般生徒たちには見せられないが、聖歌部員以外にこの周辺に用事のある生徒がいないのは救いだった。

「それにしても、織女さんには色々と驚かされます。夏休みの騒動もそうでしたが、そもそも去年まではそんな性格をしていなかったと思うのですが」

「そうでしょうか。表に出していなかっただけで、わたくし自身は以前からさして変わってはいないと思いますよ？」

「……表に出していなかったというなら、それは今までと違うということなのでは」

「あら、そうかも知れませんわね」

朗らかに笑う織女に、美玲衣は腰砕けになる。

「そういう意味では、わたくしは密さんに感謝するべきなのかも」

「その、何でもかんでも密さんのお陰というのは、さすがに正直いかがなものかと……」

美玲衣が驚かされるのは、そんな織女の密に対する入れ込みようだ。美玲衣にしても、密のことは好きだし評価もしているけれど、それにしたってその心酔の仕方は度が過ぎていると感じられた。

そんな織女の様子は、まるで白馬の王子を恋い慕う、乙女のようだったから。

「だって、密さんは他の誰にも出来ないことをして下さいましたから」

「……それは？」

織女はお聖堂の窓に張りついたままで、美玲衣に密との思い出を語ってくれた。

「密さんはとても果敢な方ですわ――わたくしを『姫』として扱おうとする周囲の空気を理解してもなお、わたくしと対等の目線に、そして対等の立場へと立って下さったのですから」

それは、美玲衣が勝手にこうだと思い込んでいた、織女のイメージを破壊するのに十分な威力を持った言葉だった。

「…………」

美玲衣には返す言葉もなかった。みんなが現実の織女という存在を直視せずに『姫』という正体不明の存在として扱っているということ――それはつまり、敵対していた美玲衣ですら、織女自身のことをちゃんと見ては来なかったのだということを、間接的に、そして否応なく気付かされてしまったからだった。

「実はわたくし、美玲衣さんにもそんな理解を期待していたかも知れません。貴女がわたくしを嫌う様子は、周囲に絶望しがちだったわたくしにとても近しいものを感じていましたから」

「織女さん……」

よりによって、今、自分にそんな言葉を掛けるのか――そんな絶望感が、美玲衣に襲いかかってくるけれど。

「それも、こうして叶いましたからね。照星としても、キミリア館の皆さんたちともですが、やはり関わり合わなければ互いを知ることなど出来はしないのです」

「……そう、ですね」

どうして、密にはそんなことが出来たのだろう。

外部からの転入生で、この学院の持つ衒《てら》いに惑わされなかったから？

いや、それなら年数は違っていても、同じ中途編入だった美玲衣にだってその機会はあったはず。しかしそんなことにはならなかったではないか。

――解らなかった、美玲衣には。

「憎むにしても、ちゃんと相手のことが見えていなくてはいけない、ですか」

「無茶を云うなという話でしょう、それは。きっと、わたくしにも美玲衣さんのことがちゃんと見えていなかった。そういうことなのだと思いますね」

ようやく絞り出した一言に、まるでかぶせるように平然と、織女はそんな優しい答を重ねてくるではないか。

敵わない。美玲衣は心の中で肩をすくめていた。

「……どうでしょう、こんな感じかしら」

オルガンはピアノと違って、誰が弾いても同じ音という訳にはいかない。

云ってみれば、シンセサイザーの元祖みたいなもので、ただ弾くだけでは他の人と同じ音色になることはない。調整次第で全く異なる音色になってしまうのだ。

「合唱の妨げになっていなければいいのですが。さすがに、いきなり最適な調整をするという訳にも行かなくて」

「そんな、十分有り難いです。恋水《れみ》も……いえ、入院してる子も、演奏を始めた頃は大分手間取っていましたから、それに較べれば」

密の苦笑交じりの質問に、副部長の美宙《みそら》は首を横に振って感謝を伝える。

「そう云って貰えると有り難いですね。恋水さんと云うのね……その方、重い病気で入院されているのかしら」

「あ、えっと……何か腎臓の病気とかで、まだ手術前の筈ですから、今は普通にしているかと思うのですが」

「そう。それなら、入院先を教えて貰っても？　出来るだけ同じ音を出せた方が良いでしょうし、少し音色の調整について話を伺えればと思うのだけれど」

「それでしたら、週末お見舞いに行こうと思っていたので、その時に紹介します」

「ありがとう。そういうことであれば、その場にご一緒させて下さい」

「承知しました。ふふっ、でも恋水、薔薇の宮さまを連れて行ったらきっと腰を抜かしちゃうんじゃないかって思いますけれど」

副部長の美宙は、ちょっと悪戯っぽくそう云って笑う。不思議と、それは聖歌部というイメージからは少しかけ離れた印象だなと、密はそんな風に思えた。

「薔薇の宮、練習の方はいかがですか」

「百合の宮さま!?　まあ、鈴蘭の宮さままで！」

そこへ、外でこっそりと練習を眺めていた二人が聖堂を訪れて、中は黄色い歓声で溢れかえったのだった……。

「驚きました。二人とも事前には何も云っていなかったでしょう？　どうして急に」

聖歌部の練習を終えて、三人は象牙の塔に戻る。

「織女さんが、急に密さんのオルガン演奏が見たいと云い出したのです」

笑いを堪えながら美玲衣がそう云うと、織女が顔を朱くした。

「み、美玲衣さんも反対なさらなかったではありませんか……！　わたくしだけの所為にするのはずるいですわ」

ぷくっと頬をふくらませる織女に、密と美玲衣は微笑《わら》ってしまう。

「そうですね。確かに私もいささか興味があったのは事実ですから……それにしても、織女さんはまるで密さんを信奉しかねない勢いですが、今なら先日の投書にも回答が出来るのではありませんか」

美玲衣にそう云われて、織女は困惑した。

「密さんへの恋愛感情ということですか？　もしそうだとするならば、きっとこれは単にわたくしの幼さから引き起こされた感情なのではないでしょうか。投書の主からすれば、わたくしの心の動きなどきっと児戯のようなものでしょう」

「そこは冷静なのですね、織女さん」

「というか、ここ数日密さんと一緒に恋愛小説をたしなんで来ましたが、わたくしの感情はその深みに辿り着いていないと云いますか……喩えるなら、母鳥にエサを与えられて興奮して羽ばたいている雛鳥のようなものです」

初めて出来た友人というものに対して舞い上がっているだけ――織女としては、そう云いたいのだろう。なるほど、と美玲衣は思った。

（ならば、私の密さんに対する妙な緊張感というか……この不可思議な感覚は一体何なのだろ

うか）

織女の明晰な自己分析を聞いて、ふと美玲衣はそんなことを思う。自分にこそ、感情についての学習が必要なのではないだろうか、なんて。

「……美玲衣さん、どうかなさいましたか」

「っ！　い、いえ……！　ちょっと考えごとでぼーっとしていました」

密に顔を覗き込まれて、美玲衣は顔を朱くした。まるで、何かを見透かされたような気分に陥ってしまう。

「けれど、そろそろ再考してみるのも面白いかも知れませんね。あの投書」

「そ、そうですね。ちょっと自信はありませんが、いつまでも放置しておくのもどうかと思いますし……」

放置していても、解決にはつながらない。それは三人とも解ってはいるのだが……。

「あ、三人ともおかえりー」

象牙の間に戻ると、茉理がヴァイオリンの練習をしていた。

「ご機嫌よう茉理さん。頑張っていますね」

その音色を聴くたび、茉理の腕は少しずつだが、確かに戻って来ていることがわかる。

「さて」

密は投書をファイリングしたバインダーを棚から引き抜き、一番最後のページを開く。

『ずっと以前から一緒だった友人に、都合でしばらく逢えなくなってしまったのですが、不思議と寂しくて仕方がありません』

　投書に認《したた》められた、可愛らしい文字。けれども、その筆跡は文の終わりに向かって、迷いと不安を感じさせるように揺れ、乱れていく。

「……なるほど。こうして文字を見ると、相談者さんの感情が見て取れますね」

　織女がつぶやく。前回はあやめが代読していて、書面自体は見ていなかった。こうして改めて自分たちの目で読むと……相談者の心情がそれなりに見えてくる。

「そうですね。書いているうちに、自分の感情が昂ってしまったのでしょうが……」

　美玲衣も同意する。

「昂りだけではないのでしょうね。違和感、戸惑い、不安……」

　正直、相談されたのでなければ、窺うことすら僭越な感情だけど――そう、密は思っていたが。

「……何でしょう？　少し違和感があるのは」

　そこで密がつぶやいた。文章そのものがおかしい訳ではない。しかし、見えているものに何か気になる部分がある。

「違和感、ですか？」

　密の言葉に、織女も美玲衣も、いつの間にか演奏の手を止めて輪に入った茉理までもが、バインダーを覗き込んでいた。

「わたくしには、特に……」

「そうですね。私にも筆跡の乱れ以外におかしなところは」

そんな中、密の頭の中で『都合でしばらく逢えなくなってしまった』というフレーズが思い浮かんだ。確かに投書にもその一文が書かれているが、何故それが気になるのか……。

「あっ」

そこで密は気が付いた。当の投書それ自体にではない――その隣にファイリングされている、別の投書に記された一文だった。

『オルガンを担当している部員が、病気でしばらく入院することになってしまい、困っております』

類似のフレーズが目に留まった。最初はそれだけだったけれど、一度目に留まると、その違和感の正体が鮮明になってくる。

「密さん……？」

「……この二つの投書、同じ人間が書いたものなのではないでしょうか」

「「えっ⁉」」

織女はバインダーから二つの投書を引き抜くと、テーブルの上にそれを並べた。

「……確かに、云われてみると同じ筆跡に見えてきますね」

『都合でしばらく』『病気でしばらく』――並べてみると、確かにその『しばらく』という平仮名の書き口は同一人物の手によるものと思えてくる。

「ほんとだー、密さんすっごーい！」

茉理は感嘆の声を上げるけれど、織女たちは真剣な表情で二つの投書を食い入るように見詰めていた。

「質問の内容が漠然とし過ぎているということが、ずっと引っかかっていたのですが……その理由が、これで解ったような気がしますね」

美玲衣のつぶやきに、織女も肯く。

「なるほど。まず先に聖歌部からの陳情を書いてから……おそらく発作的に、二枚目の投書を書いてしまった。だから、この質問には具体性が欠けているのです」

「そうですね。初めからこの質問だけをするつもりなら、もっと具体性のある内容になっていたはず……つまり、これは衝動から書かれたものということなんですね」

――そうなると、投書の主は聖歌部の副部長の美宙で、その相手は入院中のオルガン奏者である恋水ということになる。

「これは悩みの解決を乞う為に書かれたものではない――ということですね」

「ああ、確かに。そうなるでしょうね……」

美玲衣の推論に密も同意する。これは恐らく、逼塞《ひっそく》してしまって出口のない、そんな感情を吐露する手段として使われた投書ということになるのだろう。

「恋か、友情か。そして現状維持なのか、リスクを取って前に進むのか――私たちに返すことの出来る回答というのは、どちらかに背中を押すかくらいということですわね。同時に、そんなものは求められていないという意味でもありますが」

「織女さん……そうですね、確かに」

美玲衣も織女の言葉に理解を示す。

「恋愛とは相手のあるもので、その意味では相手が異性か同性かということそれ自体には意味がない……目があるなら押せばいいし、目がないなら引くしかない」

「『彼を知り、己を知れば百戦危うからず』ですか」

「そうですね。そしてそれを決めるべきは、いつでも相手のことを一番よく知っている、作戦を実行する本人ですから……」

「……何とも味気ない結論ですが、確かにそれが妥当――でしょうか」

織女と美玲衣の総括に、密も同意することしか出来なかった。最後の決断は、最も材料を持っている人間によって行われるのが、一番勝率が高いはずなのだから。


「なるほど。結局そういう結論になったのですね」

――夜。任務報告のついでに、密は鏡子と投書の話題になった。

「あれだけ鏡子さんに絞られたのに、辿り着いた結論は平凡極まりないものになってしまいましたけれど……」

密は苦笑するけれど、鏡子は首を横に振った。

「いいのではありませんか。アドヴァイスに必要なのは現実感覚と想像力だと云いますから。お二人は恋愛小説によって想像力を手に入れたのです。故にこその結論なのでは」

「なるほど。この当たり前の結論を手に入れるための想像力が、そもそも僕たちには欠けていた……確かにそうかも知れません」

時に遠回りは必要なのだ、そう鏡子は無表情のままでつぶやいた。

「それにしても、いま知るべき情報ではなかったかも……とは、ちょっと思ったのですが」

週末にはその美宙と一緒に、オルガン奏者の恋水に逢いに行くという約束をしている密だ。余計なフィルタを通して見るのは、彼女たちにも失礼なことだろう。

「ま、密さんのスルー力に期待、というところでしょうか」

「ええと……まあ、努力してみます」

期待もしてはいなかったが、鏡子からはカケラほどの同情も得られなくて、がっくりと肩を落とす密だった。


「……早く来過ぎたでしょうか。少し、本屋にでも寄ろうかしら」

そんな訳で週末――密は恋水に面会するため、美宙との待ち合わせ場所に赴いたのだけれど、生来の几帳面さで思ったよりも大分早く着いてしまった。

「恋愛小説は、しばらくお腹いっぱい……ですかね」

書店に足を踏み入れて、のんびりと小説の棚の前を歩いていると、先日の『特訓』が思い出されて、つい苦笑いが浮かんでしまう。

「密さんではありませんか。ふふっ、私たちはよほど本棚に縁があるのでしょうか……それにしても、街中で逢うなんて珍しいですね」

「ご機嫌よう。美玲衣さんこそ、今日はどうして？」

そこには何故か、先客として美玲衣の姿があった。

「家にいてもすることがなかったので、午前中茉理の練習に付き合っていたのです。ついでに二人で昼食を摂って、さっき別れたところなのですが」

「そうですか……あ、それならば」

密は美玲衣に、これから自分にも付き合って貰えないか、とお願いをした。

「実はこれから、聖歌部の子たちと逢うのですが……少し腰が引けていまして」

「ああ、なるほど……」

先日、照星三人で投書への回答は返さないと決めたばかりだ。美玲衣も密の逢いに行きにくいという気持ちを理解したのだろう。

「承知しました。お付き合いしましょうか……実は、少しだけ逢ってみたいという好奇心も、なかった訳ではないので」

「まあ」

「野次馬根性なのは織女さんだけではない……と云うところでしょうか」

美玲衣がそう云って微笑《わら》う。もしかしたら、密の心胆を安らげるつもりでわざとそう振る舞ってくれているのかも知れない。密にはそんな風に思えた。

「あ、薔薇の宮さま。ありがとうございます、ご足労を頂いて……って、鈴蘭の宮さま⁉」

待ち合わせ場所に赴くと、美宙が二人を見て声を上げた。予定外の学内有名人が一人増えているのだから、これは仕方のないところだろう。

「ご機嫌よう。その、ここは学院ではありませんから、密でいいですよ」

「そ、そうですよね……え、えっと、密さま、美玲衣さま」

「ごめんなさい。私はさっき、偶然に密さんと逢ったものですから」

学院の中では別に何でもない挨拶も、ひとたび外に出ればやはり異端というか、奇異の目が向けられる。

「え、今の聞いた？　なんか厨二病みたいな呼び方してたよ？」

「知らないの？　あの坂の上にある女学院、ああいう風に呼び合うんだよ」

（あぁ、奇異の目どころか、思いっきり話のネタにされてる……！）

周囲の目が痛いけれど、ここで窗たちがくじけては美宙の立場が失くなってしまう。

「す、すみません窗さま……」

「ふふっ、そこは仕方がありませんからね。さ、行きましょうか」

「は、はい……」

美宙が気にしないようにと気遣いつつ、窗は病院へと案内してもらうことにした。


「恋水、調子はどう？」

病室に到着するなり、美宙はフランクに声をかけて中に入っていく。ベッドには、綺麗に前髪を切り揃えた、やや儚げな雰囲気の少女の姿があった。

「ああ、美宙ちゃん、いらっしゃ……って、ば、薔薇の宮さま⁉　鈴蘭の宮さままでっ⁉」

返事をしかけた恋水だったけれど、続いて入ってくる窗たちの姿を見て絶句する。

「ご機嫌よう。突然お邪魔してしまって、ごめんなさいね」

「い、いえっ、そ、そんな滅相もございません……み、みみ美宙ちゃんっ、ど、どういうことなの⁉」

「あー、ええとね、話すとちょっと長くなるんだけれど……」

美宙は頭をかきながら、手短かに密が恋水のピンチヒッターに来てくれたのだということを説明した。

「そうだったんだね。あの、お初にお目に掛かります、玖城《くじょう》恋水と申します」

恋水は、ゆっくりと頭を下げる。病室にいるからかも知れないが、いかにも身体が弱そうな線の細さがある深窓の令嬢という印象の女生徒だった。

「そうですか。まさか薔薇の宮さまがお手伝いして下さるなんて……ふふっ、もう私は要らないんじゃないかな」

「もう、すぐそういうこと云うんだから……」

「借り受けた楽譜を拝見する限り、とてもそういう風には思えませんね。これだけ丁寧にあのオルガンを知悉《ちしつ》しているのは、恐らく恋水さんだけでしょう」

「い、いえっ、そんな……光栄です……」

実際、恋水から借り受けた楽譜には大量のメモ書きがあり、時には譜面の中にまで、室内の残響に対して有効な音の組み合わせや音色設定といったものまで細かく書き込まれていた。それが生半《なまなか》な情熱で出来る分析ではないというのは、密にも理解出来た。

「お陰でわたくしも、迷惑にならない程度の演奏は出来たのですが……それでもやはり、直接恋水さんからお訊きしたいところがあって。それで美宙さんに連れてきて貰ったのです」

「は、はい、そういうことでしたら……あの、喜んで」

そう云ってはにかんだ恋水は、少しだけ誇らしげな笑みを浮かべていた。

「では、全音《トゥッティ》の時に使ってはいけないのはここと……それからこの音色《ストップ》ということね」

「そうです。はぁ……流石ですね、密お姉さまは」

それからしばらくは、密と恋水の打ち合わせが続いた――それなりの規模を持つパイプオルガンなのに現物を前にせず、ここまで細かい説明が出来ることに密の方が驚かされる。

「ダメ。ちんぷんかんぷんだわ……二人とも話のし通しで喉が渇いたのではありませんか？　私、飲み物を買ってきます」

横でずっと聞いていた美宙だったけれど、とうとう音を上げた。

「あっ、ごめんね美宙ちゃん……」

「いいからいいから。お二人は何になさいますか」

「では珈琲でお願いしようかしら。種類は何でも構いませんから」

「それなら私も一緒に行きましょうか。清算の手間が省けますし」

「承知しました。じゃあ、行きましょう」

美宙は、小さなはにかみを残すと病室から飛び出して行く。美玲衣も後を追って出て行った。

「……また、やっちゃった」

美宙が出ていくと、恋水は小さな溜息を落とす。

「……また？」

「その……私、オルガンのことになると周りが見えなくなっちゃって……こんな風にお話が出来る方、今までいらっしゃらなかったから、つい嬉しくなってしまって。美宙ちゃん、いつも付き合ってくれるんですけど……最終的に置き去りにしちゃうから。その、申し訳ないなって思うんです」

これだけ特殊な楽器になってしまうと、演奏する人間しか興味の持てない部分がどうしても大きくなるのは無理からぬことだ。仕方のないところではあるのだろう。

「そういう時、美宙ちゃんがちょっと寂しそうな表情《かお》をしている時があって……私、それがちょっと苦しい時があるんです」

面白いのは、恋水の紡ぐ言葉が、美宙の書いた投書とそっくりだ、ということだった。

「それでも、二人はいいお友だち同士なのでしょう。美宙さんの寂しそうな顔というのはきっと、自分が貴女の趣味を理解《わか》ってあげられない——そういう辛さの現れなのではないかしら」

「そうでしょうか……そうだと、いいんですけど」

密の言葉に恋水は顔を赤らめる。その様子に、不思議と密まで胸が苦しくなった。

「ふう……」

ガコン、と音を立てて、自動販売機からジュースが転がり出てくる。

「ちょっと疲れた感じかしら」

隣で同じように缶珈琲を買っていた美玲衣は、美宙の溜め息を見逃さなかった。

「あっ、いえ……まあ、そうでしょうか」

「ふふっ、あんなに専門用語だらけでは、聞いていても解らないものね」

二人それぞれ缶とペットボトルを抱えると、のんびりと病室へと引き返す。

「そうですね。でも、恋水もすごく楽しそうだし……密さまには感謝です」

微笑を浮かべる美宙だったが、それでも美玲衣には、その表情は寂しそうなものに思えた。

「本当は、美宙さんが話に付き合ってあげたい、という感じかしら」

「あはは、そう出来ればよかったんですけど。私の頭だとちょっと」

おどける美宙は、苦笑いしながら続ける。

「あの子を聖歌部に引っ張り込んで、オルガンの演奏を頼んだのは私なんです。でもまさか、あんなに夢中になるなんて思っていなかったんですけど」

「なるほど。薬をあげたら、薬が効き過ぎて中毒になってしまったのね」

「そんな感じでしょうか。私としては、一緒に……いえ、そうですね」

美玲衣には、美宙が『一緒にいられればそれで良かったのに』と、そう云い掛けたのではないか、そんな風に思えたのだった。


「今日はいろいろと本当にありがとうございました、恋水さん」

「いいえ、こちらこそありがとうございました。密お姉さま。美玲衣お姉さまも」

結局、密はその後も、恋水とオルガンの話をした——必要なことだというのもあったけれど、恋水にとって、そんな話が出来る相手が貴重だというのも大きかったのだろう。

美宙と病院の外に出ると、空はすっかりと夕暮れの色に染まってしまっていた。

「良かったのですか？　美宙さんまで一緒に病室を出て来てしまって」

「ええ。恋水も話し疲れたと思いますし……」

ほとんど話に加わらなかった美宙も、密たちと一緒に見舞いを辞してしまった。

病室を出る時、恋水が申し訳なさそうな表情を美宙に向けていたのが、密たちも気になってはいたのだけれど。

「今日はありがとうございました」

頭を下げる美宙に、けれど気にしていない風を装っている彼女もまた、顔に少し寂しさを滲ませている……密にはそんな風に見えていた。

だが、それは自分が勝手にフィルタを掛けて思い描いた妄想かも知れない。そうも思ったのだけれど。

「……美宙さん、ちょっとよろしいでしょうか」

「は、はい。何でしょうか」

そんな密の気持ちを見透かしたかのように、美宙に声を掛けたのは美玲衣だった。

「先日の聖歌部からの投書、美宙さんが書かれたものだと思うのですが」

「えっ？　はい、そうですが……」

「その日、一緒に一通、違う投書が入っていました。その筆跡が良く似ていたから、もしかしたら同じ人が書いたのかもと、そう、思ったのですが」

「え……あ……！」

——美宙が、驚きに手で口を覆って。それで、密も確信したのだった。

「……ごめんなさい。困らせてしまいましたね。直接聞いたのはルール違反でした」

直後、美宙は泣き出してしまい——取り敢えず、密たちは彼女を近くの公園で休ませた。

「っく……いえ、私の方こそ……」

美宙自身にも、どうにも止められない、という感じのようだったので、密たちもただ彼女が泣き止むのを待った。

「美玲衣さまに云われて、やっと自分の気持ちに気が付きました……あの投書は、自分でもどうして書いてしまったのか、良く解っていなかったから」

誰にも云えない気持ちをどうにか発散したくて、無意識に——ということだったのだろう。

それなら、求める回答が具体性を欠いていたのも納得出来る。

「——私と恋水、幼なじみなんです」

やがて、ぽつりぽつりと、美宙は密たちに二人のあらましを語り始めた。

熱心に練習するうち、やがて聖歌部だけではなく、恋水は日曜のミサなどでも演奏するようになっていった。けれどその分、美宙と恋水が一緒にいる時間は減っていく。

「オルガンに恋水を取られたような気持ちになってしまったんです……何とも勝手で、恥ずかしいですよね。私が恋水を誘ったのに」

そんな時突然、恋水が手術をするという話が舞い込んで来た。

先天的な腎臓の病気で、腎臓の位置がずれており、そのまま放置しておくと命の危険があるかもしれない——そう、恋水には告げられた。

「そんな大した手術じゃないから、とは云われたんですけど……ずっと小さな頃から一緒にいたのに、そんな病気を抱えていたなんて報されていなかったから」

気持ちを吐き出しながら、改めて自分の中の欲望を知ったのだろう。美宙の瞳に、また涙が浮かび始めていた。

「なんで教えてくれなかったのかなって。恋水は私のことなんてどうでもいいのかなって……そんなこと、あの子に限ってある筈がないのに。でも、どうしてもそんなことを考えてしまうんです。そんな私が、嫌でたまらなくて……！」

「美宙さん……」

美宙の、胸の奥から絞り出すような告白を、ただ黙って受け止めていたけれど、やがてゆっくりと、密は口を開いた。

「互いが、互いをどう思っているのかというのは、とても難しいことだと思います」

「密さま……」

密も、美宙の話を聞きながら、自分のことを思い返していた。

母親の知己というだけの関係である大輔や幸敬に養育されてきた密には、心の中にいつも疑念が存在していた。何故、二人はそこまでしてくれるのだろうかと。

幸敬に母親に似てきたと云われる度に、密は自分の髪を切れなくなった——似ていた方が、幸敬が喜ぶのではないか、そんな呪いに、密もまた支配されてしまっていた。

「表に見えている事柄だけで、人の気持ちを決めつけることは出来ないわ」

密が重ねる言葉は、また彼自身に云い聞かせる意味があるのかも知れない。

「恋水さんが美宙さんに病気を告げなかった理由は、恋水さんにしか解らないということね。心配させたくなくて黙っていたのかも知れない。もしかしたら、恋水さん自身が普段は病気のことを忘れていたのかも知れないわね」

普段、身体が弱いというだけで目立った症状の出ない先天性の病気だというならば、それはあり得ることだろう。

「そうですね。それなら、いいんですけど……」

こんな分析一つで美宙の気が霽《は》れるとは思っていない。けれど、必要なのは可能性を示すことだ。そう考えて密は続けた。

「いずれにせよ、答は二人の間にしかないもの。だから、ここは思い切って聞いてしまってもいいのではないかしら」

「……そう、ですけど」

「やはり、怖い――ですか」

美玲衣の問いに美宙が肯く。密も理解した。美宙の抱えている恋愛感情が恋水に知られることと、それそのものを恐れているのだということを。

「今日はありがとうございました。ちょっとだけ、すっきりしたような気がします」

「ご機嫌よう、気を付けて帰って」

美宙はわずかな微笑みを添えて会釈すると、足早にこの場から去った。

「……彼女の笑顔が本当に晴れるのは、恐らくどんな形であれ、恋水さんに対しての想いが実った時だけ、なのでしょうね」

「美玲衣さん……そうですね」

密は、美玲衣からそんな言葉を聞くとは思っていなかったので驚いていた。

「まさか、美玲衣さんがあんなに突っ込んだ話をするとは思っていませんでした」

照星三人の中では、一番冷静に今回の件に携わっていたように見えていたのだが。

「そうですね。今でもそのつもりと云いますか——けれど、とにかく一人で抱え込むのだけは良くないと、そう思ったものですから」

「確かに。けれど、わたくしとしてはそこまで二人の関係性に確信があった訳ではなかったのですが。美玲衣さんはどうして？」

「——美宙さんは、恋水さんに飲み物の注文を聞きませんでしたから」

それなのに、恋水は美宙が買ってきた飲み物を嬉しそうに受け取っていた。友人同士といっても、なかなかそこまでになれるものではない。美玲衣はそう考えた。

「なるほど……」

密は、美玲衣という人間の冷静な分析力に、改めて驚かされていた。

「本当に、今日は付き合わせてしまって申し訳ありませんでした」

「いえ、正直私も、かなり興味津々でしたから……」

二人も公園を出る。夕暮れの街を、のんびりと駅に向かって歩いて行く。

「結局、当事者の心の問題です。そこを私たちがどうこう出来る訳ではありませんが……見えているのが答という訳でもないのに、人の心とは面倒なものです」

「わたくしたちから見て、一抹のもどかしさを感じるのも事実ですからね」

あんなに仲のいい二人なのに、というのは、密たちが揃って感じたことなのだろう。

しかしだからこそ、友情の垣根を跳び越えてしまったら、その関係が壊れるかも知れない
――そういう怖れも、また強いということだ。

「ギリギリ飛び越えられる可能性のある谷間があって、向こう岸に天国があって、崖の下には地獄が拡がっている。そういう苦しさなのでしょうけれど」

密のそんな喩え方に、美玲衣が肩をすくめる。

「ふふっ……損得という意味では、非常に穿った喩えだと思いますが、ややえげつないかとも思えますね」

「確かに。これだとまるで、自分一人の力に頼っているようで……あっ」

そこで何かに気付いたのか、密は途中で言葉を途切れさせる。

「そう、ですよね。これは相手のいる話で……」

「密さん……？」

美玲衣は、その密のつぶやきの意味は理解したが、意図は解らなかった。

「わざわざお送り頂いてすみませんでした、密さん」

「いえ、偶然逢ったところを、半ば無理やり付き合わせてしまいましたから……」

密は美玲衣を駅まで送った。ここから引き返して寮へと戻るのだろう。

「今日はありがとうございました。では、これで失礼しますね」

「ええ、ご機嫌よう」

にこやかに一礼して、踵を返して街の雑踏に消えていく密——けれど。

美玲衣の心の中では、何かが引っ掛かっていた。具体的に言葉には出来ない何かが。

「不思議な人です。密さんという人は……」

気が付くと、美玲衣の頬は朱くなっていたけれど。

彼女は気付かなかった。いや、心の中で起きている事象を区別出来ていなかった。色々と考えることの多い一日だったからだろう。

この心の中にあるもやもやは、美宙たちの一件のせいなのか、それとも。

密に起因するものであったのか、というそのことを——。


「ごちそうさまでした」

その晩、密は夕食を済ませると、珍しくそのまま席を立って自室に引き取った。

「……密さん、何だか元気がありませんでしたわね」

「そうですね……」

残された食堂では、織女や花たちが密の暗い顔を心配していた。

「鏡子さんは、何か聞いていらっしゃいませんか？」

「心当たりはありませんね」

心配ではあるが、それを密に直接聞くのもどこか憚られる……そんな感じの暗い顔だった。

(さて、今度はいったい何を悩んでるのでしょうね、あの人は)

落ち込んでもいいが、任務としてはそれを顔には出さないで欲しいものだけれど——鏡子は、心の中でそんなことを考えていた。

一方、早々に部屋へと戻って来た密はと云えば。

「天国にも行かない、地獄にも落ちないパズルのピース……多分それは」

少し思い詰めた表情で、スマートフォンにメールの文章をしたためていた。

「……これで、いいかな」

したためた文面を見直して、瑕疵がないのを確かめると――少しだけ指を戸惑わせたあとで、送信ボタンにタッチした。

メールの送信先は恋水だった。オルガンの演奏で判らないことがあった時のためにと、アドレスを交換していた。昼にしたいくつかの話の確認と一緒に、ひとつだけ質問をしたためて。

恋水が質問の意味を正確に理解したなら、恐らく返事はすぐには来ないだろう。

「……密さん、よろしいですか？」

そこへ、扉がノックされる。声の主は織女のようだ。

「密さん、何やら元気が無いようにお見受けしましたが……大丈夫ですか？」

密が招き入れると、心配そうな顔で織女はそう尋ねてくる。

「え、ああ……すみませんでした。心配させてしまいましたね。ちょっと気掛かりなことがあって。ですが、わたくし自身のことではありませんから」

少しおどけた感じを加味して笑うと、織女がそれでようやく胸を撫で下ろす。密は、潜入者としての未熟を心の中で恥じていた。

「ちなみに、その心配事というのはもしかして……先日の聖歌部の件ですか」

「ええ。よくお判りになりますね。ね、織女さん、大きな物事を決断をする時の気持ちって、どんな感じなのでしょうか」

急にそんなことを聞かれて、驚く織女だったけれど。

「それは、明日香さんを援助しようと決めた時の気持ち——ということですの？」

「はい。ああいった体験をされているから、織女さんに伺うのがと思ったのですが」

一学期に、織女は親の都合で退学する女生徒に対して、思い切った援助の手を差し伸べたことがあった。密のその問いが、先日の相談者が行うであろう決断に関連した話題なのだろうというのは想像がついた。

「そうですわね……」

織女は少し考えてから答えた。

「自分の決断という意味でなら、もちろん色々考えました。お父さまにどう思われるかとか、もし上手く行かなかったらとか——しかし最終的に、失敗は考えるだけ無駄だと、そう吹っ切れなければ、いずれにせよ思い切った決断は出来なかっただろうとは思います」

「吹っ切れる、ですか」

「上手く云えないのですが、失敗を怖れるという行為それ自体には、事前の準備に対して慎重になれる程度の効果しかないと云いますか……いざ動き出してみると、行動を邪魔する存在でしかないのです。判断を鈍らせますし、つい及び腰になってしまいますからね」

「なるほど……」

「総てに正解する必要はないのです。一口に成功や失敗と云ってしまうと、一か八かというギャンブルのような感覚を持つと思うのですが、実際にはそうではありません。限定的な成功、部分的な失敗と云った様々な結果があるものです。試験と一緒で、百点もあれば七十点もあるのです。百点以外は必ず零点ということではない」

そう云われて、密も目が覚めるような気分を味わっていた。なるほどそう云われてみると、確かに成功の逆は失敗だけではないのだと思えて来る。

「わたくしたちには、まず事を為すことが求められるのだと思います——結局のところ、若さというのは失敗の積み重ねで前に進むものですし、それに耐える回復力があるのだと思います」

「回復力、ですか……」

「お父さまを見ていて思うのですが、何をするにもそつが無くて——ですがきっと、わたくしが知らない、もっと地位が低く若かった頃には、色々やらかしたことでしょうね。それは実際に『やらかした』わたくしが、身を以て知ったことなのですが」

そう云って、おかしそうに織女は笑う。それは明日香に対して自分の権力をふるって思った、彼女の実感なのだろう。

「ですから、答を知ってても、知らずに済ませてても、いずれ後悔してしまうような場合であるならば、せめて前向きな後悔を選んでもいいのかも知れません」

「そういう考え方も出来るのですね……」

美宙は失敗ばかりを強く怖れていたけれど、その背中には後悔という現実が待っている……

織女の言葉で、密もそこに気付かされていた。恋水に告白しなかったとしても、やはり彼女の笑顔が晴れることはない——密は美玲衣の言葉を思い出していた。

「ありがとうございます、織女さん」

「お役に立てたなら嬉しいですわ。もし、投書の彼女が一歩を踏み出すようなことがあったなら、その時にはわたくしにも話を聞かせて下さい」

そう云って微笑む織女に、密は『姫』としての胆力を感じずにはいられなかった。

†

「それにしても、初手からつまずくとは、学院祭というのもなかなか大変ですね」

翌週の象牙の間。美玲衣が小さく溜息をついた……学院祭で開催するチャリティコンサート、その出演予定アーティストにトラブルが生じたということで、準備会と一緒になって善後策を協議していた。

「つまずくのがわかっているから、早い時期から始めるのです、美玲衣さん。これが終盤なら目も当てられないですから」

「織女さん、確かにその通りですね……どうかしましたか、密さん」

二人の隣でスマートフォンに目を通していた密は、不思議と顔色がよくなかった。

「はぁ……やはり、なかなか上手く行きませんよね。計画にしても、恋愛にしても」

——気が付くと、その場にいる全員の視線が、密に集中していた。

「えっ、れん……」

「あい……？」

密のような『美人』が、流し目気味に小さく艶っぽい溜め息を落としただけでも、何ごとかとギョッとする。しかもそれが、恋愛については朴念仁評価の密ともなれば。

「あっ!?　いえ……すみません。今のは間違いです、間違い」

慌てて自分の言葉を取り消すけれど、密自身、その後の会議にも身が入らないようだった。


「……美玲衣さん！」

照星会が解散し、廊下に出たところで織女が美玲衣を呼び止めた。

「百合の宮……いえ、織女さん。どうかなさったのですか」

事務的に応えようとして、けれど織女の様子を見て美玲衣もフランクに切り換えた。

「どう……と云いますか、お聞きになりましたでしょう？　先ほどの密さんのつぶやき！」

「えっ、ああ……そうですね」

密は、解散と同時に象牙の間を出た。何やら慌てているようだったけれど。

「美玲衣さんは気になりませんか、以前投書について話し合っていた時は、恋愛の『れ』の字も出なかった密さんが、あんな風に艶やかな溜息を落とすなんて……」

「なんて……？」

やたらおろおろしている織女に、美玲衣は頭をひねったけれど。

「密さんはそのっ、どっ、どなたかに恋患いをなさっているのでは……!?」

何でそうなるのだろう。織女の論理の飛躍に、美玲衣はちょっとおかしくなった。

「そうですね。聞いた言葉をそのままの意味に取るのなら」

「ですわよね⁉」

俄然喰い付いてくる。面白い、百合の宮ともあろう人が、密相手だとこうもとんちんかんなことを云ってしまうのかと……美玲衣はちょっとだけ笑いをこらえていた。

「ふふっ、いえまあ……取り敢えず、もう少し落ち着いてはいかがですか、百合の宮」

美玲衣に役職呼びされて、ハッと我に返ると、織女は頭を冷やしたようだ。

「あっ⁉　ええと……申し訳ありません。わ、わたくしとしたことが……」

正直、美玲衣も先ほどの密の発言は気になっていたが、織女が異様に興奮していたお陰で、逆に美玲衣自身は冷静になる事が出来ていた。

（それにしても、密さんが他人の恋愛事情にあんなに肩入れするなんて……ちょっと意外だ）

恐らく、美宙たちの問題に何か進展か、もしくはトラブルが持ち上がったのだろう。美玲衣は先日のお見舞いを思い出して、そう結論付けた。

「落ち着いて下さい。多分、先日の投書の件です。それにしても、どうして一足飛びに密さんの恋愛話になってしまうんですか」

「えっ、あっ……そっ、そうですわね！　どうして、そこに思い至らなかったのかしら」

そこで自分の勘違いに思い至って、織女は顔を真っ赤にしていた。いや、美玲衣にしても先週に偶然密と付き合っていなければ、似たような疑問は持ったかも知れない。

「先週、当事者である二人に逢っていたはずですから、恐らくここに来て、何か進展でもあったのでしょう……どうしたのですか？」

　気付けば、織女はやたらとキラキラした目で見詰めてくる。正直、そんな目で見つめられるとむず痒い気分になる美玲衣だったけれど。

「……感心していたのです。美玲衣さんはどんな状況でも冷静に判断して、怜悧な言葉を発する事が出来る……そういうところが素晴らしいと」

「こ……このくらいの推理、大した事はありません。織女さんが慌てていたので、逆に私は落ち着けただけです。それにまあ、織女さんの知らない情報もいくつか持っていますから」

　遠くにいる時は気付かなかったが、何とも心臓に悪い人だ。美玲衣は改めて、本当の織女のことを見ていなかった自分に気付かされる。

「私に心当たりがあります。よろしければ一緒に行きましょう、織女さん」

　密がわざわざ出て行くとなれば、行き先は恐らくひとつ――美玲衣はそう睨んだのだった。


「密さま、その、メール……ありがとうございました」

「いいえ。少しお節介かとは思ったのだけれど」

　密はメールの返信を受けて、恋水に逢いに病院へとやって来ていた。

　密が恋水に送ったメールの内容。それはシンプルに『どうして急に、いま手術をしようと思ったのか』というものだった。

　恋水の病気は先天性で、いつかは処置しなければならないものだが、強いて云うならば、それは今である必要もないらしい。

確かに重篤な症状を引き起こしてからでは遅いのだろうが、夢中になっている聖歌部の活動を放り出してまで何故いまなのか、というのが密には気に掛かった。

実際に恋水に逢って、そのオルガンに対する情熱を聞かされれば、余計にそこへの疑問が浮かんでくる。

だからそこに何か『意味』があるのではないか。もしそうであるなら、この質問だけで、恋水の気持ちを聞き出すことが出来るのではないだろうか――そう考えたのだった。

「機嫌を損ねて、返事が貰えないかも知れないと思っていたのだけれど……」

「そんな……むしろ、密さまが心配して下さっているのが判って、嬉しかったです、私……」

そう云って恋水は、儚げにうっすらと微笑んだ。そんな彼女の横顔を眺めながら、密はさっき届いた返信の事を思い出す。

『お判りになっているようなので告白しますが……私は、美宙ちゃんのことが好きなのです』

それは、とても短い文面だったけれど、その無機質な文字の羅列の向こうに強い想いがあるように思えて、密はこうして彼女に逢いに来たのだった。

「あの返事を見て、恋水さんが美宙さんに……その、特別な感情を抱いている事は解りましたが……ですがそれが、どうして手術の決断に繋がったのかしら」

「私、これからもずっと、美宙ちゃんの隣りにいたい。そう思ったんです……」

――恋水はぽつぽつと静かに、けれど情熱的に語り始めた。

生まれつき腎臓の位置がずれていて、元々そんなに長くは生きられないかもしれない、そう云われて育った恋水は、子どもの頃はいま以上に身体が弱かった。

みんなと同じように運動する事も出来ず、寂しく過ごしていた恋水は、ある日美宙に出逢ったのだ。教室の隅に独りぼっちで座ってるような子だった恋水を、美宙は自前の好奇心で、色々なところに引っ張り回したのだという。

「一緒に、オルガン教室に通おうって云ってくれたのも美宙ちゃんだったんです。でも自分は余り興味が湧かなかったのか、すぐに辞めてしまって……ふふっ。でも、そういうところが美宙ちゃんらしいんですけど」

そんな飽きっぽい美宙に引っ張り回されて、けれどそのお陰で、気力のなかった恋水も、色々なものに触れる事が出来たのだという。

「それに、何より、そんな移り気な美宙ちゃんが……こんな私とだけはずっと手を離さずに居てくれたんです。それが嬉しくて」

「恋水さん……」

「でも、このまま学院を卒業したら、私と美宙ちゃんを同じ場所に繋いでおけるものは何もなくなってしまうんです。こんな身体のままじゃ……だから私、この病気を克服して、これからもずっと、美宙ちゃんと一緒に居られる身体になりたいって、そう思ったんです」

真っ直ぐな瞳で語る恋水の姿はとても純真で、衒いのない彼女の言葉は、深く密の胸にも響いていたけれど。

「けど……こんな自分勝手な想いは、今さら美宙ちゃんには伝えられないです。この身体のせいで、今までも随分と迷惑を掛けてきましたから」

自分勝手——美宙からも、同じような言葉を密は聞いていた。

美宙と恋水は、よく似ているのだろう。二人とも相手のことをすごく大事に思っていて……大事だからこそ、互いに遠慮してしまう。その距離感が、密にとってはもどかしく思えるのだ。

「――どうでしょうか。こう、考えてみるのです」

密は恋水に、思いついたアイディアを、そっと彼女に耳打ちしたのだった。

「そうですか、そんなことになっていたのですね。わたくしは密さんの質問の意図がつかめていなかったのですが」

織女は、美玲衣と共に病院へ向かっていた。

「それにしても、密さんというのは不思議な人です。茉理の時も、織女さんの時もそうですが、他者を支えるということに、一体どんな価値を置いているのか」

「そこが、密さんの素晴らしいところだと思うのですが……」

うっとりと答える織女の言葉に、美玲衣も異論は無いのだが――そこに、何か引っ掛かりを感じていた。奥歯に何かが挟まったままのような感覚だった。

「あら、今のは……？」

そうこうしているうちに、後ろからセラールの制服姿の女生徒が一人、二人を追い抜き、駆けていく。

「……どうやら、想像は当たりのようですね。私たちも急ぎましょう」

駆けていく女生徒は美宙だった。やはり、密は恋水の病室にいるのだろう。

美玲衣たちも、病院に向かって足を速めた。

「どういうこと⁉　手術開始までまだしばらく掛かるって云ってたのに……！」

突然に扉が開き、美宙の悲痛な声が静かな病室に響いた。

「美宙さん、走って来られたのですか？」

「えっ……⁉　密さま？　どうしてこちらに……」

「えっとね、美宙ちゃん。私、美宙ちゃんに伝えたい事があって……」

美宙は恋水から『手術は明後日に決まった』という連絡を受けた。それを聞いた美宙は、居ても立ってもいられずに駆けつけたのだが。それがどうやら密の差し金であるらしい。

「ではわたくしは飲み物を買ってきましょう。美宙さん、ごゆっくり」

恋水に見えないように、密は美宙に小さくウィンクをすると、病室を出て行ってしまう。美宙は混乱するけれど、自分の気持ちを知っている密がしたことなのだ——そう思うと、ウィンクの意味が理解出来たのか、ぎゅっと拳に力が入った。

「びっくりさせちゃって、ごめん……でも、手術が明後日に決まったのはほんとう」

「どうして、そんな急に……」

「……あのね、考えてみたら私、ずいぶん美宙ちゃんに引っ張り回されてきたなあって」

「えっ……」

突然、恋水にそんなことを云われて、美宙は動揺した。

「オルガン教室に誘ったのだって、美宙ちゃんの方からだったのに、私を置いてすぐに辞めちゃうし……」

「うっ……そ、そうだね……」

「ふふっ……そんな事云って、自分勝手に私を振り回したのはそれだけじゃないでしょ？　美宙ちゃんってば、全然反省しないんだから」

「な、何、突然……それはその、私も悪いと思ってるんだよ……」

美宙は突然の断罪に目を白黒させる。そんな様子を、恋水は楽しそうに見詰めていた。

「密さまがね、それならたまには私が美宙ちゃんに我が儘を云ってもいいんじゃないかって云って下さって……だからその、お願いがあるの。聞いて、くれる？」

「それはまあ、今まで散々、恋水を色々引っ張り回したからね……私に、出来ることなら」

「うん……」

今度は恋水が、ぎゅっとシーツを握りしめた。

「えっとね……私、この手術が終わったら、きっと元気になれると思うの。それでね、その」

消え入るような恋水の声に、美宙は耳を傾ける。恋水は決意を固めるように、小さく息を吸って……それから真っ直ぐに、美宙のことを見詰めた。

「私が、元気になったら……ずっと、ずっと……一緒にいてくれる？」

「な……!?　いや……えぇ……？」

美宙は、その言葉を聞くと混乱した。どうして恋水がいきなりそんなことを云い出したのか――そこで、密のウィンクを思い出す。理由はそこにしかなかった。

「そうじゃないと、元気になる意味ない。うんって云ってくれないと、私、手術に失敗して、死んじゃうかも知れないよ？」

「えっ……!? そ、それは……困る……!!」

「困るの？ 困る……だけ、なの？」

思い詰めて、泣きそうな恋水の顔に胸をぎゅっとつかまれる。きっと、美宙は一生その表情を忘れないに違いない。

「ち、ちがっ……！ わ、私も……わたしも、ずっと恋水と一緒にいたい……！」

——云えた。云って、しまった。

それは、最後の堰が崩れ去った瞬間だった。

「みそら、ちゃん……！」

ぽろぽろと、恋水の双眸から涙が零れ落ちる。美宙は、そんな恋水の身体をようやく、ぎゅっと抱きしめたのだった……。


「なるほど。何というか、密さんはとてもお人好しといいますか……」

「そんな密さんを気にして、こんなところに来てしまう私たちも、まあ相当なのではないかと思いますけれど」

泣き声の漏れてくる病室の前で、織女と美玲衣は息を殺して聞き耳を立てていた。

「……こぉら」

「「ひゃっ!?」」

背後から声を掛けられて、二人は慌てて悲鳴を呑み込む——振り返ると、そこには飲み物を二つ携えた、密の姿があった。

「それで、上手く行きましたか？」

「あっ、ええ……そのようです」

慌てて、美玲衣が答えると、密は小さく苦笑いを浮かべる。

「……少し、待っていて下さい。中の二人にこの飲み物を届けてきますから」

そう云って、密は病室へと戻っていったのだった……。


「まったく、こんなところまでやって来るとは思いませんでした」

美宙を残して、密は病院を出た。きっと、もう何の問題もないだろう。

「それにしても……お二人とも、意外と下世話ですね？」

苦笑する密に云われて、織女たちは顔を真っ赤にする。

「そ、その云い様は心外ですわ……！」

「そうです。私たちは心配でやって来たのですから……いえ、まあ興味がなかったと云えば、それは嘘になるのですが」

「ふふっ、そうですか……ま、わたくしもまったく人のことは云えないのですが」

密は怒ってはいないようだ。二人の云い訳を笑いながら聞いていた。

「それで密さん、決意が必要だったのは三人のうちで、一体誰だったのですか？」

「その話は、是非私も伺いたいですね」

「それでしたら、何処か近くのお店に入りましょうか。立ち話も何ですし」

「あのっ！　でしたらあそこにしませんか！　ハンバーガーショップ！」

何故か俄然そこで織女が色めき立って、近くのお店を指差した。

「えっ、構いませんが……もしかして、織女さんは入ったことが……」

「はい、ありません。何しろずっと車で通学していましたので。ですから、ずっと気になっていたのです……！」

急に目を輝かせる織女に、密も美玲衣も、思わず笑ってしまった。

「解りました。では織女さんの初体験も兼ねて、そこにしましょうか」

「そうですね」

心が霽れたのは、きっと美宙だけではないのだろう。ハンバーガーショップに向かいながら、久し振りに密も、心の底から笑えていたのだった。

五章

「…………はぁ」

初秋に差し掛かった午後の陽射しの中――美玲衣は小さいけれど、妙に陰鬱な溜め息をひとつ落としていた。

「……美玲衣さん？　何やら妙に気鬱な感じですね」

隣で書類を検めていた織女が、そんな小さな異変に気付く。

「えっ、ああいえ……大したことではないのです」

そう応える美玲衣だったが、そこにいつもの切れはなかった。

「もう何ヶ月ご一緒していると思っているのかしら。今のわたくしにそんな嘘は通用しません。どうです？　洗いざらい白状してみませんか」

「白状って、ですから本当に何も……ああ、いえ、そうですね」

そのまま誤魔化そうとした美玲衣だったけれど、真っ直ぐ見詰めてくる、妙に自信たっぷりな織女に押し切られて、白状する気になったようだ。

「実は、父と喧嘩をしたのです」

疲れたように、美玲衣はその時の様子を語り始めたのだった……。

「この家を引き払う。月末までには引っ越すから、準備をしておけ」

突然、美玲衣の父である孝太郎が、そんなことを云い出したのだという。

「先月あたりでしょうか、ニュースで父のファンドが問題を起こしているという報せに触れた時にも、一度やり合ったのですが……破産対策かと直截に尋ねたものですから、怒らせてしまいましてね」

「そうですか……それで現実的に、お家の方は危ないのですか？」

美玲衣も直截だが、そういう意味では織女も負けていなかった。

「私からは全部が見えている訳ではないので、しかとは云えないのですが……あ、もしかして織女さんに情報が渡ったら問題になるのでしょうか」

「うちのグループとは直接関係はなかった気がしますが……まああったとしても、オフレコにして差し上げますわ」

二人はひと頻り笑ってから、話を続ける。

「正直、個人的には、そろそろ危ないのではないかと見ています」

「そうですか……しかしそれでは、引っ越してもあまり意味がなさそうですね」

「マンションの売却益を何かの足しにするつもりなのではありませんか。後はもし破産した場合に、所在を知られないための準備とか」

「れ、冷静ですね、美玲衣さんは……」

遣り取りを黙って聞いていた密だったが、そこで初めて口を開いた。

「どれだけ膨大な儲けがあろうと、所詮は山師ですから……いつこうなってもいい様に、私も準備だけはして来ていますから」

美玲衣はケロリとそう答える。どうやらこの親子の溝は子どもの頃から大分深いものであるらしいことが想像された。

「それで、もしそうなった場合でも、美玲衣さんはセラールに通えるのですか？」

「学費が既に納入済みだというのは学院の事務局に確認をしていますから、そこは問題ないかと思います」

なんてそつがない人なんだろう、そう密は舌を巻いた。

「……特に、お父さまと舌戦を繰り広げようとか、そういう気持ちはないのですね？」

「ないですね。意見を意見として伝えて、聞き入れられないならそれまでと思っていますから。父に何かを期待している訳でもないですし」

（美玲衣さんは父親に対して冷め切っているんだな……僕には、父親というものの記憶が無いから、伝わって来づらい感情だけれど）

そういう関係もあるのだなと、密は織女たちの会話を、心の中で咀嚼していた。

「なるほど……そういうことでしたら、美玲衣さんも寮にいらっしゃいませんか」

そんなことを考えていると、その横で織女が突然そんなことを云い始めた。

「えっ⁉　……何故突然そうなるのですか」

同じく面喰らったであろう美玲衣が、織女に問い返した。

「時期も不明の引っ越しに右往左往させられるよりも、寮に引っ越してきてしまえば次の家に移るのに面倒も少ないのでは……と思ったのですが。何なら、卒業までいてそのまま次の進学先へ移ってしまっても構わないでしょうし」

「ああ、なるほど。確かにそう云われると面倒がなくて良さそうですね」

織女の話を聞いて納得したのか、美玲衣は考え始める。

「ま、正直なところ、美玲衣さんが来たら面白いかと思っただけなのですが」

「そんなことだろうとは思いましたが……しかし、意外といいかも知れませんね。学院側では何か問題はあるのかしら」

「どうだったかな……特に問題はなかったと思うけど。すみれに聞いてみれば？」

寮則には詳しいはずの美海が、現寮監のすみれに丸投げする。

「……そうですね。部屋は空きがありますから可能だと思いますが」

丁度、隣の部屋からやって来たすみれに聞くと、ざっくりとした答が返ってくる。

「けれど、照星が三人揃って寮住まいというのも体裁が悪いというか……まあ、そもそも寮というのは体裁で入るものではないですが……」

そう、美玲衣は頭を抱えるけれど。

「本当にお入り用でしたら、先生方にご相談し申請書類を揃えますが、いかが致しましょう」

「……そうね。手間でないようなら、お願い出来るかしら」

「承知しました。ですが、実現の暁には是非、これは寮生だけの秘密にして下さい」

「え……ああ、そうよね。大騒ぎになりかねないもの、それは了解です」

ちなみに、密はともかく、織女が寮にいるのは秘密になっている。これも無用の騒ぎを防止するためだ。

「素敵ですわね！　美玲衣お姉さまとひとつ屋根の下なんて、まるで夢のようですわ」

すみれの妹、書記のあやめは公言して止まない美玲衣のファンだ。

「あやちゃん、う、嬉しそうね……？」

それにしても、真面目な美玲衣が織女の突拍子もない提案に乗るなんて、密にとってはそれが本当に意外だった。そんなことを考えていると、眼が合った美玲衣に苦笑されてしまう。どうも顔に出ていたようだ。

「意外、でしたか？」

「いえ、ですがそこまで即決されるとは思っていなかったものですから」

「そうですね。ちょうど私にも渡りに船と云いますか、少し思うところがありまして。ご迷惑にならなければいいのですが」

「鈴蘭の宮ならば大丈夫でしょう。そこに関して心配の必要は……いえ、逆に私たちが幻滅される可能性がありますね？」

すみれが小さく苦笑を浮かべた。美玲衣はキョトンとする。

「……会長たちが怠惰に過ごしている様子、拝見してみたい気も致しますが」

すみれの横に侍っていた深夕が、真顔でポツリとそんなことを口にする。

「副会長が一緒にだらけるなら歓迎しますよ。今度遊びに来るといいのでは」

「ふふっ、そうですね。今なら美玲衣お姉さまのそんな様子も堪能出来そうですし」

「深夕、今からだらけられないように先手を打つのはやめて頂戴」

「そういう意味合いではなかったのですが……残念です」

深夕は楽しそうにくすりと笑い、釣られてみんなが笑った。

「……また、面倒ごとが増える予感がするのです」

小さくつぶやく鏡子の言葉に、まったく同じことを考える密だった……。

「正樹美玲衣です。いつまでお世話になるかはちょっと判らないのですが、どうぞ皆さん、よろしくお願いいします」

そんな訳で週末、キミリア館には新しい住人が増えたのだった。

「何ていうかこう、照星会キミリア支部——みたいな感じになってきたな？」

「そうですね。もう七割方関係者がここにいることになりますから」

おどける美海に、密が苦笑して応えた。

「寮の細かな規則につきましては、今夜夕食の後にでも。何か判らないことがありましたら、私でも、他の誰にでも構いませんのでご質問下さい」

「承知しました。お手数をお掛けしますすね、すみれさん」

夏休みに何度も茉理と顔を出しているだけあって、入寮も穏やかに行われそうだ。

「とはいえ……僕にはまた難題ですね」

「そうですね。主に入浴時間が更に厳しくなるところでしょうか」

部屋に戻り、密は鏡子と溜め息をつく。

密は、鏡子と二人で浴場の空きを見て日々の入浴を済ませている。大概は入浴時間外——

ボイラーは止まってお湯はぬるくなるが、シャワーは使える——に入る感じなのだが、織女が増えた上に美玲衣も……となると、時間外に利用する他の生徒が増える確率が上がり、そういった生活をするのにも支障が出てくるのは目に見えていた。

「密さん、美玲衣です」

そこへ部屋の扉がノックされる。美玲衣がやって来たようだ。

「んんっ……お待ち下さい。いま開けますから」

咳払いしてしゃべり声をソプラノに戻すと、密は美玲衣を迎え入れた。

「すみません、失礼しま……ひっ⁉」

美玲衣はそこで動きが止まる。密の部屋のあまりのピンクっぷりに絶句したのだ。密は苦笑して静かにドアを閉めた。

潜入捜査にあたり、女の子らしい部屋を——ということで、会社上層部が手配したらしいのだが、これがいかにも『熟年男性の女の子はピンクが好きだという思い込み』という固定観念を具現化させたような、壮絶に乙女チックなものなのだ。

「………びっくり、しました」

しばらく放心した後、美玲衣はそうつぶやいた。

「まあ、そうですよね。わたくしも、初めて見た時には魂を抜かれましたから」

「密さんと、この可愛らしい部屋のギャップ……すさまじいですね」

密自身もやっと慣れてきたところに、そんな風に改めて自覚をさせられると、なかなかダメージが大きい。

「あっ……すみません、他人《ひと》さまの部屋なのに悪しざまに云ってしまって」

「いえ、まあわたくしも親に抗議した身の上ですから……なるべく意識しないように生活しているのですが、やはり恥ずかしいものです」

「ふふっ、そうですか……密さんをそんな風に恥ずかしがらせるなんて、そういう意味では、親御さんとこの部屋はいい仕事をしていますね」

「まあ。あまり苛めないで下さいますか」

「ふふっ、申し訳ありません」

微妙に肩が震えているのは、笑いを堪えているのだろう。まあ、誰かを楽しい気分に出来るなら、こんな部屋でも価値はあるかと、密は益体もないことを考える。

「ええと、わたくしに何かご用事が？　それとも、部屋を見物にいらしただけでしょうか」

「いえっ！　そもそもこういうお部屋だと知りませんでしたし……ええと、その」

珍しく、美玲衣が云い淀んだ。いつも直截なイメージのある彼女には珍しい。

（けど、可愛いな。恥ずかしそうにしてる美玲衣さん……）

そんなことを考えるが、密は慌ててそれを頭の中から追い出した。

「その、実は買い物に……付き合って頂きたいのですが……」

「えっ？　ええ、そういうことでしたら別に……」

（いや、ちょっと待って！）

その時点で、密の思考が停止した。嫌な予感がしたのだ……ずっと女子に扮して生活してきた蓄積が、危険信号を発している。

「あの、鏡子さん……」

横で聞いているはずの、鏡子に救いを求めようとすると、そこでポン、と肩を叩かれた——鏡子だった。

「密さん、これはダメです。明らかに貴女個人に対して助けを求められています」

(そんな……！)

鏡子に小声で耳打ちされて、密は思い切り狼狽する。

「そういうことなら、私はこれで」

「あっ、申し訳ありません鏡子さん……」

「いえ、お気になさらず」

パタン——無情にも扉は閉まり、密の退路は断たれてしまう。

「お付き合いしましょう。今すぐでいいのですか」

「あ、はい。その……急ですみません」

申し訳なさそうにしゅんとする美玲衣を見て、密も覚悟を決めた。

(どうにもならなくなったら、鏡子さん、何とかしてくれますかね……)

鏡子も恐らく、密を放り出した訳ではないはずだ。そう信じて、美玲衣と出掛ける準備をすることにした……。

「そうです、美玲衣さん。何か食べたいものはありますか」

そんな訳で、二人は秋の街へと繰り出した。街路の銀杏は、綺麗な黄色に染まっていて——

煉瓦塀の建物が多いこの辺りでは、それが不思議と異国風情を醸し出している。

「食べたいもの、ですか。何故です？」

「週末は寮母さんがいないので自炊をすることになっているのですが、みんなから頼まれて、今はわたくしが食事を用意しているのです――材料費と後片付けは負担する、という約束で」

「ふふっ、密さんの腕なら仕方ありませんね。そう云えば、夏休みに美海さんが、密さんのお作りになるハンバーグは絶品だと云っていましたね。あの時は真夏でちょっとピンと来ていませんでしたが。食欲の秋ということであれば、時期的にはピッタリな気がします」

「いいですね。では今日はハンバーグにしましょう。ついでに材料を買って帰るので、そちらにも付き合って頂ければ。よろしいでしょうか」

「もちろんです。荷物持ちも頑張ります……寮生分となると、結構な量ですよね」

「そうですね。いつも一人か二人、付いて来て貰っていますから」

本当は密一人でも大丈夫なのだが、鏡子から『無用の疑いは避けろ』と言明されているので、申し訳ないと思いつつ、毎週誰かに荷物運びをお願いしている。

「それで、美玲衣さんの買い物は？　何か、相談に悩むようなものなのですか」

こういう時は先制するに限る――そう考えて密が切り出すと、美玲衣の表情が少し硬くなって、微かに頬を朱く染める。

「密さん。その、い、一応釘を刺しておきますが、笑わないで下さいますか」

「えっ？　そうですね、前もってそう仰有るなら努力して……いえ、というかですね美玲衣さん、何か笑ってしまうようなものなのですか」

美玲衣はちょっと情けなさそうな顔になると、小さく首を傾けて苦笑いした。

「いえ、やや世間知らずの趣きがあってですね。今更こんな相談は人には出来ない、という類いのものなので……」

「なるほど……そういうことでしたら、笑わないよう努めます。あ、ですが微笑ましい、と思うくらいのことは、許して頂けると」

「そ、それが嫌なのです……まあその、密さんになら、許せるでしょうか」

（……可愛いな、美玲衣さん）

男の密としてはうっかりと頭の中でそんなことを思ってしまうけれど、これは大役だと、その裏では考えていた。数多いる寮生の中から、密なら信頼出来ると——そう、思われているということなのだから。

「実はですね、その……私、自宅では寝る前はほぼ裸で過ごしておりまして」

「はだ……っ⁉」

思わず声を上げそうになって、密はそこで踏み留まった。女子同士の話、そこにおかしなところはないのだから。けれど一瞬だけ、裸の美玲衣が浮かんでしまい、必死になって頭の中からそれを追い出した——美玲衣は整ったプロポーションと、その調和をやや崩してしまうほどの大きなおっぱいの持ち主だったたから。

「あっ、いえ……もちろん下着は着けていますよ⁉」

「そ、そうですよね。ごめんなさい、少し驚いてしまいました……」

美玲衣は誤解してくれただろうか？　平静を必死に装いながら、密は頑張って穏やかな微笑

みを作れるように試みていた。

「それでその、寝間着を……見繕って欲しいのです。寮を裸で歩き回る訳にもいきません」

「そういうことだったのですね、解りました。ですが、別にそれならみんな笑ったりはしなかったと思いますけどね」

密の言葉に、美玲衣は苦笑する。

「密さん、笑われなければいいと云う訳ではありません。こんな話は誰にも知られずに済むなら、それに越したことはありませんから。そうでしょう？」

「えっ……ああ、そうですね！　ごめんなさい、そこをすっかりと失念していました。わたくしは乙女失格ですね」

「ふふっ、もう密さんったら」

密は、申し訳なさそうに美玲衣と眼を合わせると、二人は笑い合った。


「ここ、でしょうか」

「……ああ。ここ、ですね」

美玲衣が、事前に調べていたという店の前に立つ——正直、男の密には入る前から何とも強いプレッシャーが店内から伝わってくる。出来れば、店の前に立っているのも避けたいという気持ちが湧いてくる。

——そこは、ランジェリーショップだった。

（そうだよな。男の寝間着だって、下着売り場にあるんだから）

理屈では、頭では密だって解っている。だが、それとこれとはまったく別なのだ。

「密さん……？」

「いえ、行きましょう美玲衣さん……」

しかし、今おかしな行動をする訳には行かない。密は、心の中で自分は女なんだと、強く暗示を掛けていた。

（あああ、落ち着かない……！）

にこやかに掛けられる女性店員のセールストーク、眼に強制的に飛び込んでくるカラフルなブラジャーやパンティの数々。密にとっては、明らかにセクハラ空間、拷問部屋と云って相応しかった。彼だって立派な思春期の男子なのだから。

「寝間着を見に来たのですが」

「ああ、それでしたらあちらになります」

どうにか下着のコーナーから足早に離れると、心の中で人心地をつく。

「寮では、みなさんどんな寝間着を着ているのでしょう？」

「そうですね……やはり、パジャマが一番多いでしょうか。後は大振りのＴシャツやＹシャツ一枚、という人もいますね」

「なるほど、その手もあるのですね。そこは考えていませんでした」

いいアイディアだ、という風に美玲衣が肯くが、それは出来れば勘弁して欲しい――そう密は心の中でごちていた。

美海や鏡子、あやめなどがその派閥だが、下は何も穿いていないので、密が見ないようにと努力をしても、時折どうしてもチラチラと見えてしまうのだ——少女たちのパンティが。

ちなみに、どうして鏡子までそんな恰好を、と入寮当初文句を云ったことがあるが——。

「密さんが来たからといってこれ見よがしに寝間着を変えたら、いぶかしがられる可能性もないとは云えませんからね。却下します。眼福だと思って諦めて下さい」

そう、すげなくいなされた経緯がある。

「まあですが、やはり寝やすさとしては、パジャマあたりが妥当だと思いますよ」

密としては、出来ればこれ以上、上着一枚組を増やしたくはないところだった。

「そうですよね。やはり寝るためにわざわざしつらえられているのですから、その方が寝やすいのは間違いないですよね……あ、そういえば密さんと織女さんは？」

「わ、わたくしは……ネグリジェですね。織女さんもそうです」

そう云ってマネキンが着ているネグリジェを指差した。

「ああ、なるほど。ワンピース風の寝間着ですね」

何体か並べられたマネキンの中に、ベビードールを着たものまであり、中のマネキンが透けて見えている。

「このネグリジェ、随分と生地が薄いですね。透けてしまっていますが」

「ベビードールですね。織女さんはこんな感じです」

「そ、そうなのですか⁉」

織女の場合、見せびらかすとかそういうのではなく、単純に家で着ていたものをそのまま持ち込んだだけなのだろう。だが、密にとっては目の毒だった。いつも薄らと下着のラインが見えているのだから。

「こういうのは趣味ではないですね。人様に見せびらかせるほど恵まれた体型をしている訳でもありませんし……ちなみに、ネグリジェの着心地はいかがですか？」

「楽でいいとは思うのですが……寝相が悪いと、お腹が冷えますね」

「……ふふっ、なるほど。こんなに軽い生地のワンピースですものね」

「何度も寝返りを打つようだと……うっ」

そんな話をしている瞬間、密の視界に飛び込んできた姿――鏡子だった。

店の外にから、窓越しにいつも以上に冷たい視線を密に向けて、微動だにせずこちらを見つめていた。いや、その唇がゆっくりと動いている。

「さ・す・が・変・態・は・違・い・ま・す・ね」

（くっ……鏡子さんっ……‼）

きっちり、密のサポートに就いてくれてはいるのだが……まあ、一筋縄ではいかないのを思い知らされる。

「密さん……？」

「いえ、なんでもありません。さて、どれにしましょうか」

「えっと、そうですね……」

後で何を云われることやら――密はそんなことを考えながら、美玲衣のパジャマ選びを続けるのだった。

「すみません、荷物を半分持っていただいてしまって」

「いいえ、私も買い物に付き合って頂きましたから」

結局、美玲衣はスポーティーな感じのパジャマを購入した。密の寝相の話も、決断にある程度影響を及ぼしたらしい。

「何だか楽しそうですね」

「そうですか？　ふふっ、確かにそうかもしれません」

自然な、柔らかい微笑み——それこそ、出逢った当初のような。

「織女さんが入寮を勧めた時、わたくしは正直、断るだろうと思っていました」

そんな風に思えて、密もつい突っ込んだ質問をしてしまう。

「……そうですね。私も織女さんの突拍子もない提案には、実際かなり驚かされたのですが」

美玲衣は特に機嫌を悪くするでもなく、肩をすくめて笑う。

「けれど最近は、否定する前にまず一度考えてみるようになりました……今回は、色々あって少し家を空けたかったので」

「渡りに船だった、ということですね」

「ええ。ですが確かに、以前の私なら否応なく断っていたはずです。こう、頭の上に二本の角を伸ばして……ふふっ」

云いながら、買い物袋をちょっと持ち上げると、伸ばした両手の人差し指を二本、鬼の角のようにくっつけてピコピコと動かす。そんな様子を、密はちょっと可愛いと思う。

「今、こんな風に柔軟に考えられるようになったのも、密さんのお陰ですね」

「わたくしの、ですか？　照星になったからとか、織女さんの影響とかではなく？」

キョトンとする密に、美玲衣は楽しそうに破顔する。

「ええ。確かに、織女さんの鷹揚さや、照星になったことも影響しているかとは思いますが――それでも一番の要因は、やはり密さん。貴女ですね」

「わたくしは、美玲衣さんの考え方に影響を与えるような騒ぎは起こしていない……と思うのですが」

「ふふっ、もう。騒ぎってなんですか、騒ぎって……つまりですね」

笑いを隠すことなく、美玲衣は腹を抱える。

「密さんは、最初に私を叱りつけてから――ずっと一貫して、辛抱強く私と周囲の世界との橋渡しを続けて下さっていたじゃありませんか。そうしてくれていなければ、私は鈴蘭の宮としてやっていくことも、織女さんの度量を認めることも、きっと出来ていなかったと思います」

「美玲衣さん……」

「ですから私は、まず、密さんに感謝をしているのです」

そう云われて、密もようやく、素直にその言葉を受け取ることが出来ていた。

「それなら感謝は必要ありませんよ――だって、初めて美玲衣さんに逢った時に、わたくしは本当の美玲衣さんを知っていましたからね。特に苦もありませんでした」

「そっ……」

密の言葉を聞いて、今度は逆に美玲衣が固まってしまった。

「その、そういうのはいいので……恥ずかしいですから。というか、今思い返しても恥ずかしいといいますか……」

云いながら、美玲衣の顔が真っ赤になっていく。

「……本当に、いつも密さんは落ち着いていますよね。時に腹が立つくらいです」

「残念ですが、内心では焦っていることも多いですよ。それを見せないようにと、必死に表面を取り繕っているだけですから」

それは事実だった。偽りを知られないように、いつもワンクッションを置いて対応しているから露見していないだけで、内心での密の動揺ぶりというのは日々なかなか激しいものなのだ。

「本当ですか？　では入寮している間に、密さんの化けの皮を剥いでみるのも面白いかしら」

くすくすと笑う美玲衣。もしかしたらそれはもう、最初に図書館で逢った頃の美玲衣とも異なっているのかも知れない。打ち解けたことによって近づいた距離感なのか。

「では化けの皮が剥がれないよう、しっかり猫をかぶらなくては」

感じる嬉しさに、けれどその背中に偽りへの罪悪感を募らせながら。

「そう宣言されると、余計にやる気が出てきてしまいます……あ、ですが猫をかぶった密さんというのも、なかなか可愛らしくていいかも知れませんね？」

「……何でしょう、いま少しだけ想像したくないものが浮かびましたけれど」

「ふふっ、いいじゃありませんか……」

密は、この心の奥にわだかまっているものが、不安なのか、それとも期待なのか——そもそもこの状況に何の期待があるのか。そんなことを考えずにはいられなかった。

「ご馳走さまでした。さすが密さん、ハンバーグも噂に違わぬ腕前でしたね」

その晩、美玲衣のリクエストを酌んで、秋ナスときのこのソテーを付け合わせにした和風おろしハンバーグを披露した密だったけれど、無事、寮のみんなからも高評価を獲得したようだ。

「いつも思いますが、本当に密お姉さまのお料理は素材とソースの取り合わせがとても巧みですよね」

「ファミレスの定番メニューのはずなのに、全然味が違うよね。今まで私が食べてたポン酢ってなんだったのって感じだ」

すみれや美海が口々に褒めるので、密はいつものように苦笑した。

「たまたま、ポン酢を先々週くらいから仕込んでいたので……ハンバーグをとリクエストされたので、丁度いいかなと思っただけなのです」

「「「先々週⁉」」」

「え、ええ……ポン酢って、柑橘の果汁と調味料を合わせるんですけど、味が馴染むのに二週間くらいかかるので……」

そんな密の『当たり前なポン酢の作り方』を聞かされて、寮生たちは唖然とさせられつつ、尊敬を新たにする。

「……正直、材料費だけでお願いしているのがそろそろ申し訳なくなってきましたね。わたくし達、実は毎週滅多に食べられないものを頂いているのでは……」

「そ、そうですね。ナスの苦手な私が、また食べたいと思ってしまうくらいにハマる味付けだったのですが……それも納得と云いますか」

織女も美玲衣も、どうしたものだろう、と顔を見合わせる。

「まあ、それも今更なのではないですか。密さんが問題ないと云っているのですから、そこは感謝の心を持ってありがたく作って貰うということで」

鏡子の一言に、全員苦笑しつつも肯くことしか出来ないようだ。どちらにせよ、現状以上の感謝も、材料費の上乗せも、きっと密は望まないだろうから。

「ああ、そうそう。密さんと美玲衣さんにご相談があるのです」

そこで織女が何かを思い出したらしく、自分の部屋に何かを取りに戻った。

「紅鶸祭の演《だ》し物の件、すみれさんから資料を頂いてきたので、そろそろ本格的な検討をしたいと思いまして」

戻って来た織女は、密たちに資料として一冊の本を手渡した。

「そういえば、もうそんな時期なのですね」

紅鶸祭では、奉仕会による劇を上演するのが毎年の恒例となっている。

奉仕会の中心である二年生は紅鶸祭の運営主体であり、当然この時期は忙殺されてそれどころではなく、この劇に関しては三年生、つまり照星たちが主導するのが伝統となっている。

「『十二夜』……シェイクスピアですね」

密たちも、渡された台本のページを手繰りながら精査していく。

「そっくりそのまま再演することは可能なのかしら」

「……いえ、さすがにそれは難しそうです」

　台本を手に取ってぱらぱらとめくっていた美玲衣が、ぽつりとつぶやいた。

「キャストの人数が多いし、この分量だと上演時間もかなり長く――二時間以上になるんじゃないでしょうか。かなり大がかりな劇だったようですね」

「それでは、今のわたくしたちでは再現不能ですわね」

「ええ、現状の私たちがそのまま、というのは不可能かと。かなりアレンジが必要でしょう」

「はい。そのあたりからのご検討をお願いしたいのですが――過去の資料ということで、近しい状況で上演されたのではと高を括っていたのですが」

　一緒に食堂にいたすみれが、三人にお茶を用意しながらそう話す。

「そうですね。全体の構成そのものを見直さないと難しいかしら。恐らくはシーン単位でばっさり省略して圧縮するくらいの思い切りが……」

「素晴らしいですわね、美玲衣さん」

　気付けば、台本をめくって眉根を寄せる美玲衣を、織女が目を輝かせて見詰めていた。

「……べつに感心されるほどのことでもないかと。見れば誰にでも解ることだと思いますが」

「いいえ、そんなことはありません……密さんはどうですか？」

「そうですね。わたくしもこちら方面には疎いものですから」

「はい。わたくしも解りません――けれど美玲衣さんには既に『具体的にどう見直したら良いのか』まで、もう見当が付いていらっしゃるのではありませんか」

　そう云われて美玲衣は困惑する。何となれば、それは実際にその通りだからなのだろう。

「原作は以前読んだことがありますが、これは劇の台本です。わたくしにはそんな的確なコメントをすることは出来ません——興味の方向が違うのでしょう。恐らく劇や舞台といったものについての知識量が異なるのですわ」

「いえ、私にしても、そこまで詳しい訳では……」

「ですが、わたくしたち照星の中では最も詳しい。そうでしょう?」

美玲衣に向かってにっこりと笑ってから、織女は密へ視線を向けた。

「密さんは紅鶸祭でも聖歌部の伴奏をなさるのでしたね。となると当然、そちらの練習にも時間を割く必要がある」

「ええ……毎日という訳ではありませんが、それなりには」

「ならば、この劇についてはわたくしと美玲衣さんが中心で準備するべきです」

「ええ、それは仕方のないことでしょうね」

美玲衣も、織女の言葉には異存はなかった。

「そうなると、脚本や演出といった内容面での指揮は美玲衣さんに執っていただくのが適切ではないかと思うのです。そしてわたくしがそれ以外のサポートに回る」

「織女さん……」

織女の提案に、美玲衣が驚いて目を丸くする。

「なるほど。つまり、織女さんが座長《プロデューサー》になって、美玲衣さんが監督《ディレクター》を務める、ということでしょうか」

「ええ。劇の内容以外をわたくしが面倒を見るのが実利に適っていると考えます」

我が意を得たりという感じで、織女さんが大きく肯く。

「美玲衣さんが構わないのであれば、わたくしも適材適所ではないかと思いますが」

織女と密に云われ、小さく息をひとつ吐いてから、美玲衣は肯いた。

「……解りました。では、内容面については私に預けていただくということで」

「ご負担をおかけしてすみませんが、よろしくお願いします」

「いえ、負担という訳では。私は他にやらなければならないことも特にありませんから……ただ、面白い劇になるかどうかの保証は出来ませんが」

苦笑する美玲衣に、織女は首を横に振った。

「ふふっ、気になさることはありません。そんな保証はいずれ誰にも出来ないのですから……芸事の神《ミューズ》は気まぐれ、面白さなどというものは、百人いたら百通りの基準があるものですよ」

そうあっさりと云い放って、織女は微笑んだ。

「満座の元、美玲衣さんにお任せすると今ここで決めたのです。貴女の信じるように――好き勝手にやってくだされればそれで重畳。わたくしは、そんな貴女の考えたことを実現するために全力を尽くすだけです。簡単でしょう？」

「…………」

自信満々にそう云ってのけた。美玲衣は呆気にとられたように、そんな織女を見詰める――それはきっと、織女という人物を美玲衣がまた改めて思い知ったという、そんな瞬間だったのだろう。

「それにしても、さっきの織女さんには驚きました」

食堂での話し合いからしばらく後――美玲衣の姿は密の部屋にあった。チェス盤を持って遊びに来たので、密がその勝負を受けたのだ。

美玲衣の弁では、考えごとや悩みごとがある時にチェスをすると、気持ちが落ち着くということらしい。

「ふふっ、そうですね。織女さんには時々驚かされます」

互いに駒を動かしながら、話題はついさっきの織女の話になっていた。

織女は美玲衣の見えているものが違うと云っていたが、密から見れば、それは織女も同じだった――物事を動かしていこうとする者の視点を、織女はしっかりと持っている、そう思えた。

「立場の問題なのでしょうけれど、織女さんこそ、頭の回り方が違うところがありますよね」

「そうですね。巨大企業の総領娘《あととり》なんて、私では想像もつきませんが……あの識見と構想力は、確かに立場が鍛えたものと云って良さそうです」

云いながら密の動かした駒を見て、美玲衣が盤上を睨みつける。

「これは……投了《リザイン》でしょうか」

「あら、投げるにはまだ早くありませんか？」

「次の手で密さんの城《ルーク》がここに飛び込んでくるのでしょう？　そうしたら王手《チェック》ですが、私はそれを防ぐ手がありません……先ほど女王《クィーン》を取らされた時点でもう負けが決まった感じでしたね、密さん？」

「何でしょうか」

そこで、美玲衣の頬がほんのりと朱くなる。どうやらチェスの話ではないようだ。

「……本当に、私が舞台監督でいいのでしょうか。面白く出来るという保証もないのに」

密はその言葉を聞いて笑いそうになってしまった。つまり、美玲衣がチェスを打って気持ちを落ち着けたくなるような悩み事、というのは、つまりこれなのだろう。

――やはり、美玲衣にしても不安なのだろう。

「照星三人の中では、間違いなく美玲衣さんが一番この方面での才能に長けています。そうわたくしたちが認めているのですから、成否の責任は照星――いえ、奉仕会全体で負うものです。最初から美玲衣さん個人が保証する必要などありませんよ」

「密さん……」

「面白くしよう、という努力がまず尊いと云いますか……結果として『面白くなる』ものであって、最初から『面白いと決まっているもの』なんてありはしないのです。どうでしょうか」

密にそう云われて、美玲衣も少し肩の荷が下りたのかも知れない。ほっとした表情を見せる。

「そうですね。努力はするつもりなので、それでいいということなら」

「ええ、まず楽しめるようにやって行きましょう」

美玲衣も、微笑みかける密にゆっくりと肯き返したのだった……。

†

「シェイクスピアということで、どうしても近世衣装や道具類を準備するのに手間がかかってしまいます。台本もそこの負担を考えたものにしようとは思いますが……」

——次の日から、早速劇の準備が開始された。

「演者として舞台に出てくれる人を、最低でもあと五人、可能ならば七、八人は確保しておきたいところですね……もちろん私たち三人の演者兼任は前提として」

「衣装の問題もありますし、途中降板の可能性が低い、確実に当日の舞台に立てそうな信頼に足る人物というのが条件かしら」

まず、美玲衣が要件を洗い出して発注を出していく。それを織女が実現可能性に当てはめて、どんどん様々な条件が詰められていく。

「では、こんな感じでよろしくお願いします。脚本《ほん》が上がり次第、配役も含め、登場人物のイメージ作りを打ち合わせしましょう」

「忙しくなりますね、楽しみですわ……！」

晴れ晴れとした笑顔で、織女は大きく肯いた。

『十二夜』というのは、シェイクスピアによって書かれた喜劇だ。

土地の領主である公爵、そして彼が恋するオリヴィアという伯爵令嬢、そしてそのメッセンジャーとして恋を橋渡しするべく遣わされるシザーリオという青年。オリヴィアは逆にこの青年に恋をしてしまうのだが、しかし実はこの青年、女性であるヴァイオラが生きるために男装をした姿だったのだ——というのが、この劇の骨子だ。

「……で、わたくしがヴァイオラですか」

配役予定のリストを見て、密は思わずうなってしまった。

ヴァイオラ。すなわち男装してシザーリオを演じる女性の役ということだ。

つまり実質主演だが、密の関心はそこにはなかった。

「適任――というか、これは密さんにしか出来ない役だと思いますが」

「ええ。妥当というよりも唯一の人選でしょう。そして、わたくしがオリヴィア姫ですわね」

「はい。学内でのイメージもありますし、やはり織女さんが適任ではないかと」

美玲衣たちが盛り上がる中、密は溜め息をついていた。女装をして潜入している自分に、男装の女性役とは――ひどい皮肉もあったものだと。

「ですが美玲衣さん、ご自身はマルヴォレオ役……これはよろしいのですか？」

マルヴォレオは端役で、オリヴィア姫の執事。口うるさくて堅苦しい高慢な男だ。作中に於ける嫌われ役で、それ故に悪戯で偽のラブレターをけしかけられて、自分がオリヴィア姫に慕われていると勘違いをしてしまう。いわゆる道化役だ。

「何か問題がありますか？」

問い返す美玲衣に、織女は考えながら応える。

「問題という訳ではありませんが、不満に思う方が出るのではと。有り体に云えば鈴蘭の宮ファンが――わたくしや密さんと較べて、美玲衣さんが『不遇な役』ではないか、ということに対して」

「そうですね。ですが、そこが狙いでもあるのです」

美玲衣は、そう云ってややシニカルな笑みを浮かべた。

「むしろ今回は、その期待を『裏切る』方が、劇のためにはいいと判断しました。実にみっともなくて、滑稽きわまりない役ですからね」

そこまで云われて、織女も美玲衣の意図を得心したようだ。

「つまり、ご自身のファンたちの期待を不安に変えさせ、そのギャップすらも舞台に利用しよう――美玲衣さんはそう考えたということですね」

美玲衣にしては珍しく、やや悪戯っぽい光を宿した瞳で笑い返した。

「ええ。脚本をリライトしていて、とても面白いと思ったのです。だから私自身でこの役を演る価値がある、そう思いました」

「……失礼しました。わたくし、美玲衣さんの覚悟の程を甘く見ていましたね。詮無いことを申しましたわ」

織女は、美玲衣にすっと頭を下げる。それを見た美玲衣は、首を横に振る。

「何を云っているんですか、私がこんなロクでもないことを考え出したのは、織女さんが私に舞台監督を任せて、内容を一任して下さったお陰ですからね――今までの私であれば、こんな大胆な冒険をしようとは思わなかったでしょう」

「美玲衣さん……」

「ですから、今回は少し攻めてみようと決めていました。それが、私が『鈴蘭の宮』となった意味であるような気もしていますから」

「素晴らしいですね……！」

「そうですね、素敵だと思います」

窗たちに手を叩かれて、美玲衣は顔を真っ赤にした。

「な、何ですか、お二人とも……やめて下さい」

照れくさそうに薄らと頬を染めて、美玲衣は小さく咳払いした。

——寮に戻った後も、作戦会議は続いていた。

「先程、演劇部の方とも軽く話し合ってみましたが、やはり衣装や道具類はほぼ自分たちで揃える必要がありそうです」

「仕方がないでしょうね。あと、照明や音響などの伝手は……？」

「そこは少々作戦がありまして……ふふっ、仕上げをご覧《ろう》じろ、という感じですわ」

「な、何でしょう。き、気になる云い方ですね……？」

密もその辺は聞いていない。何をするのか気になるところだが……。


「……あ、お父さま。今お忙しいですか？」

「丁度ひと仕事終わったところだ、運が良かったな。しかしお前がわざわざ電話を掛けてきたってことは……何か嫌な予感がするな」

織女は自室で、父である幸敬に電話を掛けていた。

「あらお父さま、それは実の娘に対して失礼というものですわ……実は……」

監督《ディレクション》は美玲衣に任せておけばいい。ならば自分は、座長《プロデューサー》として出来ることを——自分の持てる能力は総て使ってやろう、そう決めていたのだった。

「皆さん思ったよりも出来ているようなので、このまま立ち稽古を始めることにしましょうか。

まずは十分休憩といいたします」

それから三週間が経った。リライトした台本も完成し、役者も集まった。プロジェクトもいよいよ佳境というところ。今日は舞台稽古の二回目を迎えていた。

「……美玲衣さん、よかったらどうぞ」

密がお茶を差し出すが、仕草で謝辞を返すだけで、目線は台本の上を走っている。

「演出のメモですか？」

「ええ。皆さんのお芝居を聞いていて浮かんだイメージを忘れないように」

真剣な美玲衣の表情には、楽しげな感じが混じっている。

「率直に云って、予想していたよりも皆さんの演技レベルが高いのです。もっと台詞を読めるようになるまでに、時間が掛かるかと思っていましたが……」

「嬉しい誤算ですね。美玲衣さんの脚本は読みやすいですから、そこもあるのでは」

「ふふっ、もしそうならそれはとても名誉なことですが」

そこで美玲衣もやっと台本から顔を上げると、少し恥ずかしそうにはにかんだ。

「それにしても、密お姉さまはお芝居とってもお上手ですよね。ちょっとびっくりしました。ものすごく自然な感じで別人になっていて……」

「そ、そうかしら？」

寮生の宿命か、半ば無理やりにオリヴィアの侍女、マライア役を拝命してしまい、練習に参加していた花が二人のところにやって来る。

「はい！　なんていうか、演技だってわかっていなかったら、最初からそういう人なんだって思っちゃいそうなくらいに……」

「ええ、真に迫っていましたわね！」

隣で休憩していた織女も、花の言葉に賛同する。

「……お褒めに預かり、恐縮です」

密としては、せいぜいそう返すのがやっとだ。何しろ普段から芝居をしているようなものなのだから。

「ね、密お姉さま。お芝居のコツみたいなものって、何かあるんでしょうか？」

「そ、そうですね……わたくしは特に意識していることは、別にないでしょうか」

さすがの密も、この食い下がりにはしどろもどろになってしまう。

「――芝居とは、もろくて壊れやすい仮面を被って演技するようなもの」

そこへ鏡子が、ぽんと背後から密の肩を叩いた。

「密さんには、その仮面を身につけるセンスがおありなのでしょう」

密にだけはわかる皮肉で、鏡子はそれでも助け船を出しているつもりなのだ。

「そうですね、密さんはヴァイオラからシザーリオへの演じ訳も実に見事です」

(何しろ日頃から、というか今この瞬間も『女の振り』をしていますからね！)

美玲衣の虚心なき称賛も、密には皮肉にしか聞こえない。まあ無理もない。

「いっそ将来は女優などめざしてみてはいかがですか」

「……いえ。生憎と、そういった方面への興味はありませんから」

鏡子が明らかに笑いを堪えている。密は場の流れを断ちきるよう腕を――。

「っ……!?」

（あれ、これは……もしかしてちょっと、いや、かなりまずいのでは……）

密は胸に違和感を覚えた。何かが剥がれたような感覚だ。

「……どうかしたのですか？」

「えっ……いえ、ちょっと肩に違和感があって。普段使わない筋肉を使ったからでしょうか」

美玲衣にそう笑顔で応えるが、密の背中には冷や汗が流れる。

「……すみません、もう少し休憩時間をもらって構いませんか」

「え、ええ……大丈夫ですか？」

「大丈夫です。ちょっと失礼しますね」

あくまで余裕のある感じで、密は教室を出て行く。

「密さん……？」

他の誰も気付いていなかったけれど、美玲衣だけは気付いてしまった。

——いつの間にか、鏡子の姿も見えなくなっていることを。

「すみません、休憩時間を十分だけ延長いたします」

美玲衣は、そう云って教室を飛び出していた……。

「まさに照星らしい八面六臂《はちめんろっぴ》の大活躍、というところですか」

密が廊下に出ると、鏡子が外におり、一緒に歩き出す。

「鏡子さん……実は、その六本の臂《ひじ》の二本にちょっと問題が……」

今朝、偽装おっぱいを付け直す作業をした時に、姿勢が悪かったのか――演劇の練習中に、片方が外れてしまったのだ。

「これは危ないところでしたね。まあブラジャーを付けていますから、いきなり落ちたりはしないでしょうけれど……取り敢えず、接着をし直しましょう」

「すみません……」

密ひとりでは、位置を合わせるだなんだと手間が掛かるのだけれど、人にやって貰う時には割とすぐに済む。

「――象牙の間は今日は無人のはずですから、あそこで済ませてしまいましょうか」

「そうしましょう」

しかし、二人のこの判断には誤算があった。

ひとつは、二人の後を美玲衣が追っていたこと。

そしてもうひとつは、象牙の間の鍵は、一本ではないということだった――。

「……密さんは？」

遅れて教室を出ると、廊下にはもう密たちの姿がなかった。

不思議と、美玲衣は奇妙な胸騒ぎを感じた。

何がおかしかった訳ではない――ただ、奇妙に気になっていたのだ。

（密さんと鏡子さんは、遠縁の親戚だという話は聞いているけれど……）

鏡子の冷笑的というか、少し遠くから密たちを見ている感覚。

けれど同時に、あれ程に密と時間を共有している相手というのは鏡子以外にはいないのだ――寮に入って、尚更に美玲衣の違和感は深まった。

美玲衣は、密と鏡子が入浴している場面に出くわさなかった。他の寮生に聞くと、時間外に入っているのではないかということらしく、花などにも聞いてみたが、ほとんど一緒に入浴したことはないのだという。

もちろん、それ自体には何の問題もない。おかしいこともない。

(密さんの調子がよくなさそうな理由、云わずとも鏡子さんは解っていた……?)

――美玲衣自身も気付いていなかったのだ。

自分が密たちを探している理由……それが、嫉妬なのだということを。

「ですが、何処に……あっ」

ここで出逢えていれば、美玲衣も疑念を積もらせることはなかった。けれど、二人は煙のように消えてしまっていたのだ。

そして気付いてしまった。一箇所だけ、二人が向かう可能性のある場所が。

「やっぱり剥がれていますね」

「危ないところでした……」

密が制服を脱いだ、丁度その時――パチリと、扉の鍵を開く音。

「密さん……?」

――そこで、三人全員の動きが止まった。

ある意味、ここまでなら、ただ着替えているだけ……ということで済んだのかも知れない。

けれど。

ポロリと、落ちてはいけない何かが、密と鏡子の間から転がり落ちた……。

「ひょえ……っ⁉」

美玲衣の声だった。いかな彼女でも、さすがにこの状況ではクールには徹せない。

もちろん、転げ落ちたのは密の偽装おっぱい。さすがにこれは云い訳がきかない状況だった。

「これ、なんですか……っていうか、密さん、胸……取れ……？　え……？」

鏡子すらも、あまりの想定外の状況に言葉をなくしていた……。

「……取り敢えず、今のが何だったのかを説明して頂けますか」

待つこと数分、自失から回復した美玲衣が発したのは、その一言だった。

「はい……」

密が目配せをすると、鏡子も肯いた。もう誤魔化せる状況ではない――となると、出来ることはひとつだけ。懐柔だった。

「……つまり、密さんは織女さんのボディガード、ということなのですか」

「そうです。この私もそうです」

手短に、鏡子が説明をするが、もちろん美玲衣の納得は得られない。

「しかし、鏡子さんはともかく、密さんはその……男性なのでしょう？」

「……そうです」

密も、嘘や誤魔化しなくそう答え、美玲衣は考え込んでしまった。

「なるほど、しかし云われてみると不思議なところはありましたね……以前、ここで私と茉理が服を脱ぎ出したら慌てていましたし、何より、先ほどのあの演技力……逆に納得ですね」

「…………………」

美玲衣なら烈火の如く怒るのではないか……密はそう思っていたのだけれど、何故か感心されてしまっているような。いや、恐らくはまだ半分放心しているのだろう。

「……美玲衣さん。不法なことをしている私たちからこのようなことを云うのは躊躇《ためら》われるのですが、このことは秘密にして頂かなければなりません」

そこへ、鏡子が先手を打っていく。

「何ですか、いきなり居丈高《いたけだか》に」

「私たちは、この任務の遂行を何よりも優先しています。もしこのことを暴露する意思を美玲衣さんがお持ちなら――」

「な、何です……？」

「――この学院を退学頂くことになります」

「っ⁉　そんなこと……」

美玲衣は目を見開いた……まあ、それは当然の反応だろう。

「ここは風早の施設ですので、これはただの脅しではありません……共犯になっていただけない場合、美玲衣さんは私どもの監視下に置かれます。公に向けてこの事実を公表しようとしても無駄です。こちらで阻止させて頂きます」

鏡子は眉ひとつ動かさない。無表情に、それが本気だと云うことを美玲衣に伝える。

しばらく沈黙が続き、その後、美玲衣が口を開いた。

「——つまり、密さんの正体を織女さんは知らない、ということですか？」

「そうなりますね」

密がそう答えると、美玲衣はふっと、肩の力を抜いたようだった。

「なるほど……鏡子さんの云い分からすると、私が何をしても無駄、ということですよね」

「不本意ではありますが」

「……いいでしょう。私の方でも不本意ではありますが、ＹＥＳと云わない限り安寧な学院生活は望めないようですし——織女さんの知らないことを先に知っている、という状況も、少し楽しそうです」

「美玲衣さん……こちらが悪いのに、申し訳ありません」

——密は、深く頭を下げる。もちろん、それで許されるとは思ってはいない。

「脅迫しておいて、正直それはずるいのではないか……と思うのですが」

「そうですね……ですが、だからこそ、でしょうか」

「なるほど。密さんというのは、総てが虚像……という訳でもなさそうです。では、その胸を直して下さい。取り敢えず、そろそろ休憩時間も終わりですから」

美玲衣は苦笑して、まずは密たちの秘密を守るということを誓ったのだった。

「——では姫、残念ですがわたくしはこれにて御前を失礼いたします。わが主へのご伝言は何かございませんか」

三人は、何食わぬ顔で劇の練習に復帰していた。

「ありません。ねえ、それよりも貴方こそわたくしにもっと云うべきことがあるでしょう。お願い、わたくしのことをどう思っているのです。聞かせて頂戴、貴方の正直な気持ちを……」

「姫君は、何か重大な思い違いをなさっておられるようですね」

密のシザーリオ役。なるほど、その正体が男だと知ると、その演技の理由を知ることが出来る——本来、彼は男だから『男装の女』という演技にかなり苦心しているのが解る。

(素で男に近づけると、女だと思えなくなってしまう。だから密さんは、シザーリオもまた女として演じているのね……)

逆説的に、密の演じるシザーリオは男の猛々しさを望むが、そこに女の色香が微かに漏れ出ている——そんな存在としてそこにあるのだった。皮肉ではあるだろうが。

(ふふっ、密さんも大変ですね。ずるい人だとは思いますが)

そんなことを考えていると、美玲衣はおかしくなってしまった。本当なら、腹の底から煮えくり返った怒りを表明して、何もかもひっくり返してもおかしくはないはずなのに——いや、数ヶ月前の自分なら、自らの退学など厭いもしなかったはずで。

けれど今はもう、どうしても密に対しては怒りの感情が湧いてこないのだ。

だって、こうして今、美玲衣が鈴蘭の宮として存在しているのは、間違いなく織女と、そして密のお陰なのだから。

（そもそも密さんの任務には、私と織女さんの仲を取り持ったり、照星に就任したり、それどころか演劇に参加するなどという項目なんて、あるはずもないのですから）

　そう考えるだけで、美玲衣としては欺されていたという気持ちよりも、密のことが気の毒で仕方がない。感謝しかなくなってしまうのだった。


「そうですか……ふふっ、随分と苦労をされて来たようで……」

　その夜、美玲衣は密と鏡子のところを訪れて、今までの経緯を聞いていた。

「妙に温度差があるのに、いつも一緒にいらっしゃるのが不思議だったのですが……なるほど、お二人とも大変だったのですね」

「いえ、主に大変だったのは密さんだけですが」

「きょ、鏡子さん……」

　いつもの調子で切って捨てる鏡子に、けれど美玲衣は首を横に振る。

「もちろん一番大変だったのは密さんでしょうけれど。思い返してみれば、色々な場面で鏡子さんが助け船を出していたのに気付きます」

「ま、まあ……任務ですから」

　眼を逸らして、鏡子がほんの少しだけ顔を朱くする。そんな鏡子に密も苦笑する。

「それで私は、基本的に知らぬ存ぜぬを通せばいいのでしょうか」

「そうですね。もしかすると何か嘘の片棒を担いで頂くお願いをするかも知れませんが……その場合は、報酬をお支払いしますので、受ける受けないはその額を鑑みてご判断頂ければと」

冷静な鏡子の言葉に、逆に美玲衣の方が困惑してしまう。

「……ええと。脅迫者にそこまでフェアにされてしまうと、何でしょうね、とてもやりにくいとでも云いましょうか」

「犯罪紛いの行為ではありますが、私どもは飽くまでビジネスとしてやっていることなので。筋を通せる部分については、きっちりとさせて頂きます」

「なるほど。承知しました……ああその、後ひとつだけ」

「何でしょう」

「……お二人のこと、お友だちだと思っていて構わないんですよね？」

美玲衣の質問に、密たちは居たたまれないという表情になる。

「僕たちは、嘘の仮面をかぶってここにいます。ですが、普段の受け応えまでまったく別人として振る舞っている訳ではないんです」

「そうですね。プロ意識の欠如と云えば、そうなのかも知れませんが」

密と鏡子のそんな答に、美玲衣も肯いた。

「そうですよね。そうでなければ、照星になったり、演劇に出たり……ああ、私の恥ずかしい買い物に付き合って下さったりはしませんよね。秘密にして下さいね？」

「すみません、美玲衣さん……ちゃんとお墓の下まで持って行きますから」

結果的にではあるが、美玲衣は友人の女子たちにも頼めないことを、男の密に頼んでしまった訳で……頭を下げる密に、美玲衣はおかしくなってしまう。

「そうですね、お願いします。あの時、どうしてあんなに一生懸命パジャマを勧めて下さっていたのか……その理由がよく解りました。ふふっ」

その時の密の様子を思い返したのだろう、美玲衣はおかしそうに笑っていた……。


「密さん、すみません、少しご相談よろしいですか」

それからしばらく、美玲衣は意識の混乱に戸惑っていた。

「ここの侯爵の心情は、もしかしてやや無理があるのではないでしょうか」

「無理……そうですね。けれど、この後のシーンでこの言葉を使っていますし」

「なるほど。ここに繋げるために、狙ってこうしたということになると……」

密は、外見こそ淑やかな女性だが、行動原理はまるきり男子のそれなのだ。そう気付かされるのにさして時間は掛からなかった。

だからなのかは解らない。が、美玲衣には確かに、密が男子に見えるようになった。

いや、なってしまったと云うべきだろうか。

(ずっと、密さんは他の人と違うと……そう思っていたけれど。それも当然ね)

密がどんな風に育ってきたのかを美玲衣は知らないが、育ちの良さは表面上に現れている。

女性には優しくすること、などといった男性の行動基準を女性の姿でもって演じると、密のような存在になるのだ。

(どうして、密さんにずっと惹かれていたのか、解らなかったけれど)

解ってしまうと、逆に困ってしまう。

解ってしまうと、恋に落ちてしまうのだ——そんな優しい密に。

「美玲衣さん……どうかしましたか？」

「あっ、い、いいえ……すみません。ちょっとだけ」

そう、ちょっとだけ密に見惚れていただけだ。こんな人がいていいのだろうかと。

「駄目ですね。まだちょっとだけ慣れていなくて」

密にだけ解るように、ごめんなさいを伝える。密は、困ったように微笑む。

「そこは仕方がありません。わたくしだって慣れていないのですから」

小声で、おどけるように密も応えてくれる。それだけで。

(何なのだろう、この気持ちは)

自覚せざるを得ない、この感情、この高鳴りは。

美玲衣は、自分の中から噴き出してくる『恋』という気持ちに戸惑っていた……。

†

「わざわざのご足労、ありがとうございます」

それからしばらく経ち、皆の劇の練習も様になってきた頃、織女は理事長室を借りて、外部の人間との打ちわせせに入っていた。

「そういえば昔、お嬢さまのピアノ発表会も撮影させて頂いたことがありますね。覚えていらっしゃるか解りませんが……」

おかしそうに、女性は笑う——織女はその言葉に、苦い過去を思い出していた。

それはまだ彼女が小さかった頃、習っていたピアノの初めての発表会……父である幸敬が、会場に大規模な撮影スタッフを送り込んできたことがあった。

子煩悩と云えば聞こえはいいのかも知れないが……それ以来、織女はピアノ教室でも周囲の子どもたちから浮いてしまうことになった。

成長に連れ、織女は数度そんなトラブルに見舞われ——とうとう、中等部の体育大会で限界に至った彼女は父親に激昂して、以来学校行事の撮影を厳しく禁じることとなったのだった。

「え、ええ……まあ、当時は父も無茶をしたものだなと思いましたが……」

「撮られる方としてはそうでしょうね。ご心中お察しします」

女性に理解を示されて、織女も肩の力が抜ける。彼女も仕事なのだろう。

「まあ、今回はそんな父の習性を利用しまして……Win-Winの関係を築ければと」

「承知しております。報酬さえ頂ければ、私どもはプロですので……」

「ご無理を聞いて頂き、ありがとうございます」

今回、織女は久し振りにそんな父の我が儘を許すことにした……撮影を許可する代わりに、そのスタッフを演劇の演出要員としてそのまま貸して欲しい、そう持ち掛けたのだった。

照明、演出、音響——撮影さえ許可すれば、そんなプロの力が借りられて、予算も大幅に浮かせることが出来る。今の織女が、そんな好機を見逃すはずもなかった。

「いいえ、それに結城室長にはいつもお世話になっていますから」

「え……っ」

——女性の言葉に、織女はふと聞き慣れた名前が含まれているのに気が付いた。

「結城室長にはうちのプロダクションがまだ小さい頃から目を掛けて頂いていて――尽星のCM撮影の仕事を任せて頂いたお陰で、今の私どもがあるのです。感謝してもしきれません」

「ああ、社長室の……ゆうき……？」

「そう云えば、結城室長にも同い年のお子さんがいらっしゃるんですよね。一度、CMの子役が急病で来られなくなったことがあって……急遽で代役に立って貰ったことがありました」

「まさか、そのお子さんは……密さんと仰有る？」

「はっきりとは。ですが、そんなお名前だったような気も……もう元の子役よりも全然可愛くて、CMもすごく評判がよかったですね」

「そんなことが……」

結城室長――結城大輔といえば、幸敬の腹心だ。大学時代からの友人だとも聞いている。

しかし、大輔が妻帯しているという話を、織女は知らなかった。

父親のところに行くと、大抵彼はその傍らにいる。プライベートにかなり突っ込んだ、雑談雑じりの会話が飛び交うのを昔から随分と耳にしているが、奥さんや子どもがいるという話は一度も聞いたことがないのだが……。

打ち合わせを進めながら、織女は奇妙な感覚が湧き上がって来ていた……。

「では、あとは当日ですね。よろしくお願い致しますわね」

「微力を尽くさせて頂きます。それでは、失礼致します」

車に乗り込む女性を校門から見送ると、織女はひとつ大きく息をついた。

「さて、これでほぼ手配は完了――でしょうか」

それにしても、美玲衣の手腕は大したものだった。舞台監督としての采配もそうだが、虎の子であるプロの映像スタッフに引き合わせた時も、一歩も臆さず対等に意見をぶつけ、大人であるスタッフたちの信頼を勝ち取っていた。

いかな芸能人の娘だからといって、生半に出来ることではない。確とした自分自身を持っている――やはり、美玲衣の才能は尊敬に足るものだ。織女はそう思った。

「世の中には、色々な才能を持っている人が、こんなにもいるものなのですね……」

自分は、そういう特異な才能を勝ち得ているのだろうか……そんな気分にもさせられる。ただ強権なだけの、生意気な小娘に過ぎないのではないか。そう思いかけて、織女は首を横に振った。

「それにしても、まったく気にしていませんでしたが。結城室長に娘さんが……」

気のせいだ、そう思っても気に掛かる。それはきっと名前の所為に違いない。

そもそも、もし真実結城室長の娘だったとして、それなら出逢った時に挨拶をしているだろう。その場合、密が織女のことを知らない訳がないのだから。

「――姫君、私にもひとつの心があり、そしてそれは唯一私だけのものであり、貴女のようなご婦人に差し上げる訳にはいかないのです」

男装したヴァイオラ＝《イコール》シザーリオを本物の男だと信じて一目惚れしたオリヴィア姫、そしてそれをやんわりといなそうとするヴァイオラ。

最終のゲネプロ、密の演技は素晴らしかった。正に迫真という言葉が相応しい。これなら誰もが舞台の上の『男装の麗人』に眼が釘付けになることだろう。

（僕はいま男か、女か？　どちらの気持ちで、どちらの姿を演じれば良いのか？）

当の密には、常にそういった迷いがあった。そしてその迷いこそが、恐らく当のヴァイオラが感じていた迷いそのものであるからこその、乗り移ったような名演技だ。

（……偶然の結果とはいえ、これは密さんには苦痛かも知れないですね）

そんな神憑った演技を前に、美玲衣にもやっと理解が出来ていた。何故、自分が密こそが適役だと思ったのか……知らないうちに、密の姿から読み取ってしまっていたのだろう、彼の抱えていた『異性としての悩みと違和感』というものを。

そして感じる、一抹の申し訳なさ。知らなかったこととはいえ……。

「今はとてもそんな気分ではないけれど、貴方の話を聞いているうちに、もしかしたら公爵のお気持ちを嬉しく感じる日が来るかもしれないから――」

外との打ち合わせに出ている織女の代わりに、美玲衣が織女のオリヴィアを演じる。

（……嬉しく感じているのは私なのかも。翔んだ意趣返しもあったものね）

シザーリオは『本当は女』、結城密は『本当は男』。

（正体が暴かれるのは、シザーリオではなくて、僕の方なのかも）

美玲衣も、そして密も、科白の向こうに見え隠れする自分の気持ちに戸惑っていた。

「それにしても、ひどい奥の手もあったものですね……」

準備しているプロの照明、そして裏方スタッフ達。織女の手配によるものだ。

一般家庭なら、ホームビデオを持ち込んで父親が撮る——といった話なのだろうが。

「ま、我が家はそれなりに子煩悩ですから。そして大資産家がそれなりといった場合……まあやはり、こうなってしまうのですわ」

呆れている美玲衣の元に、織女が戻ってくる。打ち合わせは終わったものらしい。

「すみません、ゲネプロを抜けるなんて本当はあってはならないのですが……」

「仕方ありません。相手の方が忙しいんですから。私たちの方はただの学生ですし。それに織女さんが仕上がっているのは、今までの練習で十二分に理解しています」

そこで、裏方スタッフたちから美玲衣に声が掛かる。

「正樹さん、この場面について質問いいですか」

「はい。いま参ります」

美玲衣は、プロ相手にまったく怯まない。舞台監督として堂々と渡り合っていた。

その結果、スタッフ側にも火が点き、美玲衣が諦めかけていた演出上のアイディアもいくつか拾われて、舞台の完成度が跳ね上がったりもしていた。

「まったく、金持ちはこれだから……」

「ははっ、まあまあ。良いじゃん」

鏡子のげんなりしたつぶやきに、美海が笑う。

しかし実際、そのお陰で舞台に掛かる予算は大幅にセーブされ、尚且つ質は劇的に向上した。

もちろん、それを正攻法と考えるかどうかは別の話だろうけれど。

「この調子であれば、当日の成功は間違いない、というところかしら」

「そうですね。ですが過信は禁物です、ここから気を引き締めて行かなくては」

織女と美玲衣は、二人並んで準備の進む舞台の上を眺めている。その様子を、密もそっと、少し遠くから見守っていた。

「何か、娘を嫁に出すような顔をしていますね、密さん」

「鏡子さん、それはわたくしにというより、お二人に失礼なのでは……ですがまあ、あの二人が意気揚々として並び立つというのは、照星になったばかりの頃には考えられなかったことですからね。そこはちょっと感慨が湧くところもありますが」

「混ざって来てもいいのではありませんか、薔薇の宮さま?」

「……からかわないで下さい」

もちろん、密も嫌だとか、そういうことでは全然なかった。

ただやはり密には、どうしても『性別が男だということを偽っている人間』という意識が底に流れていたから。

もう随分、そんな状況にも慣れて来たといえばそうだが、しかしそれだけに、不意と改めて我に返ってしまう瞬間が、どうしてもあるのだった。

（あくまで僕は、偽物の存在でしかないのだから）

本当の、本物のこの学院の女生徒ではない——照星、薔薇の宮、結城密という架空の人物を演じているに過ぎないのだ。

——だから。

その状態で、どれだけ周囲の人と親交を深めたとしても――結局、それは偽りで。

解っている。納得している。

鏡子からも何度も云われて来た。それが自分に課せられた『役割』であり『仕事』なのだから、
今更、そこについて嘆くようなつもりもない。

（……ないいんだけど）

密が本当に女子で、最初からただの一生徒としてここに通い、皆とこういう日々を過ごせて
いたら……きっと、もっと素直に今を楽しめていたことだろう。

ちらりと、そんなことを思ってしまう。詮無いことだが、つい考えてしまう。

「そうですね。わたくしも頑張らなくては――」

偽りだらけのこんな自分を友人だと思ってくれる優しい人たちのために、少しでも恩返しを
しよう、そんな貴重な機会なのだと。

そう、密も心の中で強く決意したのだった……。


「わたくしと同い年だと云っていた。そして子どもの頃の話だと……それなら」

そしていよいよ、学院祭前日という夜。

織女はノートパソコンを開いて、ネットブラウザを起ち上げていた。

グループの持ち株会社である尽星ホールディングスのページには、関連企業の一覧があり、
リンク先にはグループ企業の過去ＣＭアーカイブがある。

織女は話を聞いてから気になっていて、このところは寝る前に毎晩調べていた。

――『結城室長の子ども』。

だがグループ企業は百社以上あり、ＣＭの数も膨大。その多さに辟易する。

年代で決め打ちにして、その周辺の動画を片っ端から再生していく。始めてもう三夜目くらいだが、そもそも子役がどれくらい目立つＣＭなのかも知らない。もしかしたらもう通り過ぎているのかも知れない。

ただカチ、カチ、と、マウスをクリックする音だけが響いている。

密に直接聞けば、とも思ったが、自分がもし聞かれたら、きっと嫌な気持ちになるだろう――本人の望まないＣＭ出演ということであったとして、云ってみれば父親に勝手に撮られた映像を見られるのとそう変わるところがない。織女はそう思った。

「あっ……」

そして、ある動画をクリックして、その手が止まった。

セピアの画面には、天使の羽根を付けた子どもが、商品を手に持って不思議な笑顔でこちらを見詰めている――。

「これは……間違いなく、密さんですわ」

何よりもこの微笑みを見て、織女は確信した……少し陰のある、けれど優しい微笑み。今の密とそっくりだった。

ＣＭのタイトルでネットを検索――すると、結構な数の記事がヒットした。当時の視聴者にとっても、余程印象深いものだったという証拠だろう。いくつかの記事を開くと、その中に掲示板系の記事をまとめたものが含まれていた。

『なんか、呪われるっていう噂もなかったっけ、このCM』

『あー、あったな。まあセリフ入ってないし、曲も神秘的だったからな。イミわかんねーから怖えぇってヤツも多かった気がする』

『これか……この子ならガキの頃となりのクラスにいた。なんか親の都合で急に出されたとかで、あの時は随分話題になってたわ』

『ああ、子役とかじゃねーんだな。それでこれ一本しかCMがねえのか』

『体育で一緒に着替えた時、いきなり横で女子が服脱ぎ始めてヤバっ！　って思ったんだけどさ、この子男だったんだよね……』

『マジかよ！　ずっと女の子だと思ってたのに！　衝撃の新事実じゃねーか。ヤベェ！』


「男……⁉　でも、これは間違いなく窗さんで……ええっ⁉」

織女は混乱した。では、やはり別人なのだろうか？　けれど、そう思うにはこの動画の子どもはあまりにも窗に似過ぎている。冷静になろうとするけれど、そうしようとすればするほど、取り留めのない考えが織女の頭の中をぐるぐると泳ぎ始める。

「どういう、ことですの……」

動画の天使のような微笑みを眺めながら、織女は軽い目まいを覚えていた……。

†

そしていよいよ、紅鶸祭が当日を迎えたのだった。

「さすがに、緊張して来てしまいました……」

「大丈夫です、花ちゃん。緊張しない人なんていませんからね」

織女は、後輩キャストたちを優しく励ます密の姿を見詰めていた。

（密さんは優しい人だ。やはり普段の様子にも、何かの作為は見られない）

そんなことは正直、今更解りきっていることだった。

何よりも立場上、普段から様々な人間のおべっかを身に受けて、他者の作為に人一倍敏感な織女が、わざわざ自分から友人にと求めた相手――それが密なのだから。

けれど、その優しさは罪悪感に基づいた部分も、もしかしたらあるのかも知れない。そんな風にも思える――もしも、本当に密が男子なのだとしたら。

「……織女さん、わたくしの顔に、何か付いていますか？」

「いいえ、そういう訳ではないのです。ただ密さんは本当に、皆に優しく接しているのだなと、そう思って見ていました」

そんな織女の言葉に、密はいつもの、少し困ったような笑みを浮かべて――そう、この笑みだ。翳りのある、けれど優しい微笑。

（嘘をついているとして、きっと望んでついている嘘ではない。でもそれは……）

「織女さん……？」

「っ……！　すみません、ちょっと考えごとをしてしまって。わたくしも、存外に緊張しているのかも知れませんわね」

　慌てて言葉を濁す。口を衝いた出任せだったけれど、いま重要なのは、確かに演劇を成功させることだったたと思い返した。

「大丈夫ですよ——織女さんなら、大丈夫です」

　密の言葉に、きゅっと織女の胸は締めつけられた。それは心からの言葉に思える。

「……はい。頑張りましょう、密さん」

　少なくとも、今の密は信じるに値する。たとえどのような背景があったとしてもだ。

（そうです織女。わたくしはまず、培ってきたわたくし自身を信じなくては）

　密が何らかの嘘をつくとするならば、原因はきっと織女自身にあるのだろう——それ以外で思いつく節はない。そうであるならば……。

「今は、出来る全力を舞台に注ぐべきですわね」

　注力すべき場所を間違えてはいけない、織女は真っ直ぐに前を見据えていた。

†

「宮さま方！」

「素晴らしかったです……！」

　劇が終わると、観客の拍手が会場を包みこんだ。カーテンコールまでを無事にやり遂げると……けれど、舞台上ではその余韻に浸るような時間の余裕はなくて。

実行委員のタイムキーパーに追われ、密たちは慌ただしく象牙の間に撤退することになったのだった。

「お疲れさまでした。皆さん、よくやってくださいましたわ！」

座長である織女の高らかな宣言で、みんなが無事にこの劇を終えたことを実感した。

「織女さんも、座長お疲れさまでした。本当にありがとう」

「ふふ、嬉しいですわね。でも美玲衣さんのマルヴォレオには敵いませんわね……皆さん、そう思うでしょう？」

「確かに。劇でのMVPはマルヴォレオでしょうね」

「いやー、美玲衣さんにあそこまでコメディリリーフのセンスがあるとは思わなかったわ。まさかアドリブまで突っ込んでくるとは思わなかったし」

「はい、その……何とかして笑いを堪えるのに一生懸命でした」

密の言葉に美海が同意して、花も楽しそうに笑っていた。

オリヴィア姫から好意を寄せられていると勘違いしたマルヴォレオが自分の妄想を口にして舞い上がるシーンは、美玲衣の独壇場と云ってよかった。彼女が狙った通りに、鈴蘭の宮としての自身と役のギャップに、客席が爆笑の渦に包まれていた。

「美玲衣さん、案外、お笑いの方面の才能があるのでは？」

「い……一応、褒め言葉と受けとっておきます。それよりも、半ば私の手慰みのような舞台にこれほどのご協力、皆さん本当にありがとうございました」

鏡子の弄りにこほん、と小さく咳払いしてから、美玲衣は改めて軽く一礼する。

そして、その場は万雷の拍手で満たされていく。

その様子にようやく心の荷を下ろせたのか、美玲衣と織女の目に、小さな涙が浮かんでいたのだった……。


「はああああ……それにしても、まあひどい騒ぎでした」

「……年齢的にきつかったですか」

「殺されたいのですか、密さん」

その夜、キミリア館でも打ち上げのどんちゃん騒ぎがあり、明けて深夜に密と鏡子はようやく入浴することが出来た。

密も、決して鏡子との入浴に慣れることが出来た訳ではないのだが、それなりに気を抜けるようになった、とでも云うべきだろうか。

「取り敢えず、お疲れさまでした」

「鏡子さんも、お疲れさまでしたね」

密は一応、半分は現実の学生生活だけれど、鏡子にとってはここでの生活そのものが、総て偽装として成り立っている。それなのに、結果として学院祭や奉仕会の手伝いをさせられているのだから、大変であることは間違いない。

「まあ、全く面倒なことではありますが……充実した学生生活を追体験出来る、というメリットもないこともないのです」

「最初の学校生活は充実していなかったのですか？」

「全く別の意味では、今回より充実していましたよ……ずっと勉強漬けでしたから。学校でも家でも。文化祭に協力するような無駄な時間を使うくらいならと、期間中はずっと図書室に籠もって勉強をしていましたから」

「そうですね。ここに転校してくる以前は、わたくしもあまり変わりませんでした」

「……そうですか」

ただただ、学校と家を往復する、それだけの日々――。

それに較べたら、この嘘の生活は、驚くほどの発見と喜びに充ちている。

ただ、そう感じるほどに、密はついている嘘の重さと、後ろめたさを強く感じることになる。

「このまま、何ごともなく終わるのでしょうか……」

「どうでしょうね。しかし、何ごともない……というのは、いいことだと思うのですが。特にこんな状況下に於いては」

「……いいことですよね。いいことなんです、多分」

しかしそれは、密の罪悪感を加速させていく。周囲の幸せな世界を見るたびに。

「正直――」

次の瞬間、鏡子が会話を手で遮る……密も耳を欹《そばだ》てると、洗濯室に何やら人の気配がする。

(ドアが開く音はしなかった。まさか、気付かれないように開けた？　何の為に？)

「あら、お話の邪魔をしてしまいましたか？」

やがて、悠々と浴室のドアを開け、入ってきたその姿は……。

(――織女さん！)

「いえ……今、丁度出るところでしたから」

しかし、織女は出口の前から動こうとはしない。

「密さんとご一緒したいと思ったのですが……少々鏡子さんにも興味が湧きました。『こんな状況下』というのが、一体どんな状況下なのか、是非教えて頂ければ、と思うのですが」

「う……」

さすがの鏡子も、即答が出来ない。

それは会話をずっと聞かれていたということだ。密たちが洗濯室に入ったところから、ずっと監視されていたということなのだろう。

「ねえ、密さん……？」

織女は、真っ直ぐに密を見詰めると、自分のまとっているバスタオルに手を掛けた。

「っ…………！」

目の前で、一糸まとわぬ姿になった織女に——密は、思わず目を背けてしまった。

「女同士なのです、わたくしの裸体から眼を逸らすのは、逆に失礼なのではありませんか」

「やめて下さい……お願いですから」

密には理解が出来なかった。だが、もう気が付いた時には総てが終わっていた。

六章

——結局のところ。

織女が調べた限りでは、やはり密はあの結城室長の子息——ということらしい。

尽星グループのデータベースにアクセスして確かめてしまった……まだ社員ではない織女がやっていいことではないのだが、疑問と憤りと、何より好奇心が勝ってしまった結果だった。

それが何故、女の振りをして女学院にいるのか……ということになれば、原因はやはり織女自身でしかあり得ない。

けれど、例えばそれが父親や結城室長の差し金だったとして、理由がまるで想像出来ない。

何より『女の振りをしてまで女学院に男が潜入する危険性《リスク》』が、あまりにも高過ぎるのだ。

(——どうしても、密さんの本心を確かめたい。どんな人なのかを見極めたい)

織女は、そんな決意を秘めて、計画を実行することにしたのだった……。


「約束《アポ》もなしにどうした。しかも今は授業のある時間帯なんじゃないか？」

織女の父親である幸敬は、怒り心頭でやって来た織女を笑顔で出迎える——まるで、お前が来るのは判っていた、と云わんばかりだ。

「お叱りなら後で承ります。今は……」

「解っている。だからお前の用件を聞くよ」

織女の言葉を圧し留めて、幸敬が切り出す。

――尽星グループの本社社長室。密と鏡子を伴って、織女はここを訪れていた。

「……この人は、結城社長室長のご子息、ということで宜しいのですか？　そうであるならば、このような蛮行をされた目的、あるいは目論見をお聞かせ頂きたいのですが」

「そうだな。密があまりにも巧く潜入していたので、いつ話そうかと相談をしていたところだったんだが……大輔」

幸敬が企みをあっさりと認めると、インターホンで呼ばれて結城大輔が入ってくる。彼は密にとっての育ての親にあたる、四十代前半の精悍なビジネスマンだ。

「……失礼します。お久しぶりです、織女お嬢さま。それからご苦労だったね、密。どうも私から露見したらしい、頑張ってくれていたのに本当に済まなかった」

「大輔さん……」

「どういうことです？　結城室長は、密さんの父親ではないのですか」

密が大輔を父と呼ばなかったからだろう、織女さんが不思議そうにつぶやいた。

「彼の現在の名は結城密、私の義理の息子です……そして」

その後を継いで、幸敬が語った言葉は、織女には――そして密にも、あまりにも衝撃的に過ぎる一言だった。

「彼の本当の名前は、風早密――僕の兄である風早晴臣《はるおみ》と、藤院《とういん》家の令嬢、藤院雪子《ゆきこ》さんの間に生まれた、正式な風早家の一員だ。お前には従兄に当たる」

「な……⁉」

「ええ……っ⁉」

驚いたのは織女だけではない。密も、その事実を知らなかったのだ。

「……な、何故密さんが驚くのですか。もしや何かこの上わたくしを瞞そうと」

「そうではない。その事実を、密は今この場で初めて知ったのだ……今まで黙っていて済まなかったな、密」

「いえ、それは……ですが、説明はして頂けるのですか……？」

「もちろんするさ。織女に密を連れて来て貰ったのは、その為でもあったから」

「お父さま……⁉」

愕然とするのは織女だ。父親にとっては、それはまるで予定の行動だと云わんばかり——いや、実際に織女がそうするだろうというのは予見されていたのだろう。

「取り敢えず、長い話になる——二人とも座りなさい。お茶でも淹れさせよう」

困惑する織女と密を余所に、幸敬はソファを指差した。


「まず何から話すべきか……僕ら四人の関係からかな」

「そうですね」

幸敬が語ったのは、彼と彼の兄である晴臣、結城大輔、そして密の亡くなった母親である雪子、その四人のなれ初めについてだった。

四人は当時、同じ大学に在籍していた。幸敬の兄、晴臣が部長を務めていた三年生当時に、新入生で入って来た三人を無理やりサークルに勧誘したのが始まりだった。

幸敬は兄である晴臣を尊敬しており、二つ返事で入部した。そしてその後に入って来たのが、大輔、そして雪子だったという。

雪子は上流階級である藤院伯爵家の令嬢であったが、家風を嫌って、親の勧める女子大を断り、反対を押し切って彼らと同じ大学へとやって来たということだった。反骨心はあるものの、箱入り娘で世間知らず、そんな雪子が誠実な晴臣と知り合えたことは、彼女にとってはいいことだっただろう——二人が恋に落ちなかったならば。

雪子は、然るべき門地のある人間と結婚させる——そう口にして憚らない伯爵家の愛娘《まなむすめ》。

そして一方の晴臣は、風来坊ながら、類い希な器量と高い能力を持ち、尽星グループの継承をと期待される若き駿馬だった。

一見、玉の輿であるように見える互いの存在であったが、もはやそういう時代ではなかったのだ。爵位だけに縋って零落の渦中にある藤院家と、飛ぶ鳥を落とす勢い、しかも平民出の尽星グループの総領《あととり》では、互いに利益の欠片もない組み合わせだったのだ。

互いに結婚を猛反対され、二人は駆け落ちをしてしまう。

どのように周到なものであったのか、以降ようとして行方を見つけ出すことは出来なくなってしまう。そんな逃避行の中、生まれたのが密だった。

名字を偽り、晴臣は建設現場で、そして雪子は慣れないパートで生活を支えながら、ひっそりと地方で暮らしていた。

ささやかな幸せをつかもうとしていた三人だったが、晴臣が工事現場で事故に巻き込まれて急死してしまう。失意の雪子は、女手ひとつで密を育てようとするが、こちらも数年後に心労がたたって倒れてしまう。

「晴臣さんが建築士の資格を本名で取っていてね……きっと、もう隠れる必要もないと思ったんだろうな。それがずっと幸敬さんと私で捜していた網に掛かった」

「だが、僕と大輔が逢いに行った時にはもう、兄貴は死んでいて、雪子さんは病院のベッドの上だった……」

大輔も幸敬も、最後の言葉はどこか遠くを見ているようなつぶやきになっていた。

「……よく、憶えています。あの日、逢いに来てくれたお二人のことは」

密も、二人が病院に訪ねてきた、その記憶を思い出していた。

「こんなことを、二人にお願いするのは筋違いだってわかってる。けど……最後のお願いを聞いてもらえないかな。密を……私たちの息子を、お願い、します」

「もちろんだ。断る理由なんてない。責任を持って、僕らで密くんを育てるよ」

雪子はもう体力も残っておらず、しゃべるのもかすれるように、途切れ途切れになっていた。

そんなかつての友人の今際の言葉に、幸敬は一も二もなく肯いていた。

「敬《たか》くん、結城くん……ごめんなさい。ありがとう……」

「その後すぐに雪子さんは亡くなり、名目上、僕が密を引き取ったのです」

大輔の最後の言葉は、ずっと黙って聞いていた織女に向けたものだった。

「……ちょっと待って下さい」

「何だい？」

織女の声は震えていた。対して、返す言葉は軽いが、幸敬の目も真剣だった。

「そんな辛い目に遭ってきたであろう密さんに、何故お父さまはこんな無茶くちゃな仕業を強いたのですか⁉　しかも一族の人間だというではありませんか‼」

（怒った……？　織女さんが、僕の為に……？）

「ああいや、それについては、ええと、何だ。うん……悪かったと思っているんだ」

突然怒り出した織女に、幸敬も慌ててなだめすかした。

「……と云うか、だな。僕の我が儘の為に、密にも随分と迷惑を掛けたんだ。まずは、それを謝らなければな」

すると、幸敬は椅子から立ち上がり、密に対して深々と頭を下げた。

「今まで、僕の都合で君の本来の立場すら報せず隠していた。本当に済まなかった」

「いえ、そんな……僕はこうして育てて頂いただけで……！」

密は、慌てて幸敬にそう答えるが――。

「結果として、お前にそんなことを云わせてしまうような育て方をしてしまった。そのこと自体が僕たちの責任なんだ。済まなかった」

「大輔、さん……」

育ての父である大輔にまで云われてしまうと、密も反論すら出来なくなってしまう。

「密……お前も織女と同様に、この尽星という企業グループを引き継ぐ、その後継者候補のひとりなんだ」

「なっ……!!」

その衝撃は——密を強く打ったが、もちろん、それだけではない。

「え……えっ？」

織女もまた、驚きで放心することしか出来なかったのだった。


「……落ち着いたか？　それとも、胸の中で何かしらの算段でもついたかな」

しばらくの後、社長室には幸敬と織女が残っていた。

密は一足先に、大輔と一緒に辞去していた。

織女に連れて来られ、吊し上げられるかと思った矢先で、自分の本当の正体とやらを暴露され、頭が真っ白なところに尽星の後継者候補だと云われたのだ。混乱しない方がどうかしている。幸敬の判断で家に帰された。

一方の織女も、実質骨抜きになってしまった。

女子校への潜入という狼藉行為に対して黒幕に殴り込みを掛けた——そのはずだが、事態は想像すらしていない方向に飛んで行ってしまったのだ。

「あー。その顔、まだ怒っているな。どうする、僕を殴るのがいいか？」

「……いえ。少し、話をしても？」

「もちろんさ。その為にお前が落ち着くのを待っていたんだから」

自分の父親ながら、本当に底が見えない。織女はそんなことを考えていた。

「まず、密さんを送り込んだことについては」

「第一に、お前を護衛させる為。これは嘘じゃない……あの子は優秀なボディガードだ。その為の訓練も受けている。それはお前も見ただろう」

「……ええと、まあ、確かに」

織女は一学期の頃、街中で男たちに絡まれて、それを密に助けられている。それを思い出すと、ちょっとだけ顔が朱くなった。

「それに、傍らに誰か人を置いておかないと、お前が何か我が儘を云い出した時、即座に対応が出来ないからな」

あり得る話だとは考えたが、まさか友人として送り込んでくるとは織女も思い至らなかった。

「そして第二に、お前に逢わせる為さ」

「は……？　何故、もっと普通に逢わせようとなさらなかったのですか」

「年頃のお前に男の密を紹介したら、すわ婚約者かって警戒するだろ……しないか？　お前の性格的な問題として」

「いえ、まあ……そうですわね。もし男として紹介されたら、きっと口には出しませんが、警戒はするでしょうか」

「だろ？」

「だろ、じゃありません！　それで密さんがどんな大変な目に遭っていたか……！」

「ああ、うん。だから最後は……密自身の為さ」

「密さん自身の為……女装で潜入させるのが、ですの？」

「違う……正確に云えば、密自身の為になるという、これは僕の我が儘だ」

そう云って、幸敬は少し寂しそうにうつむいた。

「僕たちは、大輔の養子として密を育てた……世間から密の存在を秘密にすることと、もうひとつ。謙虚さを持った子に育って欲しいという目論見もあったんだ」

「謙虚さ……」

「密は兄さんの子であり、風早の子どもだ。つまりそれは同時に、尽星グループのトップに相応しい器として育てるという責任でもある。お前もそう育ててきた」

「それは、解っているつもりですが……」

「生まれに甘え、傲慢、放蕩に育った一族の子どもを僕は色々と見て来た。親の富を食い潰し、非道い時には何百という人間が路頭に迷うこともあった……ひるがえって、お前が真っ直ぐ育ってくれるという保証もどこにもなかった。だからもし、お前が彼らみたいに増長した、後継者として不適格な性格になった場合のために……密を異なる環境で育てておこう、と考えたんだ。しかし、それは間違っていた」

「そんな！　ただでさえ、密さんはご自身の望む生き方をされていないのに……」

──そこで気が付く。密の抱えている問題というのは。

「そうだ。密は元々、望む生き方というものを持っていない。いや、希薄と云うべきなのかな。それは、共に生活していたお前なら解るんじゃないか」

織女にも気が付いていた。密は、自ら何か行動するようなことはあまりない。

誰かが困っている時、助けを求めている時、打開策を探している時――そんな時、密は率先してアイデアを出し、行動し、周囲にある人たちに救いの手を差し伸べる。

ひるがえって、その能力が密自身の為に揮われているところは見たことがない。

「僕らはそこに思い至らなかった。環境の違いだな。密は元々、自分のことをまるで顧みない子だった。そんなあの子は僕たちが助けたことを、本当に感謝してくれて――それはとても嬉しいが、けれど密自身にとっては、あまり良くない傾向を生んでしまった。僕も大輔も、強いた訳ではなかったが、結果的に密がそういう風に育ったのは、僕らの責任だろう」

「お父さま……」

人と触れ合い、自主性を獲得してくれれば――そんな考えそれ自体が傲慢の産物ではないか。密はあんなにも優しく、高い能力を持ち合わせているというのに。

――それでも。

「まったくの世迷い言ですわね、それは」

確かに、一発殴るのもいいのかもしれない。織女もそんなことを考えていた。

「……今まで、黙っていて本当に済まなかった。お前のことを隠す必要もあった」

「大輔さん……」

自宅に戻る車の中、密は密で、混乱のただ中にあった。

「お前の存在が公になれば、権力争いの渦中に放り込まれる可能性があった……だから、事実をお前に伝えるにしても、しっかりとした価値観が備わってからにするべきだろうということで、社長と相談して決めたんだ」

「……そうですね。いきなり、風早の後継者が現れた、なんてことになったら」

自分という存在が、そんな危険物のようなものだということ自体が驚きだった。それはつまり、風早家の戸籍を持って生まれてしまったその時点で、密の存在は無視出来ないものになるということ、争いから逃れられない立場にあるということだ。

(駄目だ。今は色々なことが起こり過ぎていて……)

もう、一つ一つの物事に向かい合おうという気力すら湧いてこなかった。

「密……大丈夫か？」

「よく、解りません。何も考えられなくて」

「そうか」

大輔は、それだけ云うと家路をたどるアクセルを踏み込んでいた……。


「このたびは、申し訳ございませんでした」

結局、なあなあになった密の潜入への怒りは、寮に帰った後、密の同僚である鏡子へと向いたのだが。

「改めまして。尽星コーポレーション社長室直属、茨鏡子と申します。業務上の必要性からとは云え、お嬢さまにはこれまでのご無礼の数々、誠に申し訳ありませんでした」

『あの』毒舌を誇る鏡子に、こんな風に深々と頭を下げられるとは——そこで織女は毒気を抜かれてしまったのだった。

「やめて下さい。こちらまでしゃちこ張ってしまいそうです……今まで通りで構いませんよ、鏡子さん。一度友人になったものを、そうも掌を返されるとあまり楽しいものではありません。総て演技だったということでもないのでしょう？」

「織女さんがそう仰有るなら、まあ元に戻しますが……イヤですよ？　後で部下に戻った時、いきなり減給とかクビにするとかは」

鏡子の口調が元に戻り、織女は苦笑と共に安堵する。そう、総てが嘘や偽装だった訳ではないのだと、そこで織女も気付かされ、少し救われた気持ちになる。

「しませんわ。どうせ父の指図なのでしょうから。ところで、美玲衣さんは何故？」

当然のように横にいる美玲衣に、織女は首をひねった。

「私は無関係なんですが、密さんの正体を知ってしまっている人間なので、一応同席をと」

「し、知っていたのですか⁉」

「まあ、その……貴方のお父さまの強権が発動していまして、バラそうとすると学院を退学になるとのことなので、仕方なく黙っていたという感じです」

「それは、知らないところで父がご迷惑を。ですが、あまり怒っていないように見えますね」

「密さんに誠心誠意頭を下げられてしまったので……あの人に掛かると、怒るのも難しくなると云いますか」

「……ふふっ、そうですね。それはよく解ります」

織女も苦笑してしまう。今はもう、密へのわだかまりは四散してしまっていた。

「では鏡子さん、改めて話を聞かせて貰いましょうか」

鏡子は、無言で肯くと、織女に自分の職務内容を話してくれた。

「基本的には本来、密さんは織女さんと顔を合わせる予定ではなかったのですが」

「そうでしたね。初めて声を掛けた時、密さんは何だか捉えがたい表情をしていましたが……あの顔の理由にようやく合点がいきました」

「どうにか、煙に巻いて立ち去りたい――そんなことを考えていたでしょうね」

「ふふっ、わたくしは初手から、密さんの潜入計画を頓挫させてしまったのね」

「密さんの任務は織女さんの護衛だけ。ですから、本当は何もする必要はなかったのですが」

「……総て、わたくしの所為だった、ということですね。何だかおかしいわ」

どうやら全貌がつかめてきた。つまり、こうなったのは織女自身が招いたことであるらしいということが。

「わたくしの友人になることも、照星を引き受けることも、友人たちを助けることですら――あの人の任務ではなかったのですね。それなのに、思い返せばわたくしはあの人にずっと助けられていた」

出逢った時のことを思い出す。まるで福音を聞いたかのような、澄んだ声色。

何より、その神秘的な佇まいが鮮明に蘇っていた。

「お陰で当初練っていた潜入後のプランが総崩れでした。休み返上で組んでいたのですが」

最後に一言、これは単に鏡子の愚痴なのだろうが、思わず織女は笑ってしまう。

「そんな顔をされてもわたくし、お父さまに鏡子さんのお給料を上げるように、とは頼めませんね。瞞されていた方ですから」

「残念です。せっかく良いコネをつかんだと思ったのですが」

「あら、友人をコネ扱いするのはあまり感心出来ませんよ？　ふふっ」

「む、ここのところ切り返し方が上達してますね、織女さん。やはり鍛え過ぎたでしょうか」

「主に鍛えた本人の鏡子さんが、そんな愚痴をこぼすのも趣深いですね」

　二人の遣り取りを見て、美玲衣が笑いを堪えていた。

「私の毒舌は生来身についているものなので、盗む方が悪いのです」

「毒舌の啓蒙運動をされている訳ではなかったのね、鏡子さん……それは存じませんでした」

　どうやら、話し合いは円満に済んだようだ。気付けば三人は笑い出していた。

「取り敢えず、鏡子さんは鏡子さんだということが解っただけでも、正直ありがたいですわ」

「……何やら複雑な心境になりますが、まぁいいでしょう。他には何かありますか」

「密さんは、これからどうなさるのでしょうか」

「そこは解りませんね。ただ性格的に、自分からここに戻ることはないかと――任務とはいえ、女性に対して非人道的な活動を行っていたのは事実ですし、本人も良く罪悪感に駆られていましたから」

　これには織女も返す言葉がない。部屋には無言の糸がピンと張り詰める。

「先ほど貰った連絡では、取り敢えず自宅で自主的に謹慎されるそうですが」

「そうですね。密さんが学院《ここ》に戻ることは、もう……」

「そもそも理由と意味がありません。致し方ないこととは思う……のですが」

「ですが……？」

「まあ寮の面々他、寂しがる者が大勢いるかなと……失礼、任務には無関係でした」

（女の姿で潜入した男子――大問題だというのに。不思議ですわね）

「少し……寂しい気がしますね」

美玲衣のそんな言葉に、織女もまた寂しさと困惑を抱えていた。

怒ろうという気持ちが、これっぽっちも湧かないのはどうしてなのだろうか。

鏡子にしても、美玲衣にしてもそうだ。結城密という人間に対しての、信頼と期待がにじんでいるようにすら思えるのは何故なのか。

そして、告発をした自分自身の心の片隅にすら、同じ感情が芽生えていることが。


「えっ、ご病気……なのですか？」

そんな、容疑者不在の逮捕劇が起こり、誰が処分を下せばいいのかも不明なまま。

密の不在は、取り敢えず病気――ということで処理されることになった。

「昨日、織女さんと一緒に出掛けた後、急に具合が悪くなったということで……熱が高いらしいのですが」

「いまは病院に入って、検査を受けている感じらしいですわ」

嘘の云い訳を告げながら、自分の言葉が周囲の人間を沈ませていく。その事実が織女を気重にするのを感じていた。

こんなことをしたかった訳ではないのに――と。

季節は冬に向かう時期へと差し掛かっており、時折吐息が白く変わる。

「はぁ……」

密が入院という話はあっという間にセラール中を駆け巡り、学院中が、まるで葬式のように雰囲気が暗く沈んだものになってしまった。

「まるで、密さんを失った生徒たちの心が冬を呼び寄せたように錯覚をしてしまいますね」

陰鬱な曇り空を眺めて、つい織女もそんなことを考える。

今日で、密が学院からいなくなって一週間が過ぎていた。

「あ、姫」

廊下の奥から声が掛かる。一組の細井千枝理と、棚倉円の二人は、密がクラスで最も親しくしていた友人たちで、織女も密を訪ねた時によく話をする相手だった。

つまり、彼女たちとも一週間近く逢っていなかったのだ、ということに気付く。

「千枝理さん、円さん……お久しぶりですね」

「はい……」

いつもなら、弾けるような元気を見せる円に、何故か元気がなかった。

「如何ですか、このところの一組は」

「そうですね……正直、灯が消えたような感じですわ」

「私たち、密さんに頼りきりだったんだなって……痛感させられたと云いますか」

一組は、当然といえば当然だが、薔薇の宮である密を中心にクラスが回っており、そうでなくとも、定期試験がやってくるたびにみんなの勉強をみていたりと、密はクラスメイトたちからも慕われる存在だったという。

(そんなところにも、密さんの人柄が出ているのですわね……)

「連絡は、何も?」

「ええ……メールは送っているのですが。返事は……」

「……そうですか」

織女も、父親から事情を聞いたこと、そして身の振り方を決めたら報せて欲しいとメールをしたためて送っていたのだが、今のところ返事はなかった。

謹慎という話だったので、連絡も取らないようにしているのだろうか——初めはそう思っていたのだが、この長期に至って、少し気になり始めていた。

「姫にも、連絡がないのですか……?」

「ええ……何をしているのでしょうね、本当に」

そう答えながら、密をこんな状況に追い込んだ織女自身が、彼女たちと同じ気持ちになってしまっていることに気付き、困惑を隠せずにいた。

†

「それで、密さんは対外的には病気ということに? ですが、その……そもそも戻ってくる理由がありませんし、退学ということになるのでは」

次の日、織女と美玲衣は図書館の一角で話をしていた。

「そうなのですが……確定的な未来が見えませんし、今の段階でおかしくないような理由を付けるくらいしか出来ないでしょう」

「……織女さん」

美玲衣には、正直織女の云っていること自体はまったく要領がつかめなかった。

対象に偽装がばれ、本来的な護衛任務に復帰出来ないとなったなら、退学にするしかないというのに、確定的な未来というのは何なのだろうか。

（つまり、織女さんとしても戻って来て欲しいのでは……）

美玲衣としては、戻って来てくれればいいと思ってはいる。元々、頭を下げられた時に、密のことは許していたのだが。

「美玲衣さん……少し、相談に乗って貰っても？」

「私にですか？　あまり上流階級のことは詳しくないのですが」

美玲衣の飛ばす軽いジャブに、織女は肩を竦める。

「そうですね。まあ今回ばかりは、わたくしも知らないことばかりだった——というところなのでしょうけれど」

皮肉をさらりと流すくらい、どうやら織女自身が参っているようだ。それで美玲衣も、襟を正して話を聞こうという気になった。

「実は……」

密が尽星の新たな後継者候補であるという話を、織女は簡潔に美玲衣に語ることにした。

「その、どう云ったら良いのか解りませんが、随分とはた迷惑なお父さまですね」

「ええと……はい、申し訳ありません」

珍しくしゅんとする織女に、美玲衣は苦笑する。

「いえ、織女さんを責めている訳では——それにしても難しい話です。私は密さんを嫌いではありませんが、企業グループの、しかも尽星のような世界を股にかけた大企業のトップとなると……確かに些か適性を問われるところはあるのかも知れません」

詰まるところ、それは経営者としての才能と、優秀な社員としての才能が別のものである、と云ったような見解なのだろう。多分社員としてなら、密というのは引く手数多であるに違いない——美玲衣はそんなことを考えていた。

「その辺、父には大演説を打《ぶ》ち上げられてしまったので、まあ理解しないではないのですが……今の密さんを不適格、と決めるのも偏った判定なのではないかとは」

「そうですね。『精神科医の精神の健康を、誰が診察するのか？』という問題かと。大前提で診断者の判断力に問題があった場合、果たしてどうすべきなのか、という」

「父が暴君である、という可能性も棄てきれませんからね……ええと、大分話が逸れました。わたくしが相談したいのはですね……」

「何となくですが解ります。今までひとり総領娘《あととり》として諦めていた、『自由の身』になれるチャンスが出て来てしまって、困惑している……とかでしょうか」

美玲衣の言葉を聞いて、織女は目を剥いて驚いていた。

「すごいですわ！　どうしてお解りになりますの⁉」

　それは、織女と来たら普段から『今のうちにやり残しのないように』と積極的に事件を起こして回っているくらいだ――自分の将来をどう考えているのかなんて、云って回っているようなものだ。そう美玲衣は思ったが。

「まあ私は超能力者だから、ということにしておきましょうか……密さんなら、間違いなく『織女さんの好きにすれば良い』と答えるでしょうね」

「で、ですから美玲衣さんに相談しているのです……」

「なるほど……」

　密の処分が中途半端にぶら下がっている理由も、これで何となく理解出来た。織女にとって、もう密は警備会社の社員などではない。自分と対等の地位を保有している人間で、それを処断してしまっていいのかどうか判らなくなっているのだ。

（わざわざ私に相談に来るってことは、織女さんも本気で困っているのだろうけれど）

　ただ、美玲衣としては親の制御下から脱するべく将来の計画を練る身であるので、その悩みはいささか滑稽に映るけれど、そこはまあ母屋の大きさの違いなのだろう。

「私から何か云えることがあるとすれば……織女さんを待つ『権力者の椅子』というのは、要塞や牙城というよりも、寧ろキャッチボールの球、という感じではないかと思うのですが」

「な……どうして、そう思いますの？」

　驚く織女に美玲衣は苦笑する。会社社長なんていうのは、結局株券の山の上に座る名刺一枚の存在――なるほどそんなことを思う自分は、やはり山師の娘なのだと。

「例えば民主的な株式企業であれば、それは株主総会や役員会での決定が必要ですが……織女さんのところは親族企業で、しかも決裁権《キャスティングボート》を握っている独裁政権ではないですか」

「な、何だか悪の大企業のようですが……まあ実情的にはそうでしょうか」

「端的に云うならば、織女さんは密さんと仲良く友人関係を築いておけば、権力の椅子を二人でキャッチボールしたって良い、ということです」

「…………!!」

そんな美玲衣の突拍子もない意見に、織女は目を見開いた。

「そう……そうですわよね。どうして、どちらかしか後継者になれない、と思ってしまったのか。嫌なり疲れたなりしたら、代わってもらえばいいのですね」

「……いえ、まあ実際に実行するのは結構大変だとは思いますけれど」

「どうせ根回しなどは部下にやらせるのでしょうから、そう初めから出来ないと決めることもないでしょう……素晴らしい知謀《アイディア》ですわね、美玲衣さん」

「そ、そうでしょうか……」

やはり生まれながらの上流階級というものは、基本的な思考が自分たちとはズレているのかも……美玲衣はつい、そんなことを考えた。だが、そんな野放図な喜びようを、美玲衣も嫌いにはなれなかった。

「お陰で、随分と気持ちが楽になった気がします……ありがとうございます、美玲衣さん！」

「……いえ、お役に立てたなら、まあ良いんじゃないでしょうかね」

ずっと、織女には特殊な感情を抱いてきた美玲衣だったけれど……嬉しそうな感謝の言葉を聞いた瞬間に、不思議とそれがするりと解けていくような気持ちに襲われていた。

「お礼に、これから食堂でいちご牛乳でも如何ですか」

「そういうのはちょっと……せめて学食の珈琲とかで。ああ、将来的に織女さんの部下にしてもらって、生活を保障して頂けるのでもいいですけれど」

「あら、わたくしの軍門に降られるのですか……？　それもいいですけれど、取り敢えずは珈琲ですかしらね」

織女が立ち上がり、美玲衣もそれを追って席を立つ――ようやく、自分は織女と肩を並べたのではないか。そんな風に思う美玲衣だった。


「……おや、美玲衣さん」

夜、美玲衣がお茶でも淹れようと食堂に顔を出すと、鏡子の姿があった。

「何故、こんな時間にひとり寂しくテレビを？」

「ひとり寂しくは余計です。毎週この時間は、録画出来る番組がひとつしかないので、ここでリアルタイムで観るのが習慣になっているのです」

「そうですか。お茶を淹れますが、要りますか？」

「なら、ついでに一杯お願いします。さすがにこの時間の食堂は少し寒いですから」

その言葉を聞いて、美玲衣は調理場に入っていった。

「そういえば、結局密さんはどうなる感じですか」

お茶を淹れて、美玲衣が食堂に戻ってくる。鏡子は受け取って、カップで手のひらを温めている。

「基本的には、密さんが戻ってくる目はないでしょう——そもそも、任務としてここにいた訳ですし。それが失敗したとなれば」

「そうですよね。ですが、学院や寮の皆さんの落ち込みぶりを考えると……」

「解りますが、まあだからといって男と知ってしまった密さんを呼び戻せますか？」

「それは私に聞かれても。何しろ脅されて黙っていた口ですからね」

「ああ、そうでしたね……まあ一応、呼び戻す方法はあるんです」

「ええっ⁉」

何と云うこともない、という感じで鏡子が話すので、美玲衣は面喰らってしまう。

「単純な話、織女さんの護衛任務を再開させればいいだけです。元々、期間は卒業までということになっていましたから……結局、そこについては織女さん次第なんじゃないでしょうか」

「……そういえばそうですね」

「というか……そもそも、織女さんは密さんに怒る為に、社長のところに行った訳で。密さん的には現状宙ぶらりんの放置状態なのです。あの人は律儀なので、謹慎状態が続くと、ずーっと反省してそうで、ちょっと心配ではあるんですが」

「あの、鏡子さん……それ、織女さんには」

「まさか。そんな人事考査に引っ掛かるような危険を冒せる私に見えるとでも？」

「そうですね、三割くらいは」

「三割ですか。惜しいですねー、実行に移すには五割を超えるくらいじゃないと」

鏡子は飄々としている。そこで理解した、鏡子は自分にやらせる気なのだと。

「織女さんは気付いていないけれど、実は密さんに対する決裁権を持ったままなのね……」

確かに、昼間に相談を受けた時にも織女自身の悩みは別のところにあった。密が自分と同じ後継者候補となった時点で、生殺与奪の権利も召し上げられて、他の誰かのところに行ってしまったと思い込んでいるに違いない。

「まあ、織女さんも色々ショックな出来事が重なりましたから。あまり責めないであげて下さい。そうだ、ちょっと待っていて下さい」

そう云って鏡子は立ち上がり、しばらくして戻って来ると美玲衣に何かを握らせた。

「密さんの任務用スマートフォンです。寮の部屋に置きっ放しで、充電が切れていました」

「!!　……だから、誰がメールをしても返事がなかったんですね」

密にとってみれば、任務に失敗した時点で必要のないもの――けれどこれが、『女生徒の結城密』と自分たちを繋ぐ、最後の一本の糸なのだ。

「私、今から織女さんのところに行ってきます」

美玲衣は、飲み止しのカップを片付けるのも忘れて、食堂を出て行く……そんな様子を見て、鏡子は苦笑していた。

「……私は、これで幕引きでも良いかと思っていたのですが。やはりそういう訳には行かないようですね、密さん」

鏡子は、不可思議な表情を浮かべると、残っていた紅茶を飲み干した……。

「……何と云うか、また料理の腕が上がってないか、密」

「どうでしょうね。まあ、色々と寮のみんなのリクエストとか受けたりしていたので、鍛えられた部分はあるかも知れませんね」

実家に戻った密は、特に何をするでもない日々を送っていた。

任務にあたって学籍をセラールに移していることもあって、失敗したからはいそうですかと、以前の学校に戻れる訳でもなくて。

「なるほど、悪いことばかりじゃなかった……ってことだな」

「そうですね……」

謹慎といっても、ただ無為な日々を過ごしているだけだ。

「それじゃ、行ってくる」

「ええ、行ってらっしゃい」

大輔を送り、誰もいない部屋に独り残される。

密がいなかったこともあって、久し振りに戻った家はいい感じに散らかっていて、しばらくは家中を片づけることに夢中になって、何も考えずに済んでいたのだが。

もう、出来ることは何もなかった。

「……そうか、昔の僕は、勉強と家事しかしていなかったんだな。それなのに」

一体、この喪失感は何なのだろうか、自分は一体、何を失ったのか。

そんな自問で、密は自分が『何か』を失ったと感じていた。

「そうか。これって……」

セラールの生徒として、友人たちと過ごしたあの充実した日々が、不意に脳裡へと蘇ってくる。それは密が罪悪感の裏側で、けれど確かに享受していた幸せだったのだ。

(僕は、『女生徒の結城密』という、もうひとりの自分を失ってしまったんだな)

自分は何て勝手な人間なんだろう——あんなに嫌がっていたくせに。

いつか、こんな日が来ると解っていたはずだった。それなのに、実際にこうなってみると、自分で思っている以上に、驚くほどに尾を引いていたのだ。

——ピンポーン。

そんな物思いに浸っていると、玄関のチャイムが鳴った。

インターホンのカメラに映った姿を見て、密は心の底から驚かされた。

「美玲衣さん⁉　待っていて下さい、いま開けますから」

それは、日常に戻った密に、非日常が訪れたような衝撃を与える。

驚いた密は、エプロンを外すと慌てて玄関に向かった……。

「…………………」

美玲衣を居間に通してお茶を淹れたけれど、二人はしばらく無言だった。

「ええと、お、思ったよりも元気そうで、良かったです……」

カラカラになった喉をお茶で潤して、ようやく美玲衣が発した言葉はそれだった。

「それで、どうしたんですか美玲衣さん。こんなところまでわざわざ」

ここまで、飛ぶ鳥を落とすような勢いで事を進めてきた美玲衣だったけれど、いざ実際に密を目の前にすると、どうすればいいのか解らなくなってしまった。

(だって当たり前じゃない！　密さんにとっては、今が男性として普通の生活なのに、戻って来て欲しいなんて……私たちに、そんなことをお願いする資格があるの⁉)

男としての姿、立ち居振る舞いを見て、美玲衣は急にそんなことを考えるようになってしまった。変なお願いをしたら嫌われてしまうかも知れない。

そんなことが頭の中をぐるぐると巡ってしまっていた。

「……だ、大丈夫ですか？」

「らっ、らいじょうぶれふっ……‼」

急に問われて、慌てて答えると舌を噛んでしまった。顔が真っ赤になるのを感じる。

「そんなに緊張しなくて大丈夫ですよ。中身は変わっていませんから」

密が気遣って微笑むと、美玲衣は何だか泣きそうな気持ちになってしまった。

「あのっ、こんなお願いをするのはおかしいのかも知れませんが……もっ、戻っていらっしゃいませんか⁉」

「えっ……セラールに、ということですか」

密には晴天の霹靂だった。そんなことを云われるとは思ってもいなかったから。

「どうしてですか。僕にはもう、戻る理由がないのですが」

その回答は、至極真っ当なものだった。密としてはそうとしか答えようがないのだ。

解っていたはずだ。美玲衣はゆっくりと深呼吸をして、気持ちを落ち着ける。

「織女さんは、密さんのことを許していますーー寧ろ、後悔しているようです」

「ですが、織女さんがしたことは間違っていませんよ」

「そうですね、倫理的にも法的にも。けれど、それだけでは清算出来ない感情というのはあるものです」

「美玲衣さん……」

美玲衣は、テーブルに密のスマートフォンを置いた。

「これは……僕のスマートフォン」

「鏡子さんから預かってきました。密さん……貴方の足跡《そくせき》は、いなくなるにはあまりにも大き過ぎたのです。今ここで充電して、中を確かめて下さい」

密は首を傾げたけれど、近くにある充電スタンドにスマートフォンを挿した。

「それから、織女さんから伝言を預かってきました。こちらはシンプルに『貴方の立場については、悩んでも無駄なことだから、考えるのはやめなさい』だそうです」

「織女さんが……お見通しですか、参りましたね」

話をしているうちに、密の声色が明るくなってくる。それを見て、美玲衣は確信を深めていく——自分は間違ってはいないのだと。

「美玲衣さん、もしかして僕の生い立ちの話も聞いているのですか」

「ええ……その、実はそのことで、織女さんから相談を受けたので、その時に」

「織女さんが……？」

美玲衣は、織女にも迷いがあったという話を、かいつまんで密に話して聞かせた。

「そうですか。織女さんがそんなことを……僕は、ずっと幸敬社長と大輔さんに恩返しが出来ればそれでいいと思っていたのですが。さすがにこれはちょっと重いなと思っていたところです。『それでいい』に必要な力量が、あまりにも大き過ぎて」

「織女さんでさえ、後継者という立場を呑み込むのに、十年は費やしたのだと云っていました。だから、密さんが今すぐに何か結論を出すというのは、難しいのではないかとも」

「確かに。僕は後継者候補という自分の立場について何も知らない——知らないものを考えようとしても無駄なんですね。なるほど、その通りです」

何も持っていない、何も知らない——それさえも、人に教えられなければ気付かないことがある。美玲衣はそんなことがあるのかと、新鮮な驚きを感じていた。

「突然にいくつもの出来事が起きてしまって、正直ずっと、頭がまっ白でしたから」

密が恥ずかしそうに笑うのを見て、美玲衣はやはり、この人に戻って来て欲しいという想いが強くなっていく。

「ん、スマートフォンが……」

その時、充電がある程度終わったのだろう。スタンドに挿さったスマートフォンに電源が入ると、ぶるぶるとその機体が振動をし始めた。

「どうですか」

密が画面にタッチして起動させると、そこには通知があふれ出していた……！

「メールが、こんなに……」

スマートフォンが震え続けているのは、電源が切れている間に溜まっていた、セラールの生徒たちから送られてきた沢山のメールが届いている報せだった。

寮のみんな、クラスメイト、薔薇の宮として触れ合ってきた、沢山の生徒たちから。

――沢山の通知が、画面を埋め尽くしていく。

「密さん……それだけの生徒たちが、いいえ。セラールの生徒全員が、薔薇の宮としての貴方の帰りを待っているのです」

「僕の、帰りを……いや、ですが僕は」

「何度でも云います。貴方の帰りを待っているのです、薔薇の宮！」

その震える声に、密が驚いてスマートフォンから顔を上げると、そこには目に涙を溜めている美玲衣の姿があった。

「女生徒『結城密』は、確かに仮初めの姿かも知れない、演技かも知れない――けれど、それは完全に貴方の半身、もう一人の貴方なのです、密さん。ご自分でも解っているのではありませんか⁉」

密は言葉を失った。密自身には強い罪悪感の裏返しで、そんな都合のいいところだけを切り出して喜べないという気持ちの表れだったが、同時に、こんな激情に駆られた美玲衣の姿を見るのは初めてだったたから。

「貴方はご自身の罪悪感のことばかりを気にしているようですが、置いて行かれた私たちはどうすればいいのですか！　最後まで薔薇の宮を演じ切ることが、貴方が瞞してきた生徒たちを安堵させる、唯一の方法なのではありませんかっ……⁉」

「美玲衣さん……」

「それに私っ、このまま密さんと逢えなくなるなんて嫌です！」

そこまで云い放って、美玲衣はハッとして口を覆った。反射的に、椅子から立ち上がって、そのまま出て行こうとする。

「待って、美玲衣さん……待って下さい」

密も立ち上がると、美玲衣の傍に行くけれど……掛ける言葉が見付からなかった。

「……美玲衣さんを、抱きしめてもいいですか」

密がようやく吐き出したのが、この言葉だった。

「えっと、その……どうぞ」

美玲衣も、顔を真っ赤にしながら、小さく小さくつぶやく——やがて、ゆっくりと密の両腕が美玲衣を包み込むと、彼女の両目から溢れた涙が頬を流れて、密のシャツの上に落ちて、そして染み込んでいく。

「お願い、戻って来て下さい……私のためじゃなくていいから」

「そう云われると、すごく心が揺れますね。でも、そんなのは不謹慎ですよね」

美玲衣を優しく抱きしめながら、苦笑したような声を密がこぼす。

「密さん……そう、ですよね……」

残された生徒たちのために、そう思ってやって来たのに、こんなところで、もうひとつの本心をさらけ出してしまった。美玲衣は自身の失態に目まいのする想いだ。

「許してくれますか。こんな不謹慎な僕が、女生徒『結城密』として戻ることを」

「密さん……では……！」

恐る恐る、美玲衣が顔を上げると、そこには少し恥ずかしそうな密の顔が。

「僕も、ずっと自分が空虚な存在になったような気がしていました。だけど、こうなった以上は、戻るなんて非常識なことだし、これ以上嘘を重ねるのかって」

「はい……」

「でも、それだけで済ませちゃいけないことがあるって、みんなのメールが教えてくれました……それと、美玲衣さんの涙が」

「ご、ごめんなさい……云うつもりはなかったのですが」

「嬉しいですよ。美玲衣さんみたいな人に好かれて、嬉しくないはずがありません……単純なことを云えば、僕もただの男子ですから。許してくれますか」

「……はい。いいです。私は、私だけは……男である密さんの不謹慎を、許します」

「ありがとうございます、美玲衣さん」

密は、少し迷って……美玲衣の額に、そっと口づけをした。そして咳払いをする。

「照星二人の判断に従います——結城密は、薔薇の宮として卒業まで精いっぱい務め上げることを。せめてもの罪滅ぼしとして。そして、ありがとうございます」

ソプラノの声でそう宣言をすると、美玲衣がボロボロと泣き始めた。

「……ずっと、可愛い人だと思っていました。美玲衣さんのことを」

「いつの間にか、好きになってしまっていたのです……密さんのこと」

密の胸にしがみついてボロボロと泣く、美玲衣の頭をそっとかき抱いて。

二人はしばらく、そのままで抱き合っていた……。

「みんな……」

久し振りにセラールの制服に袖を通して、密は正門までの、ゆったりとした坂道を登っていく。手の中のスマートフォンからは、たくさんのメッセージが溢れ出した。

『密さんがいないと、クラスがなんだか寂しくてのう……想い出語りをみんなつい始めちゃって。今は回想モードお婆ちゃんごっこが流行しつつありますぞ？』

円らしいおどけた文章で、つい笑ってしまう――けれど、そんな文章の最後に。

『でもね密さん……早く連絡してくれないと、わたしたち本当にお婆ちゃんになっちゃうからね⁉　ほんとに頼みますよ⁉』

――気が付けば、また密の目からは涙が溢れ出していた。

「いけない、化粧が落ちてしまう――」

それぞれが、それぞれの想いで、密を――いいや『結城密』という女生徒のことを心配してくれていた。涙でぼやけて、文章を目で追うことが出来なくなったので、読むのをやめる。

自分以外にとって、結城密というのは現実の存在なんだ……こんな風に求められて。

それが例え偽りの仮面であったとしても――それもやはり自分だったのだ。そのことを流れる涙が痛感させる。

不安と、困惑を胸に秘めて……それでも胸を張って、校門をくぐっていく。

『結城密』は、自分でもあるけれど――何よりも、みんなにとっての大切な友人で。

(だからみんなの為に、僕は胸を張って――『結城密』であるべきなんだ。それが、僕に出来る、唯一の、みんなへの恩返しなのだから)

「あっ、密お姉さま！」

そんな声に上を振り仰ぐと——。

「えっ、何処ですか⁉」

「本当！　薔薇の宮さまだわ！」

「うそっ、登校していらっしゃったの⁉」

たちまち、溢れ出す黄色い声に、密は胸が一杯になってしまった。

「みなさん……」

授業中の筈の、教室の窓から——生徒たちが手を振っていた。

「お帰りなさいませっ！　お姉さまぁ！」

「お待ちしておりました！」

沢山の窓から、溢れる女生徒たちの歓呼の声に。

「はい……ありがとう、ございます……！」

気付けば……密の目には、また涙が浮かんでしまっていて。

「ですが、いけません……ちゃんと、授業にお戻りなさい……！」

「「はーい……！」」

——先生たちに苦笑で窘められながら、授業に戻っていく生徒たちを眺めながら。

密は、心の中で『ただいま』と、それだけをつぶやいていた……。

「すごい歓声でしたわね、密さん……少し妬けてしまいます」

密が理事長室に向かうと、そこには織女と美玲衣、そして鏡子が待っていた。

「そういう訳で、美玲衣さんがお伝えした通り……わたくしの警護への復帰をお願いします」

「織女さん……」

「お聞きになりましたでしょう？　あの大歓声を。もう尽星の後継者がどうとか、どうでもいいのです——貴方はまず、この学院で筆頭照星《エルダー》として必要とされている。そのご自覚をなさって下さい」

「……はい。肝に銘じます」

「それに貴方は最早、名実ともに私の好敵手《ライバル》となったのです……逃げることなど許されるとは思わないで欲しいですわ」

「……不肖のこの身に、そこまでのご厚意。ありがとうございます」

「お帰りなさいなのです、密さん」

「鏡子さん……はい。またご迷惑を掛けることになりますが、宜しくお願いします」

「仕方ありませんね……不本意ですが」

不思議と、鏡子の表情も穏やかなように思える密だった。


「お姉さま……！」

「花ちゃん……！」

そして復学の手続きなどをこなして夕方。

寮の玄関を開けると、密の姿を見付けるなり、花が飛び込んで来た。

「良かった、お戻りになって……！　心配したんですからね……！」

「ごめんなさい。連絡が出来なくて……メール、一杯ありがとうね」

「お帰りなさい、密お姉さま」

「お待ちしておりました……急にいなくなったのでびっくりしてしまいましたわ」

美海やすみれたちも出迎えてくれる。

「ごめんなさい……心配を掛けましたね」

不思議と、帰ってきたんだな——という実感で胸が一杯になって、密はそれ以上上手く言葉に出来なかった。

（……喪失感の理由が、この場所にあったなんて）

ずっと、いない人間だと思い込んでいた女生徒の『結城密』は、いつの間にか、自身の半分になってしまっていたということ。それを思い知らされる密だった。

「とはいえ、このピンクの部屋に感慨を覚えるのはさすがに難しい……かな」

寮の自室に戻って、ピンクの壁紙を見て苦笑いしていると、誰かのノックの音。

「……密さん」

入って来たのは美玲衣だった……のだが。

「んっ……」

「！」

駆け寄った美玲衣は、しがみついて密の唇を奪うと、しばらくして離れた。

「ぷぁ……密さんの不謹慎、わ、私だけは許しますから！　忘れないで下さいね」

「美玲衣さん……⁉」

顔を真っ赤にしてそれだけ告げると、部屋から出て行ってしまった。

「……これは」

まるで宣戦布告のように駆け抜ける美玲衣の恋情に、密は嬉しいような、困るような、そんな気持ちになっていた……。


「……見ましたか」

「ええ、見ましたわ」

早足で廊下を自室に戻っていく美玲衣——それを曲がり角の陰で見守る二人の影。

「顔が真っ赤でしたね」

「でしたわね。これは、何かありましたわね！」

織女が眼を光らせるが、鏡子はあまり興味がなさそうだった。

「というか、織女さんはそれでいいのですか」

「何故ですの？　男と女がひとつ屋根の下です……これもまた必然では」

「いえ、まあ織女さんがそれでいいというなら、私は別に……」

織女の密に対する興味というのは、異性に対するものではなかった、ということなのだろうか？　鏡子はそんなことを考えたが、いずれにせよ織女のようなエグゼクティブ・モンスターの考えることなど理解出来ないと、そうそうに思考を放棄することにした。

（私にとって、家族というのは何なのだろうか）

美玲衣も、時折考えることはあった。だが答は出なかった。

父親は、儲けと世俗的な知名度に固執し、母親は贅沢と物欲に狂奔した。

子どもの頃はまだ美玲衣が幼く素直だったこともあって、表面上は家族の体裁を保っていた。

家族イメージの取材などもあって、美玲衣も蔑ろにはされていなかった。

成長し、それなりに自我がしっかりするようになってくると、美玲衣は両親から疎まれるようになってくる。父親の懐疑心を受け継ぎ、母親の浪費癖を嫌った結果ではないかと美玲衣自身は考えていた。投資家という仕事の、いい面も悪い面も見ていた美玲衣は、父親とは違って投資家そのものに懐疑を抱くようになったのだった。

（父は、いつか破滅するに違いない）

若い頃に持っていた、体力に飽かせた精緻な分析力は過剰な自信に取って代わり、情報力をカリスマで補うようになっていった。歳に合わせて武器を変えるのは生存戦略としては正しいが、選んだ武器には問題があると云えた。

そして美玲衣の不安は、とうとう的中することになるのだが……。

「ニュースです。一部上場の投資ファンド運営会社、エムエスホールディングスが東京地裁に会社更生法の適用の申請を申し立て、倒産しました。負債総額は――」

それは小さな幸せの後にやって来た、大きな波だった。

「美玲衣さん、これもしかして……」

「父の事業ですね。とうとう、という感じでしょうか」

覚悟をしていたものか、美玲衣はクールだったが……それでも、さすがに微かな不安さが見受けられる。

「ここに越しておいて正解、というところでしょうか。織女さんには感謝しないと」

「それは結構なことですが、ご両親のことはよろしいのですか」

「そうですね。一応、連絡を取ってみます。無理かも知れませんが」

そう云って、美玲衣は自室に引き取ってしまった。

「姫、結構キツイ云い方だったね。何かあった？」

「いえ、美玲衣さんも緊急事態だと思いますし、自室に引き揚げる理由が欲しいかと思ったのですが……」

「なるほど、確かにそうかもね」

理由を聞いた美海が肯く。自分だったらそこまで気が回らないなと、密は思った。

「大丈夫なのでしょうか……」

花が心配するが、鏡子が首を振る。

「美玲衣さん自身は債権者ではありませんから、今すぐどうこうということはありませんが、一家がバラバラになるくらいは可能性がありますね」

「そうですね。美玲衣さん自身は、以前から備えていたようですが……」

「無傷、という訳には行かないでしょうね」

密も美玲衣のことが心配になったが、いま出来ることは何もなかった。

「拠って立つものが失くなるというだけでも、人は不安定になるものですけれど」

「経験があるような云い方ですね、密さん」

織女と鏡子は、密の部屋に集まっていた。

「わたくしは一応、両親を喪っていますから」

「なるほど……」

揃って美玲衣の部屋に励ましに行くという案も出たが、自立の気風の強い美玲衣のことを考えると、それもあまり歓迎されないだろうということになった。

「ああ、ですが密さんが一人で行くというのはありかも知れませんよ?」

「ど、どうしてそういうことになるんです……」

織女にからかわれて、密はドキリとさせられる。

「確かに。それはアリかも知れませんね」

「鏡子さんまで……」

女の勘なのか、それとも何かを目撃されたのだろうか。このところ、二人の美玲衣を使ったいじりが増えているように密は感じていたが。

「実際、頑張ってと云ってあげるくらいしか……後は、話を聞いてあげるとか。美玲衣さんがそれを望むかどうかではありますけれど」

「いずれにせよ、問題は明日以降でしょう。この学院の生徒は親の失敗には厳しいところがありますからね」

「ああ、そうか……」

お上品な女学院でも、陰口というのはなくならないものなのだ。特に、美玲衣の父親はテレビ出演も多かったし、ゴシップとしては申し分ないのだから。


「それで、大丈夫なのですか……ええ」

そんな密たちの心配を余所に、美玲衣は母親に連絡を取っていた。

「まったく、破産なんて冗談じゃないわ。あんなにいつも調子のいいことばかり云っていたくせに、そんな駄目な男だとは思わなかったわ」

（……母は、一体父の何を見ていたのだろう。いや、見ていなかったのだろうな）

「取り敢えず、こっちは隠れてるから。ったく、あんたも一人でさっさと逃げてるしさ……てか、こうなるって解ってたなら、何であの盆暗を止めなかったの」

「意見はしましたよ。聞いては貰えなかったけど」

「そ。ま、最悪金がどうにか出来なきゃ離婚することになると思うけど、あんたはあんたで、そん時は好き勝手に生きてよね。お陰で人生設計がパーよ。馬鹿馬鹿しい」

この母親の下で、自分はそれなりにまともに育ったと自負してもいいんじゃないかと、改めて美玲衣は思った。確かに暴力をふるうような親じゃなかっただけマシだ、という考え方もないことはないのだけれど。

「わかりました。じゃあこれで、母さん」

結局、母親からは現在債権者から逃走中であることしか情報を得られなかった。

「情報はないに等しいか……まあ、マスコミに囲まれた家から脱出不能になるのは避けられたからいいとして。問題はこれからよね」

明日には、学院中に父親が破産したことが知れ渡るだろう。卒業までの残り四ヶ月を、悪口や陰口に囲まれて生活するのは、少なからず精神力を要するはずだ。

「しっかりしなさい美玲衣。貴女はこういう日が来ると、判っていたはずでしょう」

鏡に向かってつぶやいてみる。まじないほどの効果もないかも知れないけれど、決意表明はこういう時に小さな力になってくれる。それは経験で知っていた。

(幸い、この寮のみんなは私に理解を示してくれる。この中だけでも悪口を聞かずに済む聖域になってくれるのは、とてもありがたいことだ)

美玲衣は、これからの学院生活に向けて、決意を新たにしていた……。

「おはようございます」

「お、おはようございます。鈴蘭の宮……」

翌日、やはり密たちが考えた通り、学院にはややいつもと違う空気が漂っていた。

「解っていたことですが、あまり楽しい気分ではありませんね」

それでも、美玲衣は胸を張っている。密は、そこに矜持を見た気持ちがする。

「ずっと準備をしていたというだけあって、覚悟のほどが違いますわね」

「そう、ですね……ふふっ、わたくしなどよりもずっと」

「まあ、そういう意味で云ったのではないのですが……もう」

織女の言葉に、密は少しおどけて返す。自分たちまで暗くなっていてはいけない、そう思ったからだったが。


「聞きましたか？　鈴蘭の宮のお父さまが事業に失敗したとか」

「夜逃げしてもぬけの殻になった豪邸に、借金取りが集まっているらしいですわね」

校舎に入ると、小声とはいえ、聞くに堪えない噂話が耳に届く。

刺激の少ない学院生活に降って湧いた事件とはいえ、近しい人が標的になるのは、いい気分のするものではない。

「貴女たち……」

密が声を掛けようとするその前を、先に歩いて行く姿があった。

「学内に関係者がいる出来事に対して、下種な話題に乗るのは淑女として、また人として恥ずかしいと思わないのですか」

突然織女に声を掛けられて、生徒たちは縮み上がった。

「えっ、百合の宮さま!?　わ、私たちはその……テレビで話題になっていたので」

「テレビで扱ってさえいれば、尾ひれがついた話題を弘め、人を傷つけることに荷担しても貴女たちは心が痛まないのですか？」

「い、いえっ、そのようなことは……！」

泣きそうになっている後輩たちを見て、織女は語気を緩めた。

「わたくしも友人をおとしめられて、少し感情的になってしまいました。貴女がたも悪意があった訳ではないのでしょう。どうぞ、今後は気をつけて下さい」

「は、はいっ！　失礼しますっ！」

織女に雷を落とされた後輩たちは、そそくさとこの場を後にした。

それを見ていた他の生徒たちも、一様に黙り込んでしまう。

「出番がありませんでしたね」

「密さん……すみません、つい向きになってしまいました」

「いえ、織女さんが怒らなければ、わたくしが怒っていたと思いますから」

織女が怒るというのも、とても珍しいことだった。

「……お二人には感謝しますが、まあ人の習性といいますか、この程度で人の口に戸が立ったりはしないものでしょう」

「すみません美玲衣さん。解ってはいるのですが、ついどうしても」

織女は苦笑する。してみると、今のは反射的な行動だったのだろう。

「尾ひれが付いていたとしても、父が破産したのは事実ですからね。ここは粛々と生徒たちの『感想』を受け容れるしかないでしょう。向きになっても相手を楽しませるだけですから」

「美玲衣さんは、随分と達観していらっしゃるわね」

「山師なんてそんなものです。まあ、いつかはこうなると思っていましたから……それはいいのですが、さてこれから一体どうすればいいものなのか」

美玲衣は小さく溜め息をついた。

「良かったら、お二人で相談に乗って頂けませんか」

そんな美玲衣の言葉に、密と織女は互いに顔を見合わせた……。


「それで、相談といいますのは……」

昼休み、織女と密は美玲衣に乞われて象牙の間に集まっていた。

「端的に云いますと、私の今後の身の振り方です――このまま一家離散という可能性がかなり高くなってきましたから、計画的にしないとと思いまして」

「なるほど。しかし、美玲衣さんにそんな相談をされるのは名誉なことですが、わたくしは生まれが生まれですからね――あまり役には立たない気もしますわね」

織女がそう云って肩をすくめるけれど、美玲衣は笑った。

「いいのです。異なる観点からの意見をお伺いしたいのですから」

「基本的には、大学に進学するということでいいのですか？　費用の問題がありますけれど」

「そうですね。一応、蓄えもそれなりにしてきたつもりなのですが」

聞けば、数百万程度の貯金はあるとのことで、密を驚かせた。

「どうやってそんなにお金を……？」

「金満な家でしたからね。小遣いはそれなりの額を貰っていたのです。高額なお年玉なんかもありましたから……子どもの頃から全部貯金していました。多分織女さんのところとは比較にもならないでしょうけれど」

「ふふっ、まあ云われるとは思っていましたが……実際そうなのでしょうね」

美玲衣の貯金額を聞いて、驚いたのは密だけだった。世界が違うのだろう。

「ですがこれだけ貯めても、大学生活を卒業する頃には底を突くでしょうし……やはりアルバイトをしながらとか、奨学金を得るなどが現実的だと思うのですが」

「そうですね……」

密と美玲衣がそんな話をしている横で、織女は何ごとか考えていたが……。

「そんなことをしなくても、密さんの奥さんになれば解決なのではありませんか？」

「「えっ……!?」」

その言葉に、密と美玲衣が同時に目を剥いた。

「織女さん……？　ナゼ、突然にソンナことを……？」

見ものではあった。あの美玲衣が目を見開いて、顔を真っ赤にしていた。ついでに声がギクシャクと裏返っている。

「ぷっ……ふふっ、そんな顔をしなくてもいいではありませんか」

織女は美玲衣の様子に噴き出してしまう。こちらも珍しいといえば珍しい。

「美玲衣さんが云ったのですよ。違う切り口が欲しいと……ですから、実行可能な提案として、思いついたことを口にしただけなのですが」

「じ、実現可能……では、ないと思いますよ」

美玲衣が、恥ずかしそうに密を見詰めてくる。

「あら、何故ですの？　お二人は付き合っていらっしゃらないのですか」

「付き合っていたとして、いきなり結婚出来るものでもないでしょうからね。それに美玲衣さんとしては、大学に行っておきたいところでしょう」

付き合っている前提で話をする織女に、密が苦笑してそう答える。

「確かにそうです。美玲衣さんほどの俊秀が、大学を出ないという手はありませんわね――そういう意味では、美玲衣さんのお父さまにはあと数年は頑張って欲しいところでしたが……」

「こほん。まあ、そう上手くは行かないのが人生というものなのでしょう」

自失していた美玲衣だったが、どうにか調子を取り戻すと苦笑して応えた……。

†

「織女さんが、初日に叱咤して下さったお陰でしょうか。このところ、学院内も静かになって来ている気がしますね」

それから数日が経過したが、美玲衣の日々は思いのほか平穏に流れていた。

「そうではありません。美玲衣さんが堂々と振る舞っているからだと思いますよ。噂話が楽しいかどうかは、相手がどのように反応をするのかというのが大きいのです」

「……なるほど。さすが過去数々の噂を流されたであろう、歴戦の勇士の言葉です」

「重みが違いますね」

「あの、お二人とも、変な褒め方をするのはやめて下さい……」

織女の言葉に、美玲衣と密はからかいつつも感心していた。立場的に、色々とそういった経験があるのだろう。


「……電話？」

しかし、そのまま日常に戻るのかと思われたその矢先のことだった。

「父さん……」

騒ぎからもうかなりの日数が経つ。それなのに一度も連絡してこなかった孝太郎からの電話だった。今更、というところに嫌な予感が先に立った。

「……もしもし？」

「美玲衣か？　連絡出来なくて悪かったな。まあ、無事だろうと思っていたが」

取って付けたような謝罪が鼻についた。

「それで。結局、我が家はどうなったのですか」

「まあどうにか逃げ切るさ。それでお前にもちょっと相談があるんだがな……」

飛び込んで来た話は、美玲衣を呆れさせると共に、心の底まで冷え込ませるものだった……。


「……ご馳走さまでした」

食事が済むと、食後のお茶を待たずに美玲衣は席を立った。

「どうしたんでしょうか。あんな美玲衣さんは初めて見ます」

すみれが困惑と共につぶやく。寮に帰ってきてから、ずっと美玲衣の様子はおかしかった。

無言で、ずっと氷のような表情をしていた。

「エルダー就任前のシニカルな様子とも違いますね。これは何かありましたかね」

「そうですね……」

鏡子のつぶやきに密も肯いたが、出て行く背中を見送ることしか出来なかった。


「で、美玲衣さんとは、現状どういう状態なのです？」

「いえ……どう、と云われても……」

夕食後、部屋に戻ると、密は鏡子にそんな質問で詰め寄られていた。

「付き合っている訳ではないのですか」

「そうですね。多分まだ……だと思うのですが」

少し考えて、密はそう答えた。美玲衣が密を好きでいてくれているのは、密自身も諒解しているようなのだが。

「『思うのですが』というのはどういうことなのです……馬に蹴られたくはありませんが、正直要領を得ないですね。ひとつお姉さんに話してみる気はありませんか」

「それはありがたいのですが、二人の間であったことを、鏡子さんに話すというのは、いささか不誠実なんじゃないでしょうか」

「その通りです。しかし、密さんが困っているように見えるのですが、気のせいでしょうか」

「気のせい――ではないですね。実際困っていますから。ですが、美玲衣さんに困っているということではないのです。降って湧いた状況に困っていると云いますか」

「なんかラブラブになりそう、と思っていた矢先に、美玲衣さんの家庭の状況が悪化して、それどころじゃなくなってきたみたいだぞ？　という感じですか」

「……あはは、そうですね。有り体に云うなら」

明け透けな鏡子の言葉に、密は苦笑する。

「ふむ、そうですね。ならば、違う方向からの援護射撃ということではどうです」

「援護射撃……？」

突然の耳慣れない言葉に、密は首を傾げていた……。


「お邪魔します。そういえば、織女さんの部屋に来るのは初めてでしたね」

同じ頃、織女は美玲衣の訪問を受けていた。

「ふふっ、いつも密さんの部屋に入り浸っていますからね……しかし、改めてわたくしに逢いに来るというのは、もしかして、あまり良くないお話なのでしょうか」

云われて、美玲衣の顔にはやや苦渋が浮かんでくる。それで、織女も覚悟をした。

「……私を、買ってもらえないでしょうか」

美玲衣の真剣な表情に、織女もまた同様に、表情を引き締めていた。

「やはり何か起きたのですね。詳しくお伺いしてもよろしいかしら」

「実は……」

美玲衣は、昼間話した父親との遣り取りについて、織女に話すことにした……。

「界隈ではそうおかしな話ではありませんが、まさか美玲衣さんがとは……」

美玲衣の父親は、彼女を売ろうとしている——端的には、そういう話だった。

「それで二億の融資が受けられるそうです。正直、焼け石に水のような気もしますが、父としては、喉から手が出るほどに欲しいのでしょう」

「それで、美玲衣さんとしては……？」

「もちろん知ったことではないのです。ただ相手は実の親ですから、誘拐同然で嫁に出されても、誰が介入出来る訳でもないので……正直、我が親ながらあそこまで屑だとは思っていませんでした」

美玲衣は、忸怩たる想いをにじませているが、この場合、読みが深かったからといって、それが解決に結びつくという訳ではないだろう。織女はそう考えた。

「なるほど、最悪で略取されるか、それでなくても逃亡生活を送らなくてはならないというところでしょうか。ここで卒業まで、というのは難しそうですね」

「ええ。逃げ出すのは趣味ではないので、ここはまず素直に織女さんに相談してみようかと思ったのですが」

「——美玲衣さんに二億を融資しろ、ということですか」

「それでは織女さんに迷惑をかけるだけですし……もし、価値を見出すことが出来るということであるならば、私を買って頂きたい。そう考えています」

「美玲衣さん……」

真っ直ぐな視線が、しばらく混じり合って交差する。

「かなうことなら——とは思うのですが、現状ではあまり理性的な考えではないでしょうか」

やがて黙考していた織女が静かに口を開いた。

「以前、藪内さんに出資をした時ですが、あの人にはわかりやすい将来性が見えていました。能力という点に於いては、美玲衣さんは彼女よりも優れているのは間違いない。けれど彼女には『直近で日本の水泳界を代表出来る可能性』があり、貴女は現状『ただの学生』なのです」

「……そうですね。それは承知していましたが」

「せめて、貴女のお父さまが本当に投資家としての才能を持っているなら、そこを利用するという手もあるかとは思うのですが……今回の経営破綻、主因は貴女のお父さまだということですし、そうなるとそれも難しい」

「はい」

「しかし、わたくし個人としては貴女を高く買っています。美玲衣さん……ですから、他に打てる手がないかを考えてみます。何より、貴女はわたくしの大事な友人なのですから」

「ありがとうございます織女さん、はっきり云って下さって。私も何か方法を考えてみます」

真摯に頭を下げる美玲衣に、織女は苦笑いすることしか出来ない。

「やめて下さい。力を持った家に生まれながら、貴女を助けることも出来ない無能なのですから。頭を下げる必要などありません——それにしても、貴女はそれでいいのですか。そんな簡単に引き下がれるようなものなのですか？」

「今はこれで構いません。現状を理解する方が先決ですから。それに、私は一言も『諦めた』

とは云っていませんよ？」

「まったく……美玲衣さんが泣きついて来れば、少しは可愛げがあると思うのですが、そういうところは変わりませんね」

「泣き落としが効くような相手であれば考えますが、実際そうではないというのは、良く解っていることですからね。それに、友人に泣き落としだなんて、せっかく築いた関係を壊すような真似はしたくありません」

凛とした笑顔で、美玲衣は織女の部屋を出て行く――しかし、織女はそんな美玲衣の拳が、小刻みに震えているのを見逃さなかった。

「本当に、甲斐性のないことです。わたくしも」

美玲衣が部屋から出て行くと、織女は小さくつぶやいた。

耐えているのだ。たった一人で、寄る辺のない状況を――美玲衣の手の震えがそれを物語っている。それが解っていて、何も出来ない自分が歯痒かった。

織女も、当然美玲衣に手を貸したいのだ。だが、今回は以前水泳部員を救ったようにはいかない――周囲を、主に父親を説得する材料に欠けている。

切り札として、父親の『今年一年何をしても構わない』という言質も存在はしているのだが、そこに完全に寄り掛かってしまっては織女自身が無能の烙印を捺されかねない。いやそもそも、さすがに二億ともなれば『何をしても』の範囲からは逸脱するかも知れない。

それに何より『金で友人を買うのか』という迷いが、織女をためらわせたのだ――。

「そう云った訳で、わたくしも出来ることをと考えて……お二人にお力添えを頂けないかと」

織女は、部屋を出た足でそのまま密の部屋を訪れていた。

「二億——ですか」

密と鏡子は、その額を聞いて二人とも眉根を寄せた。

「しかし、これで大っぴらに動くことが出来ますね」

「えっ、どういうことですの……？」

急に鏡子がそんなことを云い出したので、織女には何のことだか解らない。

「いえ、私たちも、美玲衣さんのために影ながら出来ることをしようという話をしていたところだったのですが」

「わたくしの給与を前借りする形になりますが、そもそも、わたくしは給与を総て貯蓄に回していますから」

密が所属している警備会社に、美玲衣の父親についての調査を依頼しようという話をしていたのだという。

「忘れがちになりますが、お二人がここにいるのは仕事なのでしたね。ですが美玲衣さんの父親を調査というのは？　わたくしですら、美玲衣さんにいま話を聞いたばかりですのに……」

「私は社長室に所属していますから、色々とトピックスとして最新情報が流れてくるのです。今回の破綻の後、孝太郎氏に接近しているらしいいくつかの企業や人物の話がありまして」

「なるほど、利用価値を見出している人たちもいるのですね……」

「もしかしたら、という話をしていたところに、織女さんがいらっしゃったのです」

「そういうことですか……ですが、何故大っぴらに動けると？」

織女の質問に、鏡子は苦笑する。

「密さんの正体が露見して以降、実は美玲衣さんは形式上、東雲《しののめ》綜合警備の臨時被雇用者という身分が発生していまして。会社として迷惑を掛けている分、美玲衣さんには何らかの危険が発生した際、その対処を会社側で行うという規則があるのです」

「……やや強弁、という気もしますね？」

平然と説明する鏡子の言葉に、織女は苦笑する。

本来は、調査の経緯で発生した保護対象などに適用する規則なのだろう。美玲衣は明らかに規定外だ。

「使えるものは何でも使え。茨家の家訓です——ちなみに天涯孤独ですが」

「ツッコミづらいボケはやめて下さい鏡子さん……そんな訳で、わたくしたちも取り敢えず、美玲衣さんが今のままでいられるようにと、手を打とうと思っているところだったのです。しかし確かに困りましたね、肉親による略取となると」

第三者的には打つ手がない。何らかの手段を持って、父親、もしくは婚約の相手に結婚を断念させる方法を考えなくてはならないが……。

「そのための身辺調査です。婚約の相手が割り出せれば、そちらの調査もしておきましょう」

「そうですね……」

こうして、友人たちは美玲衣の悩みとは別に、それぞれに行動をし始めていた……。

「美玲衣さん」

「密さん……どうかなさったのですか」

昼食を済ませた学食で、密は美玲衣に声を掛けた。

「ちょっとお付き合いいいただけますか」

「はっ、はい……!?」

美玲衣は『お付き合い』と云われて、一瞬だけ戸惑った。

(も、もうっ……密さんはそういう意味で云ったのではないのに……!)

密とは、あの日から互いの関係を投げ出したままだった。確かにそれどころではなかったといえばそうなのだが。

(もしかして、放り出したままなのを怒っているのでは……!?)

そんな嫌な予感に苛まれながら、美玲衣は密の後をついて行く。

「ここなら、他に人はいないでしょうから」

そう云って密に案内されたのは、学院の屋上だった。

「あっ、あの……密さん……!」

「大丈夫です。例えば怒っているとか、困っているとか、そういうことはありませんから」

「そっ、そう……なのですか……?」

ぽかんとする美玲衣にくすりと小さく笑って、密は肩をすくめた。

「今は美玲衣さんは大変そうですから……取り敢えずこれだけ」

「えっ、これは……」

それは銀の十字架《シルバークロス》のペンダントヘッドが付いた数珠《ロザリオ》だった。

「これを……私に？」

「御守りだと思って頂ければ。今のわたくしの――いえ、僕の気持ちです」

「密さん……！」

美玲衣は、衝動的に密に抱きついていた。密は、そんな美玲衣をゆっくりと受け止めると、そっと頭を軽く撫でた。

「……僕に、何か力を貸せることはありますか？」

密の言葉に、美玲衣は首を横に振る。

「いいえ……大丈夫です。今はこれで十分です……」

そうつぶやいて、しばらく密に身を委ねる。

「これ、着けて頂いてもよろしいですか……」

「……いいですよ」

リボンを解き、シャツのボタンを外すと、美玲衣は胸元と鎖骨をさらけ出す。

密はゆっくりと手を首の後ろに回して、そっとロザリオを結わえた。

「どう、ですか」

「似合うと、思いますよ。ちょっと僕には目の毒ですけどね」

「……えっち、ですね」

「男ですからね」

「……はい」

二人の間に、無言の時間が流れ、熱っぽい視線が絡み合ってはほどけた。

「本当は、今すぐ密さんに傷物にして欲しいくらいなのですが」

かすれるような、美玲衣のささやき——けれどそれは密には届かず。

「……大切にします」

ただ、最高の笑顔で、美玲衣はそう答えたのだった。

†

——婚約というのは、この日本においてはかなり面倒な契約だ。

様式も決まっていないのに、その気になると法的な拘束力を持ってしまう。

美玲衣も、闘いが終わるまでは感情に任せてうかつな行動を取ることは出来ない。

そう、肝に銘じていたはずだったのだが……。


「美玲衣さんがさらわれた⁉」

それは、象牙の間にいる密のところへ、寮にいた花から掛かってきた電話だった。

「はい！　あの、状況はよくわからないのですが……」

「落ち着いて。今からそちらに戻りますから」

電話を聞いて、密の周りに友人たちが集まってくる。

「実力行使、ということですか」

「そのようですね……」

「取り敢えず、戻って花さんたちから状況を確認しましょう」

密と織女、そして鏡子は急いで寮へと戻ることにした……。

「美玲衣お姉さまに電話が掛かってきて……寮の門のところで、多分お父さんだと思うんですけど、云い争いを始められて」

「門のところで男と口論をしていたところに、更に別の男たちがやって来て、美玲衣さんを無理やり車に押し込めた、ということね」

「そ、そうです……あの、美玲衣お姉さま、大丈夫なのでしょうか」

「ありがとうございます花さん、大変参考になりました。きっと大丈夫ですから」

心配する花を鏡子が宥めて、部屋に帰す。いかな花が相手でも、密たちの正体を知られる訳にはいかなかったから。

「美玲衣さんが応じるとは父親側も思っていなかったでしょうから、当然といえば当然の術策なのでしょうが……美玲衣さんを一人にしたのは迂闊でしたね」

「よもや実力行使とは……思ったよりも相手方が焦れていたということですわね」

密の言葉に、織女はほぞを噛んだ。悔しさがにじみ出ている。

「とにかく、美玲衣さんの行方《ゆくえ》を追いましょう。助けようにも何処にいるかが判らなくてはどうしようもありません」

「それは私の仕事です。任せて下さい」

「お願いします、鏡子さん」

鏡子が引き受けて部屋を出て行き、織女と密が残された。

「……こんなに後悔をするなら、美玲衣さんの提案を受けておくべきでした」

「織女さん……」

「打算も、浅知恵も、貴重な機会を逃す云い訳にはなりえないのですね。わたくしは愚かでした……美玲衣さんは数少ない、わたくしの対等な友人だというのに。こうして、危惧が現実のものになってから気付くなんて……！」

その言葉に、密も黙って肯いていた。平静を装っていても、やはり彼にしても腹の中は怒りで煮えくりかえっていたのだから。

「大丈夫です、織女さん……その為に、僕や鏡子さんがいるのです。絶対に手遅れにしたりはしませんから」

「密さん……」

「それに、そういった友情への熱さとは別に、取引は冷静であるべきです――投資をしても・・・・・・・取り返せなければ意味がありませんから」

一度、密は美玲衣たちに織女の悪口を云われて怒ったことがあるが、その時と同じ表情を、再び密は浮かべていた。

「もし、織女さんが幸敬社長に逢いに行くというなら、僕からもひとつ提案があるのですが――聞いて頂けますか」

密も、真面目な表情になって、織女に向かい合っていた……。

「しかし、この一年で何をしてもいいとは云ったが、まさか織女がそんな話を持ってくるなんてな。驚きだよ」

「そう仕向けたのはお父さまではありませんか。ならば、話を持ってくるだけならばわたくしの自由ですわ」

「そうだが、しかし絵空事で終わらせようとも思ってはいないのだろう？」

織女は、多忙な幸敬のアポを強引にもぎ取ると、尽星の社長室へと殴り込みを掛けていた。美玲衣の将来に対して出資をしたい、そう願い出ていた。

「荒唐無稽な話だと理解しています。それでも、わたくしは彼女をこのままにしておけない」

「それは何故だ。友情か？　それとも、別の理由があるのかな」

「もちろん、第一義は友情です。ですが、それだけではありません。彼女は、わたくしにはないものを持っています」

真っ直ぐに幸敬を見て、美玲衣は話を続ける。

「照星として共に過ごし、彼女を間近でずっと見て参りました。彼女は理性的に、ですが大胆に采配を振るうことが出来ます。成功の為の最適化の方法を導き出してくれるのです。その手腕を、わたくしは高く買っているのです」

それは真実で、現実にそう確信しているが、それが幸敬に対しての確信に繋がる材料ではないということも、また織女は熟知していた。

それでも織女は、自分の出来ることをするべきだ。そう思っていた。

「もう一度聞こう。織女、彼女にその額に見合った価値があると考えているのか？」

「はい。わたくしは自分の目で、耳で、肌で彼女を感じ、価値を判断致しました」

独断しても良かったのであれば、あの時すぐさま首を縦に振っていただろう。

「判断材料は、お前の経験と直感だけなのだな？」

「……いいえ。お父さまもご覧になったかと思います。先日のわたくしどもの劇、出演者は素人の集まりではありましたが、あの脚本と演出を担当したのが美玲衣さんです。お父さまから融通して頂いたスタッフたちも、最初学生の道楽と舐めてかかっていましたが、彼らにちゃんとした仕事をさせたのは彼女の功績です。必要ならば、現場の皆さんの声も集めて参ります」

「なるほどな。他には……？」

「お父さまにはこちらの方がより関心を惹かれると思いますが――どうでしょうか、彼女の未来の旦那さまも、実に逸材の人物なのですが」

「何だそれは……って、お前、まさかそれ……」

幸敬は言葉の含意に気付いたようで、顔色を変える。それを見逃す織女ではない。

「いかがでしょうか。我が社の繁栄のため……いえ、風早家の繁栄のためには、実に安い買い物かと思うのですが、お父さまにはいかがお考えでございましょう？」

優雅に、にっこりと微笑んで――織女は幸敬に決断を迫るのだった。

「まったく……あれもやっぱり、僕の娘だな」

織女が帰った後、幸敬は座りを崩して、椅子に埋もれていた。

「……そうですね。しかし、密も頑張っているようです。私たち自身が、密に対する評価を誤っていたとも云えそうですね」

「そうだな。忘れていたよ……密は確かに晴臣兄さんの息子だが、同時に俺の懐刀であるお前の息子でもあったんだよなぁ」

おかしな云われように、当の大輔は渋い顔をするけれど。

「まあいずれにせよ、後継者候補二人が、揃って僕の下《もと》に来てくれるなら――しかもその二人が親友と云えるほどに仲良くなってくれているなら、それに越したことはないな。しっかし、あの織女にあんな無茶を云わせられるとは、大したものだ」

何を隠そう幸敬自身、大学時代に学費が払えなくて退学しようとしていた友人の学費を、自身が会社を作る時、部下になるということを条件に全額背負った過去がある。

誰の、と云えば、もちろん今、幸敬の隣りに立っている人物のことなのだが。

そんなところまで踏襲しなくても――心の中で、幸敬は苦笑していたのだった。

「織女さん自身の投資家としての眼も、先日証明されたところですから。そこまで厳しくしなくても良かったのではありませんか」

実は、一学期に系列のスポーツ用品メーカー実業団に斡旋した水泳部の生徒――藪内明日香は先日、オリンピックの強化選手に選ばれていた。彼女をモデルとして採用していたその会社は今期膨大な増益を達成し、その手柄は織女のもの、ということになっていた。まだ、織女自身の知らないところではあるのだが。

「いいんだ。織女本人が気付いていないというなら、まだあの子にも勉強が必要だということさ……まあだけど、僕の希望にはばっちり応えてくれているよ、我が娘は」

自身の娘、そして息子の成長を噛みしめながら、幸敬は煙草に火を点けていた……。

†

「ただいま戻りましたわ!」

寮に戻ってきた織女の顔は、誇らしく晴れやかだった。

「どうでしたか……いえ、聞くまでもないようですね」

織女は肯いて、満面の笑みで応えていた。

「それで、そちらの首尾はいかがですか」

訊かれた密と鏡子も、しっかりと肯いた。

「大丈夫です。抜かりはありませんよ」

「さすがですね。わたくしだけではどうにも出来ませんでしたが、やはりお二人は頼りになりますわね……では、参りましょうか」

「ええ」

三人は、互いを見合い、ゆっくりと肯いたのだった。

『わたくしもそうですが、鈴蘭の宮も気を付けないと、ある日突然見知らぬ許婚が現れるかも知れませんわよ?』


美玲衣の頭の中に、以前織女から掛けられた言葉が浮かぶ。

「まさかあんなに忌み嫌っていた私自身が、その旧弊の奴隷になろうとはね……」

彼女は今、とあるホテルの一室に軟禁されていた。どうもワンフロアを貸し切ったようで、暴れようと声を上げようと、どうしようもなかった。部屋の外には常に見張りが立っている。スマートフォンすら取り上げる念の入れように、自分の親ながら呆れ果てて言葉もなかった。

(ここに連れてこられてから、どのくらいの時間が経過したのだろう?)

迂闊に寮外に一人で出たことを、美玲衣はもう数え切れないくらいに後悔していた。

直接逢いに行けば、美玲衣のことだ、面と向かって文句を云いにやってくるだろう。

そんな美玲衣の心理を突ける程度には、相手も美玲衣の父親だったということなのだろう。

そこに今更歯噛みしてみたところで、どうしようもなかった。


「なあ、いい加減諦めろ。相手も顔は悪くなかっただろう?」

しばらくして、美玲衣は隣りにある孝太郎たちがいる部屋に連れて行かれた。

三人ほどの、ボディガードだろうか? いや、明らかにそれよりも柄の悪い連中に見える……薄笑いで、美玲衣を取り囲んでいた。

久し振りに逢った父は、もはや一切の威厳を失っていた。

テレビ越しに見る彼は、嫌っている美玲衣からも堂々としていて、その姿からも自信が満ちあふれていたものだが。

「私は、顔で相手を選ぶつもりはありません」

常に人を見下しているような態度だったというのに、今では美玲衣を下から見上げるかのような始末だ。

「相手は新進気鋭のベンチャーだ。結婚すれば明るい未来が待っているぞ？　ここで決めなければ、他にお前を娶ってくれる奴なんざ現れると思うか」

その言葉に、咄嗟に反論しそうになるが、美玲衣は言葉を呑み込んだ。

ここで、密に迷惑を掛ける訳にはいかない。自制心か、プライドかは判らなかった——しかし、父親のひどく屈辱的な言葉に対して、否定する論拠を密が与えてくれた。それだけで、美玲衣はまだ闘える、そう想いを新たにした。

「女を金で買うような男が夫になるというのに、一体どこに幸せが保証されているというんです。世迷い言も大概にしてはどうですか」

「なぁ、そう云うなって……本当に悪い話じゃないと思うんだ。このままあそこを卒業したって、ロクな就職先もないんだぞ？」

自分がこの男の血を引いているかと思うと、それだけで吐き気がこみ上げてくる。

「無理やり入学させたのは貴方です。その貴方が云う科白がそれですか？　冗談も休み休み云ったらどうです。なら何故私の進学校行きを阻止したんですか」

けんもほろろな美玲衣の態度に、孝太郎も徐々に怒りを募らせていく。

「クッソ、ああ云えばこう云う……そんな可愛げのないお前に、安定した生活を保証してやろうって親心じゃないか。あぁ？」

「だったら、貴方が嫁に行けばいいでしょう。自分の娘を売りに出すなんて、およそ父親のすることではありません」

「馬鹿云うな、俺は元手さえあればいくらでもやり直せるんだよ。今回はたまたま失敗しただけだ。ああ、そうだとも……！」

　とうとう、ギャンブル依存症が云いそうなことを口にし始める、美玲衣は、そんなことを云えてしまうことに恥ずかしさを感じないのかと、自分の父親の人格を疑った。

「なぁ、そろそろ本気でタイムリミットなんだ。明日には返事をしないと、本気でこの縁談はなしになっちまう。そうなったら、俺たちはあの家に逆戻りだぞ？」

「俺たち、ではありません。父さんだけでしょう。どうせ、もう母さんには見放されたのでしょう？　ならば、私も巻き込まないでもらえるでしょうか」

「ぅるっせえんだよ!!」

　ダン！

　孝太郎は、怒りで目を血走らせると、ホテルの壁を思い切りぶん殴っていた。

　それだけ、追い詰められているということなのだろうが、そんな姿を見せつけられて、美玲衣は急激に心の中の熱が冷え込んでいく。逆に、自分の中にはまだ、多少なりと彼を『父親』と認めている部分があったのか、と驚いていた。

「ああそうだ、ならお前を今まで育ててきた養育費、ここで払ってもらおうじゃないか！　それが出来ないなら、あいつのところに嫁に行け！　それが今まで育てた親への、せめてもの恩返しだろうが！　どうなんだ、あぁ!?」

(――なんて醜い)

美玲衣は、芯から自分の心が凍り付いていくのを感じていた。

「今までの養育費というなら、せいぜいで三千万程度ですよ。どうしてそんな私が二億と引き換えにならなければいけないんです？　ならばその中から私に一億八千万を渡すのが筋でしょう。貴方は本当に馬鹿なんですか。そんな計算も出来ないのですか。みっともない真似はやめて下さい」

冷たい視線が、美玲衣から父親に向かって容赦なく注がれる。美玲衣の科白に、ぽかんとした表情になる孝太郎――周囲の男たちが、そんな論破された雇い主を見てクスリと馬鹿にするような笑みを浮かべた。

「美玲衣、お前……フザけんじゃねぇぞ……!?」

振り上げられる孝太郎の腕に、けれど美玲衣は目を閉じたりはしなかった。

キッと、真っ直ぐに孝太郎を睨み返す――それは、自身の運命と闘う決意の表れだ。

バンッ……!!

大きな音を立て……しかし、それは美玲衣を殴る音ではなかった。

「……自身のご令嬢を殴るような真似をしてはいけませんね」

開け放たれた部屋の扉。その向こうに立っていたのは……。

「密……さん……？」

そこにいたのは、密と織女、そして鏡子の三人だった。

「な、なんなんだ、貴様らは！　外の連中はどうした？」

「どうにも言葉が通じなかったものですから、ちょっと動けなくさせてもらいました。殺したりはしていませんから、ご安心下さい」

「は……？」

男の恰好をしているが、どう見てもか弱い女性に見える――もちろん密のことだ。少し冷たい笑顔を浮かべて、そのまま部屋に入ってくる。

「お、おい！　何か知らんが、こいつらをつまみ出してくれ！」

少し遅れて、周囲の男たちが動き出すが、密はそれよりも速かった。

「ごふぉ……っ⁉」

捕らえようと腕を拡げて近づいてくる男の懐に飛び込むと、次の瞬間には密のひじが、みぞおちにめり込んでいた。

「貴様っ……ぐほぁっ⁉」

仲間の苦鳴を聞いて、もう一人が密に襲い掛かろうとするが、けれどそのうめく仲間の巨体が邪魔をする――密に仲間を押し付けられ、それを受け止めた次の瞬間には後頭部へと密の回し蹴りが飛んでいた。

「くそ……っ！」

密が主戦力だと踏んだ最後の一人は、織女と鏡子の方に駆け出す。人質に取れればと思ったのだろう――織女に向かって飛び掛かるところに、横から鏡子が滑り込んでくる。

「ぁがぁ……っ⁉」

「女を人質になどというのは、屈強な男が取るべき作戦ではありませんね」

男は悶絶してうずくまる。鏡子の手には警棒型のスタンガンが握られていた。

「さて……では、取引をさせて頂きましょうか」

織女がにこやかにそう宣言すると、孝太郎の混乱を余所に、部屋の扉は閉じられた。

「こちらをご確認下さい」

無理やり、織女の反対側に座らせられた孝太郎の前に、密がアタッシュケースを用意する。

ロックを外し、蓋を開けるとそこには札束が一杯に詰められている。

「二億あります。これで、貴方のお嬢さまをわたくしにお売り頂きたい」

「な……⁉」

突然のことに、孝太郎は目を剥く——しかし、そういうことであれば鼻が利く男だ。いま自分の目の前にいるのが、風早の総領娘である織女だと気が付いていた。

「娘を買ってくれているというなら、こんな額では売れないな」

もっと取れるはず、そう踏んだのだろう。機を見るに敏《びん》と云えなくもない。

「申し訳ありません。わたくしたちは取引に来たのであって、交渉に来たのではないのです」

織女が冷たい微笑みを見せると、鏡子が封筒に入った書類を孝太郎に手渡した。

「何だ？　これは……ぐっ⁉」

孝太郎は、取り出した書類を見て思わず声を上げた。慌ただしく総ての書類を調べて、絶望

したような声を漏らした。

「随分と、裏でいろいろとやっていらっしゃるご様子ですが——こちらの書類をご一緒にお買い上げ頂くということでどうでしょう。それとも、値を吊り上げた方が？」

「いっ、いやっ！　二億でっ、二億でいいっ……！」

顔を青くする孝太郎に、織女は冷たく、悠然と微笑んだ。

「それは結構。何ごとも欲は掻き過ぎないことが肝要ですね。では取引成立です」

鏡子が念書を用意して、孝太郎に署名させる。自分が置かれた境遇に、信じられない——という愕然とした表情をしたままで。

「さあ、参りましょう美玲衣さん」

「はい」

成り行きを呆然と眺めていた美玲衣も、毅然とした表情で立ち上がる。

「——今後一切、私には関わらないで」

父親を振り返ることなく、美玲衣はホテルの部屋を出て行った……。


「織女さん、本当にありがとうございました」

寮に帰るリムジンの車内、美玲衣は深々と頭を下げていた。

「わたくしは、価値を認めて出資しただけです。美玲衣さんのこれからに期待します」

「ええ、きっと後悔はさせませんから」

晴れ晴れとした美玲衣の顔に、三人も安堵する。

「ですが、どうしてホテルの場所が判ったのですか？」

「ああ、それはですね……これを」

密が、美玲衣に何かを手渡した。

「これ、密さんが下さった、ロザリオのペンダントヘッドでは……まさか」

「すみません。最初にお渡ししたものは、発信器付きなのです。これが本物です」

「では、最初から私を守ってくださるつもりで……⁉」

「そうなのですが、結果的に偽のプレゼントを渡す破目になってしまって申し訳ありません」

謝する密に、美玲衣は首を振った。

「いいえ、そんな……そもそも、助けてもらえなければ今こうしていなかったのですし……それにこのロザリオ、私の心の支えでしたから。これがなかったら、今頃私の心が折れてしまっていたかも知れません。私にとってはこっちも本物です！」

「美玲衣さん……ありがとうございます」

密は美玲衣に、それでももう一度頭を下げた。

「それにしても、あんな男に二億も払ってしまったかと思うと、腸《はらわた》が煮えくりかえる思いがします……」

そんな美玲衣に、織女は微笑む。

「いずれにせよ、二億というのは以降美玲衣さんに手を出させないための必要経費です。親というのはなかなか厄介な相手ですからね。それに」

「それに……何です？」

「二億なら安い買い物ですよ――貴女の価値は二億なんかじゃありませんからね。何しろ、私の手元にはまだ六億円ありますから」

「えっ⁉　私のために、一体いくら用意したんですか、織女さん」

「貴女の価値を、わたくしは八億円として見積もったのです。学費、必要なのではありませんか？」

「な……」

してやったり、という織女。そして、目を見開いて驚く美玲衣。

やがて――。

「あはっ……！」

「ふふふふっ……」

二人は噴き出すように笑い、

「「あはははははっ……！」」

そしてそのまま、転がるように笑い出していた。

「本気ですか⁉　もう、買い被りすぎですよ！　ですが嬉しいです」

「解っていると思いますが、わたくしたちはこれで一蓮托生の間柄でしてよ！」

「そんなことは莫迦でも解ります！　何てことをしたんですか、もう……！」

それは、真実この二人が親友として結ばれた瞬間なのかも知れない。

友人というのは、一方が依存するだけのものではない。それを織女は身体を張って証明して見せたのだ。

「……まったく、正気の沙汰ではありませんね」

「ふふっ、そうですね」

笑いながらとんでもない会話をしている二人を、向かいの座席で眺めていた鏡子が、ぼそりとそんな感想を漏らし、それを聞いた密が苦笑する。

「貴方もですよ、密さん。まったく人のことは云えないのです」

「いや、まあそうなんですけれど……いいんじゃないでしょうか、今は」

「……そうですね」

二人が見守る中、車内は美玲衣と織女の笑い声が響き続けていた……。


「美玲衣お姉さま……！」

寮に戻ると、花やあやめが駆け寄ってきた。心配していたのだろう。

「心配をお掛けしました。驚かせてしまってごめんなさい」

「いやー、まさかの誘拐騒ぎとか、ここも大分お嬢さま学校っぽくなって来たね」

「実の親にさらわれるのは、いささか力不足という感じですが」

明け透けな美海の言葉に、美玲衣も苦笑する。けれど、それくらいの方が美玲衣も気に病む必要がなくなるのかも知れない。

「皆さんお戻りになられてホッとしています。お夕飯、どうなさいますか」

「ああ、そうですね。そういえばお腹が空きましたね……温めはわたくしが」

すみれの気遣いに、密が応えて調理場へ向かう。

「やっとゆっくり出来る、という感じですか」

「そうですね。紅鶸祭からずっと、騒動ばかりでしたから……」

織女も、応える美玲衣も肩をすくめていた。二人も騒ぎの一端を担っていたこともあって、揃って素直に喜べないところがあるのだろう。

「いいのではありませんか。終わり良ければ総て良し、でしょう」

鏡子が無表情にそう付け足し、織女たちも苦笑と共にその結論に肯いたのだった。


「それにしても、八億なんて……現実的な額なのですか？」

食後、織女たちは密の部屋に集まっていた。確かに、女性陣の部屋に密が訪れるよりはマシと云えるのだろうが、自分の部屋が溜まり場化することについては、密としては疑問がある。

「そうですね。ですが、美玲衣さん一人の額として捉える必要はないと思います」

当然とも云える美玲衣の疑問に、織女もやや頬を紅潮させて応える。

生粋の資産家令嬢とはいえ、自身の手による莫大な額の取引はほぼ初体験に近いのだろう。まだ、やや興奮冷めやらぬという様子が窺えた。

「わたくし一人でも、また美玲衣さん一人でも、億の金額を稼ぎ出せる訳ではありませんからね……今回については、わたくしの現状への承認と期待、貴女がわたくしの右腕として働いてくれることへの先行投資。そういう側面からの出資と考えればいいでしょう」

「それは、まあ……そうなのでしょうけれど……」

そこまで話して、織女ははたと何か思い出したようで、少し悪戯な表情を見せる。

「ふふっ……気にする必要はありません。何しろ、八億の内訳には貴女の旦那さまの分もありますから。わたくしとしては良い買い物だったと云えるのではないかしら」

「えっ、何ですか？　それは……」

キョトンとする美玲衣を見て、織女は小さく噴き出すと、何故か部屋を出て行く。

残されたのは美玲衣と密。密は、苦笑いしながら美玲衣を見ていた。

「えっ⁉　あの、もしかしてそれは……！」

ようやくその意味に気が付いたのか、顔を真っ赤にして、美玲衣が密を見た。

「……僕のその、将来の奥さんということで融資を受けているんです。嫌でしたか？」

美玲衣はそれを聞いて——気付くと両目からぽろぽろと涙がこぼれ出していた。

「い、嫌だなんて……そんなこと、そんなことある訳ないじゃないですか……！」

飛び込んでくる美玲衣を密は優しく受け止めると、ぎゅっと抱き締めた。

風早の後継者二人に云われれば、それは幸敬も折れざるを得ない。そしてこれは、態度の決まっていなかった後継者の密が、幸敬の元に残るという意志の表れでもあった。それを蹴る理由も、また幸敬にはなかっただろう。

「密さん、その……好きです。多分、初めに逢った時から」

「……ありがとうございます。僕も、美玲衣さんのことが好きですよ」

熱の籠もった視線が絡み合うと、自然と二人の顔が近づいて、唇を重ね合う。

「んっ、ふ……ぁふ……」

互いの熱に触れると、そのまま情熱的に、舌が絡まり合う。互いが互いを許し合っていることを確かめると、二人とも高揚して、抑えが効かなくなっていく。

「んぁ……密さん、その……」

「何ですか、美玲衣さん」

「どうか、このまま……ずっと、こうしたかった」

「……そのつもりですよ」

密は、優しく微笑むと、美玲衣を優しくベッドに腰掛けさせた。

「……恥ずかしいですね」

ゆっくりと、密は美玲衣の服を脱がせていく。

「僕も脱いだ方がいいのかな。胸は取った方がいいですよね」

美玲衣を助けに来た時、密には胸がなかったけれど、寮に戻って来たので今は胸が膨らんでいる。

「あの、なら少し触らせてもらってもいいですか」

「興味があるんですか？　いいですが、そんなに面白いものでもないですよ」

そう云って、密が上着を脱いで見せてくれる。

「……いえ、寧ろブラジャーをしているところが何というか、フェティッシュです」

「そういう評価は初めてな気がしますが……返事に困りますね。この胸は張りついているだけだから、ブラジャーをしていないと落ちた時に大変なことになるんです」

困ったように笑ってブラジャーを外すと、精巧な造りの偽のおっぱいが現れる。

「すごいですね。薄らと境目に線が見えるだけで、本物のようです」

美玲衣がゆっくりと手で触れるけれど、密は声も上げない。

「人肌に温まっていますけれど、やはり触られても感覚はないんですね」

「偽物ですからね……気に入りましたか？」

真剣な表情で偽のおっぱいを揉んでいる美玲衣を見ながら、密は笑った。

「ごっ、ごめんなさい。つい興味深くて。あっ、代わりに私の胸ならいくらでも……あっ⁉」

云ってから、美玲衣は顔を真っ赤にした。密は噴き出してしまう。

「すごく嬉しい提案ですが、それ、本当にやったら僕は怒られそうですね」

「いえっ、そんな、密さんになら……それに、そんないいものでも……」

「そんなことはないですよ。じゃあ、見せてもらっても？」

「あっ、はい……んんっ」

唇を重ね、そのまま美玲衣のシャツのボタンをひとつひとつ外してゆく。やがて窮屈から解放されて、美玲衣のたっぷりとしたおっぱいが、ブラジャーに支えられてまろび出てくる。

「すみません、不恰好で」

「そんなことは。不謹慎ですけど、男の視点からは大きいおっぱいはとても魅力的ですよ。まあ美玲衣さんとしては、重くて大変でしょうけれど」

「確かに、邪魔なことが多いですが……密さんが大きい胸がお好きだということなら、今まで我慢してきた甲斐があるというものです。ひゃっ⁉」

そっと、密は美玲衣のおっぱいを持ち上げるけれど、反応して美玲衣が声を上げる。

「すみません、痛かったですか」

「いっ、いいえ、ちょっと驚いただけです。ど、どうぞ……」

「やっぱり、本物はすごく熱いですね。当たり前ですが」

「んっ、は……ああ、すごくドキドキ、します……」

鼻に掛かった艶っぽい吐息に、思わず密の手が止まってしまう。改めて、そういうことをしているんだ、ということを密も再認識したのだろう。

ゆっくりと、抱き締めるように背中に手を回すと、そのままブラジャーのホックを外す——ゆるりと肩紐がずれていき、ブラジャーが下に落ちると、解放された美玲衣の綺麗な巨乳がツンと美しく上を向いた。

「密さん、ブラを外すの、お上手……ですね」

「どうしてか、理由を聞きたいんですか？」

「いえ……ご苦労、なさったんですね」

小さく美玲衣は笑って、密に身を任せる——密の指がやわっこく美玲衣のおっぱいを包み込むと、気持ちのいい弾力で指を押し返してくる。

「あっ、ふ……ん、不思議ですね。自分で触ってる時は、こんなの大きくて、んっ、邪魔な、だけなのに……」

密の手に、美玲衣のおっぱいがたっぷりとした手応えを返す。両手で持ち上げると、かなりの重さがあることが感じられる。

「気持ちいいですね。美玲衣さんが偽物に夢中になるのも解ります。僕もこれなら、ずっと触っていたいですから」

「んっ、はっ、あ……！　わっ、私の方には、その、一応神経が通っていますからぁ……そっ、そんな風にされるとっ、あん……っ！」

「痛くないなら、このまま続けたいですね。えっちな顔をしている美玲衣さんをもっと見ていたいですし」

「やっ、密さんっ……ばっ、ばかぁ……」

ぎゅうっと、美玲衣の顔が真っ赤に染まる。すると、密の手の内に隠れていた彼女の乳首が、キュッと硬くなって手のひらの中で存在を主張し始める。

「……美玲衣さん、これ」

「ひっ、密さんがいっぱい揉むからです……あっ、あんっ……！」

「恥ずかしがらないで。嬉しいですよ……んっ」

「ぁふ……ちゅっ……んっ、んんっ！」

唇を重ねながら、密の指が硬くなった乳首を探り当てると、美玲衣の身体がびくんと震える。

「っ、はあっ……こんなの、恥ずかしっ……ひんっ……！」

感じやすいのか、それとも密への想いの故か。美玲衣は密の愛撫に、敏感に反応してしまう。

「私、おかしいです……密さんに触れられているって思うだけで、もう……」

血色の昇った頰で、浅い呼吸にあえぎながら、切なそうな表情の美玲衣。

朴念仁と云われている密も、自分の手で想い人がこんな風に変わってしまったら、さすがに大人しいままではいられなくなってくる。

「んっ……あっ！　はっ……あぁ……」

密の手が美玲衣のなだらかな腹をなぞり、ゆっくりと下腹へと降りていく——脚の間に手が滑り込むと、刺激に反応して両脚がその手をきゅっとはさみ込む。

「……触ってもいいですか」

密の指は肝心の場所には行かず、内腿を撫でさすりながら逡巡する。美玲衣は、それをまるで焦らされているように感じてしまう。

「やくそく、しました……密さんのふきんしんを、許しますっ、て……」

密は、その言葉を聞いて、ついばむように小さく一度、美玲衣の唇にキスを重ねると、ゆっくりと美玲衣の股間に指を押し付けていく。

「ふうっ……うんっ……！」

くちゅう、と粘りけのある水音が、もうすっかり美玲衣のつぼみが潤みきって、パンティまでをぐっしょりと濡らしていることを教えてくれる。

「ひぐっ……！　はっ、んぁあぁっ……！」

布越しにとは云え、初めて異性にそこを触れることを許した——その刺激に、美玲衣は心を強く揺さ振られる。まるで、触れられたところに次々と火が点っていくように感じられた。

「すごい、です……密さん、あっ、は……やけど、してしまいそう、です……」

「……僕も、ちょっと冷静ではいられないですね」

密の指がパンティの中へと這入り込んで行くと、そのまま引き下ろそうとする。美玲衣はちょっと泣きそうになるけれど、両手で顔を隠して恥ずかしさに耐えた。

「密、さん……」

「嫌じゃなかったら、力を抜いて下さい」

脚の間からパンティを引き抜かれると、ゆっくりと、股を押し広げられる。

露わになった薄桃色の肉襞から、トロリと半透明の愛液がしたたり落ちてくる。

「やぁ……心臓、破裂しちゃいそ……です……」

「ごめん。でも、こうしないと挿れられないから」

「わっ、わかってます……でも、恥ずかしいんです。も、いっそひと思いにという気分です」

「美玲衣さん……でも、もう少し慣らさないと、痛いかも知れませんよ」

「それは、初めてですから仕方ありません。いいえ、きっと痛いくらいの方が私には良い想い出になると思いますから……来て下さい、密さん」

少しでも痛くない方がと思ったが、当の美玲衣がそう云うのなら——密もそれに付き合おうと、スラックスを脱ぐと下半身も総て裸になった。

「ああ……それが、私の中に入るんですね」

顔を覆った指のすき間から、密のそそり立ったペニスが見えたのだろう。美玲衣はややうっとりとした息を漏らしていた。

「やっぱり、怖いですか」

「少しだけ……ですが、密さんとひとつになれることへの期待の方が大きいです」

目を潤ませる美玲衣の頬をそっと撫でると、密はついばむようにキスをする。

「んっ……はい。その、どうぞ、密さん……」

美玲衣は覚悟を決めたように、自分から指で陰唇を左右に割り開くと、薄桃色の粘膜へと密を誘い入れる。そんな姿を見て、密は一瞬頭がくらりとするのを感じた。

「美玲衣さん……！　く、うっ……！」

蜜に誘われる蝶のように、密は猛りきったペニスを、ひと息に美玲衣の膣の中へとぐっと押し込んでいく……！

「あっ、あああ……っ！　密っ、さんっ……！　うあ、あっ、ああああ……っ‼」

「ああ……美玲衣、さんっ……！」

密は、美玲衣の片脚をつかむと、ひと息に根元までペニスを押し込んだ。今までに感じたことのない不思議な占有感に、まだ狭い膣の締めつけが重なり合って、慣れてない密から、まるで射精を引き出そうとするかのように誘惑をしてくる。

「あっ、はっ、はぁっ、はぁっ……すごい、私の、なかぁ……密さんでいっぱいになってぇ、はっ、張り裂けてしまいそう……！　あ、ああ、あぁぁ……」

準備不足だったからなのか、入り口はどろどろに濡れていたのに、処女膜を散らして膣奥まで来ると、あまり愛液が沁み出してきておらず、ぺりぺりと膣壁を引きはがすように密のペニスを受け容れていた。

「すみません、我慢、出来なくて……くっ！」

無我夢中で挿入した密も、やや苦しそうな美玲衣の声で我に返るが、そんな密に美玲衣は微笑みで返した。

「いいえ、お願いしたの……私、んっ、なので……気にしないでください……」

時折、破瓜の傷みで顔をゆがめながらも、健気に応える美玲衣に、密も煮える理性を必死に抑え付けようと努力する。

「……優しく、しますから」

痛みが引くまで、極力腰を動かさないようにしながら、気持ちいいと判っている場所にそっと愛撫を加えていく。

「ふぁ……密さん……」

美玲衣にとっては、密に優しくされることが、何よりの特効薬なのかも知れない。

ゆっくりと優しくこねるようにおっぱいを愛撫されて、時折唇を重ねる。

「んっ、ふぁぁ……密さん、ひそか、さぁん……あっ……んんっ……」

キスを交わすたびに、美玲衣の身体の力が抜けていく。五回を越えた辺りで、美玲衣の膣内《なか》はとろとろになって、逆にゆらゆらと動きを求めるように腰が動き始める。それは刺激となって、密へとその隠された欲望をそっと伝えていた。

「そろそろ、動かしますね……」

「はっ、はいっ……んぁあっ、あっ、ああっ……！」

密が腰を引くと、美玲衣の膣内から、ペニスと一緒にとろとろの愛液がこぼれ出した——それを見た密も、抑え付けていた欲望がむくむくと蘇ってくる。

「あううっ……！　あ、あ……密さんが、おく、までえっ……！」

再度、ペニスをぐっと奥まで押し込んでいく……隅々まで愛液にまみれた美玲衣の膣内は、きついながらもねっとりと密のモノを包み込んでくる。

「ああ、美玲衣さんの膣内、すごく気持ちいいです……痛く、ないですか……」

「はっ、はい……それどころか、頭が、ぼおっとするくらい……ふぁ、あぁ……」

それは密が体験したことのない快感だった。そしてまた美玲衣にとっても。

「ああっ、なんですかこれぇ……すごくっ、あっ、すごく気持ちいい……です……」

もうすっかり痛みも忘れて、美玲衣は顔を上気させて快楽を受け取っている。

「なんだか、ああ、気持ちよくて、ふわふわぁ、しちゃい、ますっ……ああっ……」

そんなとろけた表情の美玲衣を見て、密も徐々に彼女の膣内をむさぼる速度を上げていく。

やがてその激しさから、動くたびに繋がっている部分からぐちゅっ、ぶちゅっという粘膜がこすり合わされ、泡立つ音が響き始める。

「ふぁ、あっ、ああ……！　恥ずかしい音がっ、ああっ……！」

美玲衣にとっては、混じり合う音も、ペニスを受け容れるために股を大きく開かされていることも顔から火が出るほどに恥ずかしかったけれど、それよりも密と一緒に、重なり合い、快楽を共有出来ることに幸せを感じていた。

「ああ、ああっ……！　ひとつになって、融け合ってしまうみたいにっ……あっ、ああああっ……密さんっ、ひそかさぁんっ……！」

とろけきった声で、美玲衣が密の名前を何度も、何度も何度もつぶやく。そのたびに、美玲衣の膣内で密のモノが大きく膨らんでいくような感覚を味わう。

「美玲衣さんっ……ああ、もう……！」

射精感という名のその欲望は、電流のように背筋を走るとじわじわと密の腰に溜まっていく。

必死に力を籠めて我慢するけれど、美玲衣の膣内をこすり立てる快感に、徐々にそれが無視出来ない大きさと強さに変わっていく……！

「ああっ、密さんっ……わたしっ、もっ、もおっ、あたまのなかが、まっ白に、なってしまいそう、ですっ……！　あっ、ああっ……こわい、ですっ……！」

「ええっ、ぼくも、もうっ、限界です……！」

「はいっ……どうぞっ、わたしでっ、きもちよく……なってぇ……っ!!」

「ぐっ、あああああっ……！」

限界だった——密は、あらん限りの忍耐を費やして、最後に思い切り美玲衣の膣内を破裂寸前のモノでかき回した。

「あぐううっ！　あ、あ、あ、あ、あっ……！　ひそかっ、ひそかさぁんっ……！」

美玲衣も、初めて訪れようとしていた絶頂に対して、身体が自動的に密のペニスをしぼりに掛かっていた。そしてそれは同時に、美玲衣自身にも強烈な快楽を生み出して、快感の洪水と混乱を、美玲衣に叩きつけるように味わわせていた。

「あひっ……！　あ、あ、あ、だめっ、もうだめぇぇぇっ……!!」

「ううう っ、美玲衣っ、さんっ……あああっ……！」

少しだけ、密が情けない声を発して、最後の理性で美玲衣の膣内から脱け出した、その瞬間に、美玲衣の身体が跳ねて、ぶしゅっと、水しぶきを噴き出させた！

「ふぁっ、あぁあああぁあぁあぁ……っ!?」

「ぐっ、あああっ……!!」

最後に、二人は同時に達すると、爆発した密のペニスから白濁が噴き出すと、美玲衣を身体へとどろどろに降りかかった……！

「うぁ……ぁ……はあっ、はあっ、はあっ、はあっ……」

「くっ、あ……ああ、はあっ、はあっ、はあっ……」

密は、全身に精液を浴びて恍惚としている美玲衣を見ながら、

美玲衣は、未だ欲望冷めやらない密の熱の籠もった瞳を見ながら、

忘我の快楽に、しばらく打ち震えていたのだった……。

「……こんな体験をしたの、初めて、です」

「僕もです。これからしばらく、この誘惑を振り払うのには苦労しそうな気がする……」

互いの汚れをぬぐって、二人は裸で抱き合っていた。それは幸せな時間。

加減が判らず、ただ互いをむさぼり合いたい気持ちもあるけれど、互いに嫌われたくないという気持ちもあって。

「我慢はしなくてもいいと思うのですが……私ならいつでも、その」

「美玲衣さん、その発言、多分自殺行為です」

互いを気持ちよく出来たことを確認して、そこまでは良かったと思う二人だったけれど。

「卒業までは、色々自重しないと……ここ、女子寮ですから」

自分で云いながら、密はすさまじい罪悪感がこみ上げてくる。

「密さんが今更それを云うのは……ふふっ、ですが、確かにそうですね……」

云いながら、からかうように美玲衣は自慢のおっぱいを密に押し付けてくる。

「……これ、先が思い遣られますね……んんっ」

美玲衣が密に覆いかぶさって、唇で密の言葉を封じていく。

(僕の自制心は、卒業まで保ってくれるのかな)

美玲衣を迎え入れながら、密は幸せと、困惑と、両方を胸に笑い出していた……。

終章

「最近は以前より、随分と明るくなられましたね」

「そうかもしれないわね。あの頃はかなり鬱屈していたもの、私」

「物憂げな美玲衣お姉さまも、それはそれでわたくしは好きでしたけれど」

——年も明けて三学期。図書室では、美玲衣と深夕がチェスに興じていた。

「ええ。お父さまの騒動であれだけ揉まれたというのに、以前より晴れやかでいらっしゃいますね。何かいいことでもあったのでしょうか」

「そうね。いいことならいくつかあったわ。でも正直、あまり気を緩ませている場合ではないのよね。貴女だって、来年は照星候補でしょう?」

「そこは他薦ですし、気にしていないと云いますか……寧ろ、奉仕会の業務の主立ったものが終わって、肩の荷が下りたと云いますか」

「貴女の場合は万年首席だものね……ライバルとかはいないの？　王手《チェック》」

美玲衣が果敢に王手を掛けていく。寮で密と対戦するようになってから、美玲衣のチェスの腕前も、深夕に並ぶくらいにはなって来ている——はずなのだが。

「敢えて云うならすみれ会長ですが……ただ、あの方はあまり勉強には本気を出して下さらないので。そういう意味では少し物足りないですね。ではわたくしも」

カツン。深夕の一手で、美玲衣が王手を仕掛けたはずなのに攻守が逆転する。

「ちょっと、これはチェスであって将棋ではないのよ……もう、何よこれ」

美玲衣は頭を抱える。まだまだ、深夕には敵わないものであるようだ。

「ご機嫌よう、薔薇の宮さま。もうお約束の時間でいらっしゃいますね」

「ご機嫌よう深夕さん。どうですか、今日の勝負は」

「今、終わったところです。楽しませて頂きました……それではわたくしはこれで」

「もう……ご機嫌よう」

ふくれっ面の美玲衣の挨拶に、深夕は軽く会釈をすると、書棚の奥へと消えていく。

「なかなか、深夕さんには勝てないみたいですね」

「まあ、まだまだこちらが胸を借りている状態です。残念ながら、卒業までにひっくり返すのは無理そうですが」

「美玲衣さんも頑張っていると思うのですが……」

「実際、頑張っておられます。今日も危ないところでしたので」

書棚の向こうから、いなくなったはずの深夕の声が聞こえてくる。

「立ち聞きは良くないいんじゃない？　深夕」

「そうですね。黙って聞き耳を立てておくべきでした……失礼致しました、お姉さま方」

借りていく本を選んでいたのか、深夕はそのまま貸し出しコーナーへと姿を消した。

(何だか、少し気を遣われていたような気がするけれど)

立ち去る深夕の背中を見ながら、密はそんなこと考える。

「……もう。あの子は勘がいいから、気づいているのかも知れませんね」

「えっ、まさか……」

「ああいえ、半分だけです。密さんの性別には、恐らく気付いていないかと」

それはつまり、密と美玲衣の恋愛関係には気づいてるということだ。

「それはそれで、倒錯した世界を想像させているようで、少し気が引けますね」

密は、申し訳ないと思いつつも、つい笑ってしまう。

「深夕はそういう意味では野暮ではありませんから、ことさら問題はないと思います。どちらかと云えば密さんの実態の方が倒錯していると云えるのでは」

「……確かに。返す言葉はなさそうです」

話にひと段落付いて、二人は教科書とノートを取り出した。

「密さん、美玲衣さん」

「織女さん、丁度いまから始めるところです」

「間に合って良かったですわ……では今日もよろしくお願いします、密先生」

今、この三人は一緒に勉強をするようになっていた……というか、二人が密に教えを乞うという状態になっていた。

織女も、美玲衣も、ずっと打倒密を目標に勉強を続けてきていたが、二学期の期末まで来ても密から首位を奪えず、とうとう強硬策を取るに至った——つまり、宿敵である密の軍門に降り、教えを乞うことによって師を打ち破ろうという積極策に出たのだった。

（大事なのは、順位よりも向上心ってことなんだろうな）

やる気に満ち溢れた二人に教えながら、密もまた二人に教えられていた。

恐らく、最後の期末考査ではその結果を見ることになるのだろう。

けれど、見据えているのは、ゴールにしているのはきっとそこではない——美玲衣を救うため、図らずしも生まれてしまった三人を評価する価値。

それが、もっと遠くを、もっと未来に向けて、今の自分に投資すること。それをより明確に意識させられることに繫がったのは間違いない。

「密さん、焼き目はこれくらいでいいのでしょうか」

「ええ、大丈夫です。大分コツをつかんできましたね」

もう一つ、毎週末に密が請け負っていた寮生みんなの食事の準備に、美玲衣が手伝いとして加わっていた。

動機としては、これ以上なく解りやすい——将来の自分の夫と目される相手が料理の達人だからだ。技術の蓄積というものがある以上、追いつくことは出来ないとしても、せめて並みの『料理上手』くらいにはなっておきたい。そんな心理が働いたであろうことは想像に難くない。

「いいですね。じゃあもう仕上げは任せても大丈夫ですね」

「えっ、密さん、それはちょっとスパルタ過ぎるのではありませんか……⁉︎」

この一年、寮の妹たちやクラスメイトなど、様々な生徒たちに勉強を教えてきただけあって、密は料理を教えるのもかなり上手になっていた。

密の方は密の方でそんなことに気付き、人の行為は巡るものなのだな、と感慨に浸ったりもしていたのだが。

「うん、今日も美味しいね。いやー、美玲衣さんが密さんの手伝いをするって云い出した時は、料理のクオリティ低下が危惧されたけど、そんな心配も要らなかったね」

「その手の危惧は、思っていても本人の前では云わないようにして、美海さん」

気付けば、美玲衣もすっかり寮の一員として馴染んでいた。

「あはは、ごめんて。ああ危惧っていやあ、そろそろ照星たちにとっては一番の厄介ごとが迫ってきたね」

「えっ、何ですか、照星の一番の厄介ごとって……紅鶸祭以上の何かがまだあるのですか？」

そんな話を聞いて密が青くなるが、美海は笑って首を振る。

「ちょっと方向性が違うかな。ヴァレンタイン・デーのことだよ」

「えっ……」

「ああ……」

その言葉を聞いて、織女と美玲衣は意味を理解したのか、げんなりといった表情になる。

「どういうことです……？」

ひとり理解していない密に、織女が説明をしてくれる。

「毎年、照星たちが受け取るチョコレートの量が尋常でないのです。机一杯とか、下駄箱があふれるとか、そういうレベルではなくてですね……」

多い時には、照星ひとり当たり大きな紙袋十個分にも及ぶということらしく、昔から問題になっている——そう、織女の説明は続いた。

「過去の照星さま方も、その処置には大分頭を絞っていらしたようですが、解決には至っていませんね。そもそもお返しが用意出来ないくらい膨大な量になりますし、貰っても食べ切れないしということで、打つ手がないというのが現在の状況です」

すみれが説明を引き継ぐ。基本的に生徒の好意から発生するため、対抗策を採るのが難しいという話だった。

「……正直な話、照星にチョコレートを上げることがもっともお手軽だから、という部分があるのではないでしょうか」

その話を聞いてしばらく考えていた美玲衣が、そんなことをつぶやいた。

「なるほど、確かにそういうところはありそうですね。つまり、受け取る理由がなくなればいいということですわね」

「と云っても、どうすれば……」

織女のアイディアに密も納得しかけるが、ではどうするかというところで考え込む。

「……ヴァレンタイン当日に、別のイベントを開催するというのは？」

美玲衣がつぶやく。

「別の意義ある日に振り替えるということですか……しかし、結局チョコレートをプレゼントするという、根源的な欲求を果たせなければ駄目なのではありませんか」

「となると、イベントで画一的に、受け取ったチョコレートを別の目的に転換出来るようにするということですか？　うーん……確かに、イベントとしてチョコを受け取れば、照星が個人でチョコレートを扱わずには済みますが」

密も、織女も頭をひねる。

「では、次の照星会ではこれを議題に致しましょう。奉仕会の方でも、何かいいアイディアがないか、事前に探んでおきますから」

すみれからもそう提案を受けて、照星たち三人もそれを了承した。

「ふふっ、それにしても、貰える確約もないのに、自分たちから率先してこういったイベントを開くというのも、やや僭越な気がしないこともないのですが」

苦笑する密に、美海が笑った。

「ま、そこは過去のお歴々の実績が物語ってるからね……自意識過剰とは云われないでしょ。というかその僭越さってのが、こういう施策を実施してこなかった正体なんだろうけど」

「確かに……恥ずかしがっている場合ではない、ということですね」

そんな美海のツッコミに、密も笑うしかなかった。


「それにしても、よもやヴァレンタインをイベント化するなんて」

夕食後、密の部屋で照星たちは夜のお茶を楽しんでいる。

「去年も、その前の照星の皆さんも大変そうでしたから……それに」

しみじみと、織女がそうつぶやく。目撃していたからこその実感なのだろう。

「実は、在籍中にひとつくらい、自分たちが考案したイベントというものを残していってもいいかしら、と思っているのですが」

くすりと笑って本音を漏らした。

「ふふっ、もう……学院にどんな傷あとを残していくつもりなんですか、織女さん」

そんな織女の本音に、美玲衣は笑い出してしまう。

「総ての照星がそんなことを考えたなら、きっと毎年催し物がみっつずつ増えていって、最終的には奉仕会がパンクしそうですね」

「そうですわね。ですがきっと、次の年にはもう奉仕会の都合でなくなったりするのでしょう。公的機関の運営なんて、そんなものですよ」

「ふふっ、もしかしたら『照星に就任すると人格が変わる』というのは、みんなことごとく運営に対するコストを無視し始めるから……なのではありませんか」

「ああ、確かに……そうかも知れませんね。何ともはた迷惑な話ではないですか」

そんな取り留めもないことを話して、三人は笑い出してしまった……。

「とはいえです。密さんに他の女子たちから大量のチョコレートが贈られるというのは、実際結構なイベントな訳です。私としては」

寝る少し前、突然密の部屋にやって来た美玲衣が、急にそんなことを云い始めた。

「そう、ですね……贈られたら受け取らない訳にもいきませんし。不可抗力とは云え、美玲衣さんには不愉快ですよね」

ムッとした美玲衣が、密にギュッとしがみついて——正直、密としては嬉しい反面、煩悩を追い出すのに苦労する場面でもある。

「ただでさえ、密さんと二人きりになれる時間は少ないというのに……結局初詣も二人では行けませんでしたし」

実家のなくなった美玲衣も、当然寮で年を越すことになった。密と二人で初詣に行きたい、という内心の希望があったのだが、寮生たちの正月の食事を用意する都合で、みんなで初詣することになってしまった。

「ふふっ、美玲衣さん、結構根に持つタイプですね。可愛いですけど」

密としては、美玲衣が甘えるところを見せてくれるようになったのは素直に嬉しいのだが、正体を秘密にしなくてはいけないこともあって、二人きりになったといっても、こんな風に睦言をささやけるタイミングはほとんどない、というのが現状だった。

「しかも今度は期末テストの直後ですからね、ヴァレンタイン・デーが」

美玲衣も密から首席を奪取すべく追い込みを掛けている。少なくともそれが終わるまではイチャイチャも出来ない——そう、ストレスを溜めているところなのだろう。

「もちろん、密さんと恋仲になる前よりも、今の方が幸せなのは間違いないのですが……ですが正直、もう少しイチャイチャしたいという希望もありまして」

一度身体を交わしてから、美玲衣は自分の身体を有効に密への誘惑に使うようになっていた……主におっぱいなど。今も密に抱きついて、自分の武器を十分に活用しようと、ぐいぐいと押し付けて来ていた。

「ご迷惑をお掛けします、美玲衣さん……んっ」

「んんっ……ぉふ、ちゅっ……」

後で振り返ってみれば、初体験も結構な冒険だった。頻繁に他者の訪問を受けるこの女子寮で、一時間近く行為に浸っていた訳で、無事に済んだのは奇蹟に近かった。

「すみません……今度、何か考えますから」

「もう、約束ですよ？」

今夜のところは、取り敢えずキスだけで終わりにする二人だった。

†

それから二週間、照星の三人は勉強漬けの日々を送った。

泣いても笑っても、この期末考査が最後の舞台だというのは全員痛いほど良く解っていたのだから……。

「それでは用紙を配ります。教科書や参考書をしまって下さい」

いよいよ、学生生活最後の考査《テスト》の幕開きだった。

密にも、織女にも、美玲衣にも、それぞれの想いがある。

いずれにせよ、この三人が同時に競うことが出来るのは、これが最後なのだ。

「始め！」

そんな、この一年の集大成といえるテストが、とうとう開始されたのだった……。

「ん〜〜っ！　終わってしまいましたね！」

三日間の考査日程を終える頃には、もうすっかりとすっきりした顔になった三人の姿があった。どうやら、全員ベストを発揮出来たという自負を持てたのだろう。

「織女さんが人前で伸びをするなんて……百合の宮派が見たら驚いて気絶してしまいますよ」

「あら、わたくしのシンパにはもうそんな軟弱な人はきっといませんよ。今年一年のイメージチェンジが一番派手だったはずですからね」

「そうでしょうか。鈴蘭の宮の変節ぶりも、なかなかだったと思いますけれど」

「や、やめて下さい密さん……恥ずかしいので」

三人揃って、考査日程で早上がりになった真昼の帰り道を、のんびりと歩いて行く。

「……わたくしはやっと、素直になれた気がしますね」

「えっ、織女さんが？　今更ですか」

「そういう云い方は非道くはありませんか、美玲衣さん……」

小さくふくれる織女に、美玲衣は首を横に振った。

「いえ、そういう意味ではなくて……照星選挙のあたりから、もう織女さんは大分素直だったと、そう思っていたのですが。違うのですか」

首を傾げる美玲衣に、織女は少しの苦笑いを添えて応える。

「ああ、まあそうなのですが……あれでも加減を見ていたのです。わたくし的には」

頬を染める織女に、美玲衣も苦笑する。

「なるほど、どこまで素直になって良いものか……みたいなことを考えていた、と」

美玲衣にしても、理解出来ない感情ではない——美玲衣にも、何か自分に求められている『像』のようなものがあって、それを壊して良いものかどうか、そんな愚にも付かないことを考えて生きてきたところがあったのだから。

「そうですね。解らないでもない……でしょうか」

「そうでしょう？　わたくしたち、やはり少し似ているのかも」

織女は、我が意を得たりと小さくにやりと微笑む。

「……そうかも知れません。ですが似ているのはそこだけですけれど」

その一点以外では、美玲衣と織女はまったく違う。

織女の型破りなところ、大局的なものの見方。

そして美玲衣の殻を破れないところ、やや偏屈なほどの斜視ぶり。

良くいえば、芸術家的な凝り方といってもいい——随分と違うものだと。

「そうですわね……ですが、その方が楽しいです。共感だけが人生ではありませんから」

「ああ云えばこう云う、めげませんね。織女さんは」

「あら、美玲衣さんには云われたくありませんわね……」

笑い合う二人。そして、それを一歩後ろから眺めている密にも同様の感慨がある。

しかし早いもので、もうすぐ卒業が控えているのだ。

もう少し早く仲良くなれていれば、こんな楽しい時間を、もっと長く過ごすことが出来たのかも知れないのに。そんなことを思いながら。

けれど、時は止まってはくれないものなのだった——。

「密さん……！」

　時が止められない人が、ここにももう一人。

「美玲衣さん、いらっしゃい……今夜は何のご用ですか」

　ソプラノの声で返すものの、何となく、用件は解っていた。

「一日早いですが、その……ヴァレンタインのチョコです。どうしても、誰よりも最初に渡したくて」

「ありがとうございます。今、食べてもいいですか」

「えっ、はい……それはもちろん」

　包装を解くと、可愛らしいチョコレートの詰め合わせが顔を出した。

「美味しそうですね」

「自分の好みで選んでしまったので、お口に合わなかったらすみません……」

「ああ、そうなんですね。それはそれで嬉しいですよ……じゃあはい、口を開けて」

「えっ、あの……あ……はむっ⁉」

　戸惑っている内に、密手ずから、美玲衣の口にチョコが放り込まれる。ほろ苦い甘みが、口いっぱいに拡がり、一緒に、恥ずかしさが頬いっぱいに拡がっていく。

「でっ、では、あの……密さんも……」

「ええ、頂きます……はむっ」

　今度は美玲衣が、震える指で密の口にチョコを放り込む。

「美味しいですね。ちょっと恥ずかしさで味が判らない気もしますけど」

イチャイチャしたい、そんな言葉を覚えていてくれたのだ――そう思って、美玲衣はたまらなく嬉しくなってくる。

「はい、あーん」

「はむっ……んっ、んむ……ちゅっ……」

一個、また一個……そのたび互いに距離が近くなり、チョコ一ダースの最後の一個になるころには、指ごとチョコレートをくわえ込んでいた。

「ぷぁ……」

最後のチョコレートが溶ける頃には、二人の視線もとろとろに融けて、絡み合っていた……。

「考査《テスト》、やっと終わりました。これでもう邪魔をするものはありません」

「……そうですね」

――熱っぽい瞳。

正直なところ、密だって同じ気持ちだった。健全な青少年が、身体の相性が最高の恋人と出逢ってしまえば、それはしばらくは猿にもなろうというものだ。

とはいえ、この潜入工作を無事に終わらせなくては……そんな気持ちも、心の裏では渦巻いていて――。

ヴーッヴーッヴーッ。

「わっ⁉　な、なんだ……鏡子さん？」

そんなことを考えていると、スマートフォンに鏡子からのショートメールが。

『じゃじゃーん。今まで云ってませんでしたが、潜入工作の都合上、窓さんの部屋の壁には防音加工が施されているのです。内装工事済みは伊達ではない。良かったですね、このスケベ』

(鏡子さん……っ⁉)

窓はメッセージを見て愕然とした。

「……美玲衣さん、もしかしてここに来る前に鏡子さんに逢いましたか？」

「えっ、あ、はい。お風呂場で逢いましたね」

いや、隠し事は出来ない。出来ないとは思っていたが……さすがに、このタイミングでそれはどうかと思う窓だった。

(後で何を云われるか……まあでも、今は感謝しておこうかな)

わだかまりから解放されると、窓は思いっ切り、美玲衣を抱き締めたのだった……。

「はっ、ああっ……ひっ、窓さんっ……激しいですっ……」

「それは、僕だってずっと我慢していましたからね……」

服を脱ぐのももどかしいほどに、二人は絡まり合い、互いにキスの嵐を降らせた。

襟首から始まった窓のキスの洗礼は、おっぱいからおへそへ、そしてすべすべの下腹に降りて、最後は美玲衣の秘裂に辿り着いた。

左右に押し開いて舌を這わせていくと、美玲衣の身体が小刻みに震えて、そのたびに膣の奥から、とろりと濁った愛液を溢れ出させてくる。

「やだっ、膣内《なか》からえっちなジュース、しみ出てるの……わかっちゃう」

「すぐにも挿れたいですけど、ちゃんと、準備しないと駄目ですよね」

密は手のひらでつぼみを覆いかぶせるようにあてがうと、ゆっくりと中指を美玲衣の膣内に突き入れていく。

「んっ……はっ、あ……はいってきますっ、密さんの、ゆびぃ……っ」

入り口を拡げるように、ねっとりと指でこね回していくと、美玲衣がその動きに反応して身体をふるふると震わせる。

「はっ、あ、あぁ……あぁっ……こんな、ああっ、自分の指と、全然違いますっ……あっ⁉」

口にしてから、美玲衣は固まってしまった。

「ひ、ひひひ、密さん……今の、聞いて……？」

美玲衣が絶望したような顔になっているけれど、ここで聞いていないと云ってもどうにもならないだろう。

「……聞いちゃいました。ごめんなさい、我慢させていたんですね」

「きゃふうっ⁉」

美玲衣が反論出来ないように、指で膣内をこね上げるのを再開する。

「大丈夫です。恥ずかしいことじゃありませんから。寧ろ嬉しいです」

云い聞かせるように耳元でささやき、そのままぷるぷると揺れる大きなおっぱいに吸いついていく。

「ひうんっ……！　ふぁああっ……⁉」

密は、膣の中をこね上げるのと一緒に、すっかり硬くなった美玲衣の乳首を口に運び、先端を吸ったり甘噛みしたりを繰り返す。

「ふぁ、あっ！　ああ……！　そっ、そんなにっ、そんなにしたらぁぁっ……！」

口の中で、密の歯が乳首の先端をかすめるたびに、美玲衣の身体が大きくびくん、びくんとけいれんする。膣への指も、人差し指を追加して、膣内で壁を引っかくように、指を曲げて責め立てていく。

「あうっ……！　あっ、はぁぁ……密さんっ、ああっ、ひそかさぁんっ……！」

「いいですよ。気持ちよくなって下さい。僕はそんな美玲衣さんが見たいんですから」

「あっ、はいっ……い、です……密さんにならぁ、あっ、えっちな、わたしいっ……いくらでもっ、みせてえっ……あっ、ああああっ……！」

指で何度も膣壁を引っかいていくと、美玲衣がキュッと脚を閉じて、そのすき間からぷしゅっ、ぷしゅっと透明な液が噴き出した。

「あっひ！　は、ひぃ……うっ、あ……ごめんなさい、ひそかさん……わたし、先に……い、イッちゃった、みたいですぅ……」

「大丈夫です。何度気持ちよくなってもいいんですから……じゃあ、僕もそろそろ一緒に気持ちよくなっていいですか」

「はっ、はい……ど、ぞ……わたしで、気持ちよくなって、くだ、ひゃい……」

荒い息でおっぱいを上下させながら、美玲衣はうっとりとした表情で、密を求めていた……。

「美玲衣さんの身体は、どこも綺麗ですね」

密は、美玲衣を壁際に立たせると、背後からその背中を眺めた。

「そ、そうですか……？」

「ええ。綺麗な背中と、やわらかそうなお尻です……」

そう云えば、背中から美玲衣を見たことはなかったと、そう思い立った密だった。

見事なおっぱいを見ることは出来なくなるけれど、それに負けないくらい、整ったプロポーションだった。

「少しだけ、お尻を突き出してもらっていいですか」

「はっ、はい……こう、ですか……？」

おずおずと、美玲衣が密に向かってお尻を突き出してくれる。たったそれだけで、びっくりするくらいに興奮する――女の子をお尻から眺めることは、何か先天的に男の何かを刺激するんじゃないか、密にもそんな気持ちが湧き上がってくる。

「んっ……あっ、は……！」

突き出されたお尻を、ゆっくりと両手でつかむと、その力に合わせてお尻が形を変えていく――揉みしだくと、時折いやらしい茂みや小さな窄まりがチラチラと見え隠れして、女の子の恥ずかしいところを見せて貰っている、そんな気持ちになってくる。

「はあっ、はあっ……密さん、これ、恥ずかしい、です……」

「ああ、ごめんなさい。いやですか？」

「いえ、その……ひそかさんにならっ、わたし、何をされても……んっ……」

むにっと、指がお尻に埋もれ、それに合わせて美玲衣のお尻が腰からゆらゆらと揺れ動いている——気付けば、美玲衣の内腿を愛液が伝って、足に向かって流れ落ちていくのが見えた。

「そうでしたね。じゃあ、美玲衣さん……そろそろ挿れますからね」

「あの……密さん。今日は、膣内で出しても、その、大丈夫……なので……」

美玲衣は、顔を真っ赤にして密にそう告げる。

(駄目だ……今、そんなことを云われると……！)

突き出されたお尻を両手で押さえ、尻たぶを左右に拡げると、薄桃色の入り口がぱっくりと開いて、膣内からまるで誘うかのように愛液がとろとろと漏れていく。

「っ……美玲衣、さんっ……！」

吸い込まれるように、密は美玲衣の秘裂に、背後から反り返ったペニスを押し込んでいく
……！

「うぁああっ⁉　うっ、うしろっ、からぁ……っ⁉」

そんなことが出来るとは知らなかったのかもしれない。美玲衣は目を見開くと、ひと息に一番奥まで密のペニスを受け容れていた。

「あっ、ああ……！　ふかいっ、ふかいですっ、ひそかさん……っ！」

体位の関係なのか、正常位よりも密のペニスが美玲衣の奥まったところまで刺さるようだ。感じたことのない新しい感覚に、美玲衣はがくがくと身体を震わせる。

「んっ……！　痛く、ないですか、美玲衣さんっ……！」

「はっ、はいっ！　はいぃっ……だい、じょぶっ、きもちいぃ、ですっ……！」

深く入るだけではない、密にとっては美玲衣の腰をつかむことによって、緩急が付けやすく

なる。後ろから美玲衣の綺麗なお尻にペニスを打ちつけていくと、不思議と獣の交尾をしているような気持ちになってくる。

「はひっ、あっ、あっひ、あっ、ああっ！　こんな、かっこでぇ……！」

速度も、深さも、向きも自在で、思うままに動かしているような気持ちになる。

「美玲衣さんっ、ああ、すごく、気持ちいい……！」

「わたっ、しもっ……こんなかっこ、ああっ、はずかしいのにぃっ……！」

ぱん、ぱん、ぱんと、ひと突きするたびに、美玲衣の柔らかくて形のいいお尻が震えて肉のぶつかる音、膣の合間からはぽたぽたと愛液がしたたり落ちていく。

「あっ、ああっ、あっ、あっ、あっ……きもちいいっ、きもちいいですっ」

普段、凛としている美玲衣の、こんな姿を自分だけが見ることを許してもらっている——そんな気持ちが、密を強く興奮させていく。

「ふぁ、あっ……！」

背後から首筋にキスをして、美玲衣の豊満なおっぱいをわしづかみにする。

「ああっ、そこっ、一緒にしちゃだめっ、だめです……っ！　ふあぁぁあっ……！」

揉みしだき、指の間で乳首を挟んでしごいていくと、美玲衣の膣内がその刺激に合わせてギュッと締めつけてくる。

「くっ、あ……！　僕も、気持ちいいです、美玲衣さんの膣内っ……」

「ほんと、ですかっ……うれっ、しっ……！　んっ、ふぁあっ……！」

二人で、一緒に快楽の階梯を昇り詰めていく。

「ふぁっ、密さんっ……！　ひそかさんっ、すきっ、しゅきいっ……！」

「美玲衣、さんっ……！　はあっ、はぁ、もうっ、限界、ですっ……」

思い切り、腰を美玲衣のお尻に、繰り返し繰り返し打ちつけていく。

「あっ、あ、あ、あ、あっ……！　膣内っ、なかにぃっ……！」

「美玲衣っ……!!」

ずんっ、と、密のペニスが思い切り美玲衣の最奥へと打ち込まれると、

「あううっ！　あぁあぁあぁあぁあぁあぁ～～～～っ!!」

最後に、ガチガチになったモノが、膣道をゴリッとこすり上げて、美玲衣を絶頂へと一気に押し上げていった……！

「ぐうっ、ううっ……！」

密も悶えて、美玲衣の一番奥へと思い切り精液をぶちまけていく……！

「はぁっ、ひぃんっ……！　おにゃかぁ、熱い、あついよぉ……！」

密が射精でぶるっと震えるたびに、美玲衣もまた、腰をガクガクとけいれんさせている……どうやら、二人同時に達することが出来たらしい。

「うっ、く……はっ、はぁぁ……」

密が一歩下がり、ずるる……とペニスが抜け落ちていくと、数瞬遅れて、美玲衣の膣口から精液がとろとろと漏れ出してくる。

「はぁっ、はぁっ……ひそか、しゃんろ、せいえきぃ……」

肩で大きく息をしながら、美玲衣は恍惚とした表情で、足の間を垂れ落ちる白濁を見詰めて

いる。

密はゆっくりと美玲衣の背中を撫でると、肩の辺りに小さくキスマークを残した……。

「……何だか、憑き物が落ちたみたいな感じに」

事が終わって、美玲衣は自分のやったことを思い返して、顔を真っ赤にしていた。

「そうですね。ふたり揃って、何だか熱病にでもかかったみたいでしたから」

「でも……そうなれる相手に出逢えたことって、きっと、すごく幸せなことです」

美玲衣が、ぎゅっと身体を押し付けてくる。

密も、それはまったくその通りだと思う。

「大好き、です……密さん。貴方との出逢いに感謝します……」

「僕もです。大好きですよ……美玲衣さん」

軽く唇を重ねると、密は寄り掛かってくる美玲衣を、優しく抱き留めた……。

†

「それではこれから、照星《エルダーズ》によるおメダイの慈善授与式を行います」

——結局、みんなであれやこれやとこね回した結果として、『チョコと交換に、照星たちからおメダイを授与する』というイベントに決定した——おメダイというのは、ロザリオと同じで、祈りを捧げるために使う小さなメダルのことだ。

定価百五十円以下のチョコレートと引き換えに、好きな照星の列に並び、おメダイの授与をする、という形だ。

チョコレートは一部、照星たちが食べる分を除いて、尽星セラール会という学院の上部組織が運営している児童養護施設などに贈られることになった。これは、学院の先生などとも相談した結果としてこうなった。

すみれの口上の後に、集まった生徒ひとりひとりからチョコレートを受け取り、照星たちがおメダイを手渡していく。

「あっ、あのっ……薔薇の宮さま、これを」

「ありがとうございます。では貴女にこれを……聖ワレンティヌスの加護がありますように」

まるで芸能人のサイン会のようで気恥ずかしかったが、密も、ここは照星の役目と割り切ることにした。

「美玲衣さま、あの、お受け取り下さい」

「ありがとう。貴女に聖ワレンティヌスの加護がありますように」

「ひひひっ……姫さま！　こ、これを！」

「ありがとうございます。あら、そんなに緊張しないで。さ、力を抜いて……はい、おメダイです。貴女にもどうぞ、聖ワレンティヌスの加護がありますように」

「あ、ありがとうございます！」

ひとりひとりに、一言を添えつつおメダイを渡していく。

「やはりどうにも慣れませんね。嬉しさももちろんありますが、どうしても気恥ずかしさがそれを上回ります」

「いけません美玲衣さん。わたくしたちはいま、学院の憧れ、照星を演じなくてはならないのですから」

「……そうですね。こうしてお二人と肩を並べていられるのも残り僅かですからね。これもきっと、いつかは楽しかった想い出のひとつになるのでしょう」

そんな美玲衣と織女の会話を聞きながら、密も、きっとこの景色を忘れることはないだろうと——そんなことを考えていた。


「皆さん、どうもお疲れさまでした」

「思ったよりも、時間が掛かりましたね」

どうにか、授与式はつつがなく終了を迎えた。

さて、このイベントが無事にヴァレンタインの代わりを果たせたかというと——完全には無理であったようだ。やはり、照星たちの下駄箱や机に、今年もそれなりの量のプレゼントがあふれてしまっていた。

『おメダイが欲しくてプレゼントすると思われたくない』といった、いわゆる『宮さまガチ勢』といった生徒たちには効果がなかった、ということだろう——そう、奉仕会の面々は推測していた。

「どうですか織女さん、学院の歴史に傷あとを残してみた感想は」

「ふふっ、そうですね……二、三年後には失くなっている気がしますわね」

「ト、トライ・アンド・エラーとはいえ、それでいいのかという気持ちになって来ますね、織女さん……しかし、生徒たちとの繋がりを再確認出来て、悪いイベントではなかったようにも思います」

「確かに、皆さんのひたむきさに、ちょっと目頭が熱くなったりもしましたね」

部活に、帰宅にと、それぞれが楽しそうに散っていく生徒たちの姿が、密たちにも不思議と感慨を引き起こしていく。

「もうすぐ、私たちも卒業――なのですね」

美玲衣の言葉に、密も不思議と胸が締めつけられる思いがする。

「まだですよ。その前に、明日は期末考査の結果発表なのですから！」

「ああ、そうでしたね」

織女の言葉に、密は忘れていたのか、あまり興味のなさそうな声を出してしまう。

「まあ、密さんは相変わらず余裕ですわね。もう勝ちを確信していらっしゃるのかしら」

「いえ、そういうことではなくて……やれるだけのことはやりましたから、どんな結果でも受け容れるつもりでいるだけです」

「人事を尽くして天命を待つ、ですか」

密は美玲衣のツッコミにも、笑顔で肯いて答える。

「ええ。織女さんや美玲衣さんに首席を奪われたとしても、悔いはありませんよ。何しろ、二人ともわたくしの教え子なのですから。子弟が師を乗り越えていくというのは、寧ろ師にとっての無上の歓びということなのではありませんか」

それを聞いて、今度は織女が驚いた。

「あら、それではどう足掻いても、密さんを悔しがらせることが出来ないではありませんか⁉

そうなるとちょっと楽しみが減ってしまいますわね」

可愛く口を尖らせて、不服そうに声を上げる。


「ふふっ、織女さん……大切なのは自分が首席の器足りうるかということであって、重要なのは勝ち負けではないのでは？」

そう、美玲衣がたしなめる。

「美玲衣さん、人生には目標だけでは駄目です。そこには何か楽しみが付随してこそですわ。

そうは思いませんか」

すると、今度は織女が説き伏せた。

正反対の意見を出して、美玲衣と織女は互いを見やる。

やがて、二人揃って笑い出してしまう。

「良いですわね。いつまでもそういう美玲衣さんでいて下さい」

「そうですね。織女さんも、是非そのままでいて欲しいですね」

ふと、そんな二人の遣り取りに、密はほんの少し未来を夢想していた。

この三人が、一緒に仕事をしている未来というのは、果たして一体どんなものになるのだろうか——と。

（確かに、僕たちはもう間もなく、ここから卒業することになるのだろうけれど）

この三人ならば――変わることはないのではないだろうか。少なくとも、そう夢を見させてもらうことが可能なのではないだろうか。

未来というのは、判らないものだ。

けれど、だからこそ、未来というのは楽しいものだ。楽しめるものだ。

「美玲衣さん、密さん――」

「何ですか、織女さん」

「何でしょう」

「イチャイチャするのは全然オーケーですが、お二人とも、ちゃんとわたくしに付いて来て下さいね。うかうかしていたら置いて行きますから――あ、何なら美玲衣さんは置いて行かれて下さっても構いませんよ。密さんに粉を掛けるチャンスです。まだ諦めた訳でもないのですから！　人生はこれからでしてよ？」

そう、織女さんが笑う。

「そうですね。精々、織女さんを追い抜いてしまわないように気を付けます」

そう、美玲衣さんも笑う。

「わたくしの仕事は、お二人と同じ速度で走ることですから。独断専行はご遠慮願います。バラバラになったところで、各人の仕事量なんてどうせ高が知れているのですからね」

僕は、まだまだ二人のように遠く、速く走ることを目標には出来ないけれど。

「——長期戦、ですわね」

「ええ、望むところです」

いつか、それでも二人が望む場所へ連れて行けることが出来ればいいと思う。

そして、密もまた願っていた。連れて行って欲しいのだと。だって。

「「ね、密さん……！」」

そう、私たちは互いがそれぞれ、互いにとっての輝ける星《You're my only shinin' star.》なのだから——。

嵩夜あや

パラダイム様では初めましてになります、嵩夜あやと申します。

ゲーム版のおとボク3では、ディレクターと原案、メインライターを担当しておりました。今回はお声がけを頂いて、おとボク3のノベライズを担当させて頂いたのですが……

さて、いかがでしたでしょうか。楽しめるものになっているといいのですが。

個人的な話ではあるのですが、少し心残りのあるキャラでしたので、こうして美玲衣の物語を再び紡ぐ機会を頂けたことは本当に嬉しいです。

もし、ゲーム本編をお持ちでなく、これを読んでゲームの方が気になるという方などいらっしゃいましたら、是非お手に取ってみて下さいね。この本で語られなかった六人のヒロインたちの物語が、きっとあなたを待っていることでしょう。


さて今回、一冊の本として凝集させて頂くにあたり、美玲衣の両親など、一部ややゲーム本編と異なる設定がございますが、その点につきましてはご寛恕頂ければ幸いです。

初代おとボクから数えて、もう十五年になろうというところでしょうか。まさかこれほど長く愛されるシリーズになるとは全く考えられないことでしたが、ひとえに好きでいて下さる皆さんのお陰だと思います。改めましてお礼を申し上げます。

総ての関わって下さった方々に、そしてあなたにも、満腔の感謝を込めまして。

ぷちぱら文庫

処女《おとめ》はお姉《ぼく》さまに恋《こい》してる
3つのきら星《ほし》

2020年 6月12日　初版第1刷 発行

■著　　者　嵩夜あや
■イラスト　のり太
■原　　作　キャラメルBOX

発行人：久保田裕
発行元：株式会社パラダイム
〒166-0004
東京都杉並区阿佐谷南1-36-4
三幸ビル4A
TEL 03-5306-6921
印 刷 所：中央精版印刷株式会社

PP357

▼姉妹レーベル新刊作品▼

俺の教え子は女勇者!
～異世界から帰還した少女はセックスで魔力を補給する～
ぷちぱら文庫
Creative 237
著：赤川ミカミ　画：すてりい
定価：本体790円(税別)
爆乳だけでもイケるけど、
ソコもいっぱい、
満たしてアゲルよ♥
武夫の教え子の爆乳美少女・久世綾乃は名家の生まれであり、高嶺の花だと思っていた。だがある日突然、発情した彼女に襲われて純潔を奪ってしまう。聞けば綾乃には、異世界で暮らした経験と、魔法が使えるという秘密があるらしい。しかし魔力は補給が困難で、枯渇すると興奮してしまうのだ。唯一の回復手段であるセックスの適合者は、学園では武夫だけだと言われ…。